Manfred H. Krämer

RiverMord

Der achte Solo & Tarzan Krimi

Ein Flusskreuzfahrt-Krimi

Für Moni

unser Schiff des Lebens ist kein Luxusliner
Es ist alt, es ist schon oft überholt worden
An manchen Stellen blättert der Lack ab
Doch kein Sturm kann ihm etwas anhaben
Denn es ist unsinkbar
Es heißt Liebe

Titelidee: Manfred H. Krämer
Titelgestaltung: Verena Kessel unter Verwendung
eines Fotos von 1AVista Reisen GmbH
Satz & Gestaltung: Verena Kessel

ISBN Taschenbuch	978-3-86476-085-3
ISBN E-Book EPUB	978-3-86476-512-4
ISBN E-Book PDF	978-3-86476-513-1

Seit 1542

Verlag Waldkirch KG
Schützenstraße 18
68259 Mannheim
Telefon 0621-129 15 0
Fax 0621-129 15 99
E-Mail: verlag@waldkirch.de
www.verlag-waldkirch.de

Manfred H. Krämer

RiverMord

Ein Flusskreuzfahrt-Krimi

Verlag Waldkirch

Vorbemerkung des Autors

Dies ist der achte Band der Reihe um die „Zufallsermittler“ Solo und Tarzan. Sämtliche Bücher sind in sich abgeschlossene, selbstständige Geschichten. Es ist also völlig gleich, ob Sie Ihr Lesevergnügen mit „Tod im Saukopftunnel“ oder mit dem vorliegenden Band beginnen. Da meine beiden Hauptpersonen seit ihrer „Geburt“ 2004 mittlerweile ein recht turbulentes Leben hinter sich haben und es in den einzelnen Krimis immer mal wieder zu Erinnerungen daran oder kurzen Rückblicken kommt, würde die umfassende Einführung der beiden Protagonisten zu Beginn der Handlung einfach zu viel Raum beanspruchen. Auch würde dies die Stammleser, die mir seit dem ersten Band die Treue halten, nur langweilen. Deshalb habe ich beschlossen, für Neueinsteiger und „Nochmal-nachlesen-Woller“ im Anhang in einem speziellen Kapitel Solo und Tarzan ausführlich vorzustellen und in einen kurzen Rückblick auf die Ereignisse der letzten 13 Jahre einzugehen. Somit starten wir sofort mit der eigentlichen Handlung, was der Dramaturgie und dem Spannungsbogen sicher gut bekommt. Daher meine Bitte an alle, die zum ersten Mal einen Solo & Tarzan-Krimi lesen: Zäumen Sie das Pferd einfach von hinten auf und lesen Sie das Letzte zuerst, machen Sie sich zunächst mit der selbstbewussten Solo und dem bodenständigen, leicht tollpatschigen Tarzan bekannt. Sie werden sie mögen. Mit all ihren Marotten und Macken, mit ihren Launen und ihren Träumen.

Ich wünsche Ihnen spannende Unterhaltung

Ihr Manfred H. Krämer

Routenverlauf
Stéphanie de Beauhernais

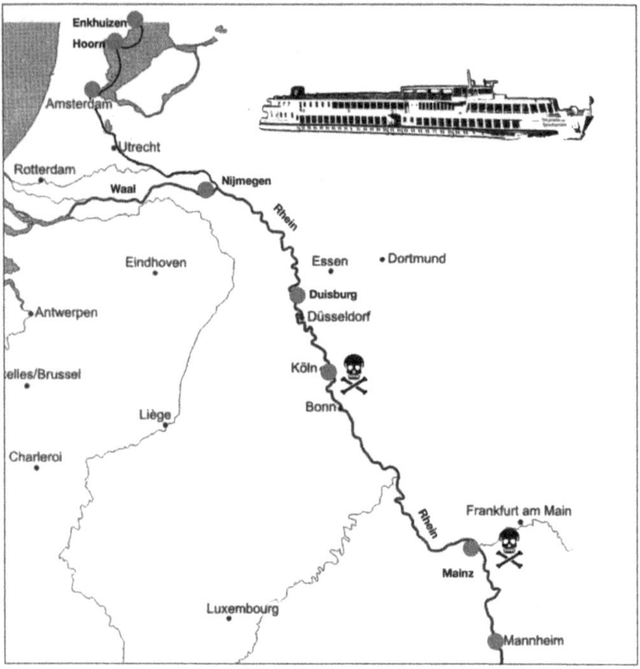

Prolog

Der Priester war tot. Interessiert beobachtete der Junge das verzerrte Gesicht mit den starren, glanzlosen Augen. Das Luftschnappen, das Zucken, die linke Hand, die sich in Höhe des Herzens zitternd in die Soutane verkrallt hatte – vorbei. Stille. Als hätte jemand auf einer Fernbedienung die Stopp-Taste gedrückt. Ein Herzanfall? Der Junge wusste es nicht, vermutete es aber.

„Ruf an!“, hatte der Pfarrer befohlen. Panisch zuerst, dann flehend: „Ruf an! Ruf die Hundertzwölf!“ Dann war er rückwärts getaumelt und in seinen Sessel gefallen. „Ruf an …“, jetzt nur noch heiser flüsternd. Das Telefon stand auf dem Schreibtisch des Pfarrbüros. Der Junge hätte nur die Hand ausstrecken müssen. Dann war der rechte Arm des Pfarrers kraftlos zur Seite gesunken.

Die Stricknadel fiel lautlos auf den abgewetzten Teppich. Nie wieder würde sie sich in sein Ohr bohren. Nie wieder würde er den Druck der stumpfen Spitze auf seinem Trommelfell spüren. Nie wieder die keuchende Anweisung, stillzuhalten, hören. Gleich würde es vorbei sein. Für immer. Der Junge glaubte einen Ausdruck des Verstehens in den brechenden Augen des Mannes zu erkennen. Gefolgt von der entsetzten Erkenntnis, dass sein Ministrant nicht anrufen würde.

Kamen Pfarrer eigentlich automatisch in den Himmel? Der Junge glaubte das nicht. Zumindest nicht in diesem Fall. Franz Gustaf Sengewarth würde in der Hölle schmoren.

Der Junge erhob sich, schlug das Kreuz und verließ das Büro.

Es war kurz vor 18:00 Uhr an jenem eisigen Januartag. Niemand sonst war in dem aus rotem Sandstein erbauten, neogotischen Gebäude, in dem es immer zog. Im Tagesraum der Ministranten schlang er sich den langen blauen Wollschal um den Hals und zog sich seine dicke Winterjacke an. Er holte seine HSV-Mütze aus einer der Taschen und setzte sie auf. Er ging durch den düsteren Flur, öffnete die schwere Eichentür und atmete die frische, mit Schnee vermischte Luft in tiefen Zügen ein. Sorgfältig zog er die Türe ins Schloss. Es war vorbei. Die etwas verstimmte Stundenglocke von St. Michael begann zu schlagen. In manchen Fenstern flimmerte Fernsehlicht, der Schneefall wurde stärker. Ein scharfer Nordostwind fegte durch die Gassen und Straßen der Kleinstadt. Bald waren die Fußspuren des Jungen nicht mehr zu sehen. Vorbei. Frei?

Kapitel 1

In dem ein Urlaub platzt und jemand, der auf einem Schiff lebt, ausgerechnet eine Flusskreuzfahrt bucht, damit seiner Ehe nicht schon wieder das Gleiche passiert.

Dreizehn Jahre später:
„Schau mal, wir müssen noch nicht einmal Schlange stehen!" Tarzan schob zwei Koffer neben sich her, Solo zog einen großen Trolley. Beide hatten Rucksäcke auf dem Rücken. Eine 14-tägige Kreuzfahrt erfordert schon eine gewisse Grundausstattung an Bekleidung. Tatsächlich: im Terminal 1 des Frankfurter Flughafens war der Bereich vor den Schaltern der Fluggesellschaft Emirates fast leer. Etwa zwei Dutzend Leute standen dort und starrten fast ausnahmslos auf ihre Handys. Die Bodenstewardessen saßen auf ihren Plätzen und zeigten ein angespanntes Lächeln.

„Kein Wunder …", Solo zeigte mit der freien linken Hand auf die Reihe der Bildschirme an der Wand. „EK 044 – Dubai – 09:40 Uhr – Cancelled", war dort zu lesen.

Sie schaute Tarzan fragend an. Der zuckte die Schultern.

„Die Mädels werden uns sicher sagen, was da los ist." Mit diesen Worten steuerte er den nächstgelegenen Schalter an.

„Moin." Umständlich kramte er die Tickets und ihre Pässe aus seinem Rucksack und legte sie der jungen Angestellten auf den Tresen.

Deren Eyeliner war verwischt und ihre dunklen Augen schimmerten feucht.

„Guten Morgen, Sie haben für Flug EK 044 gebucht? Tut mir leid, der Flug wurde storniert. Für weitere Informationen haben wir einen Extra-Schalter in Halle 2 geöffnet, bitte melden Sie sich dort.“

„Warum storniert? Hat der Copilot vergessen vollzutanken?“

„Tarzan!“ Solo rief ihren Mann zur Ordnung, der betroffen feststellte, dass der jungen Frau Tränen über die Wangen liefen.

„Abgeschossen.“

Solo und Tarzan wandten sich entgeistert zu dem arabisch aussehenden Mann im teuren Maßanzug um, der plötzlich neben ihnen stand.

„Gerade eben über Al Dschasira reingekommen.“ Er zeigte auf sein Smartphone. „Ich bin Suhai al Roumi. Es stimmt mich traurig, unter diesen Umständen Ihre Bekanntschaft zu machen.“

Solo und Tarzan stellten sich ebenfalls vor und alle drei entfernten sich ein paar Schritte vom Schalter. Der Mann sprach akzentfreies Deutsch und vermittelte einen seriösen Eindruck. Bestimmt irgendein CEO oder Unterscheich oder so, dachte Tarzan.

„Das Flugzeug ist über dem Nordiran vom Radar verschwunden“, fuhr der Mann fort. „Es gab angeblich keinen Notruf. Mehrere Zeugen wollen am Nachthimmel einen Feuerball gesehen haben. Alles Gerüchte, aber Al Dschasira behauptet, Quellen zu haben, die von einem Abschuss durch russische Kampfflugzeuge sprechen. Wahrscheinlich aus Versehen. Schauen Sie: N24 bringt es jetzt auch.“ Er machte eine Kopfbewegung zu einem großen Bildschirm an der gegenüberliegenden Wand, vor dem sich eine aufgeregt diskutierende Menschenmenge versammelte.

„Ach du Scheiße", entfuhr es Tarzan und der Geschäftsmann nickte mit säuerlichem Lächeln. „Das ist normalerweise nicht meine Ausdrucksweise, aber diesen Gedanken hatte ich auch sofort im Kopf. Bitte entschuldigen Sie mich, meine Geschäftspartner warten." Damit verließ er sie in Richtung der Emirates-Lounge.

Tarzan war blass geworden und Solo sah auch nicht besser aus.

„Das glaube ich jetzt nicht …", flüsterte sie und sah Tarzan aus weit aufgerissenen Augen an.

„Komm!", sagte der nur und strebte so schnell er mit dem Gepäck konnte, dem Ausgang zu.

„Wo willst du denn hin? Tarzan, warte doch! Tarzan!" Sie schulterte ihren Rucksack und zerrte den Trolley hinter sich her, während Tarzan schon durch die gläserne Schiebetür lief. Draußen blieb er stehen, ließ die Koffer los und drehte sich zu Solo um. Sein Gesicht unter der grauen Schiebermütze war verzerrt.

„Siehst du das Taxi da?" Er deutete auf den ersten Wagen in der langen Reihe wartender Fahrzeuge. „Da hocken wir uns jetzt rein und dann ab nach Hause. Ich hab' die Schnauze gestrichen voll von Urlaub." Er reckte das Kinn vor und funkelte seine Frau angriffslustig an. Solo kniff die Augen zusammen und stellte sich dicht vor ihn. Sie legte beide Hände an seine Oberarme und atmete tief ein.

„Ich sag dir was, mein Freund: Ich auch! Und zwar so was von!" Dann drückte sie ihn an sich und barg ihren Kopf an seinem Hals.

„Taxi?“ Eine stämmige Frau mit verfärbten Haaren stand plötzlich neben ihnen.

„Was kostet es nach Lampertheim?“, fragte Tarzan.

„Scheißegal, was es kostet, fahren Sie uns nach Hause!“, fiel ihm Solo ins Wort.

„Det is doch mal’n Wort, wa?“, lachte die Frau und öffnete die Heckklappe.

Eineinhalb Stunden später saßen Solo und Tarzan auf dem Oberdeck der Lady Jane und stocherten lustlos in zwei Tiefkühlpizzen herum. Die Schiebetür zum Wohnzimmer stand offen und im Fernsehen wurde gerade der vierte oder fünfte Experte interviewt. Trümmerteile der Boeing 777 waren in unwegsamem Gelände im türkisch-iranischen Grenzgebiet in einem Umkreis von über fünfzig Kilometern niedergegangen. An Bord hatten sich 322 Passagiere und 15 Besatzungsmitglieder befunden. Es werde davon ausgegangen, dass niemand die Katastrophe überlebt habe. Zur fraglichen Zeit war eine Staffel russischer Su 34 Jagdbomber im betreffenden Luftraum unterwegs, die sich auch an der Suche nach der Absturzstelle beteiligte. Die russische Militärführung schloss einen Abschuss des Zivilflugzeugs durch Angehörige dieser Staffel kategorisch aus. Unbestätigten Angaben zufolge sollten mindestens 122 Westeuropäer, darunter auch Deutsche, an Bord von EK 043 gewesen sein.

Tarzan schob seinen Teller von sich, erhob sich und ging ins Wohnzimmer, wo er den Fernseher ausschaltete. Dann machte er sich am Schrank zu schaffen und kam mit zwei doppelten Whisky wieder auf das Freideck.

„Danke", sagte Solo, „fürs Abschalten und für den Sprit. Gute Idee."

„Slainthe mhath", prostete ihr Tarzan zu, „fliegen wir im Herbst eben nach Malle, oder so."

„Ich flieg' so schnell nirgendwo mehr hin. Du weißt, dass ich so schon nervös genug bin, wenn ich mich in eine dieser Legebatterien zwängen muss. Ne du, Kreuzfahrt sehr gerne, aber nur, wenn ich da zu Fuß oder mit dem Auto hinkomme."

„Heißt nein."

„Exakt."

Am Nachmittag packten sie zusammen das Gepäck wieder aus. Ihre Laufklamotten ließ Solo auf dem Bett liegen. Auf Tarzans fragenden Blick schaute sie ihn müde an.

„Ich muss raus. Allein. Ich muss mich jetzt einfach mal so richtig kaputtrennen. Kannst ja beim Schorschi für später einen Tisch reservieren. Hab' heute keinen Nerv zum Einkaufen." Tarzan nickte und packte seine Lieblings-T-Shirts in den Schrank.

„Ich geh' da nachher selber hin. Laufen mag ich heute nicht, aber ein kleiner Spaziergang auf dem Damm wird mir gut tun."

„Hey", Solo schaute ihrem Mann in die Augen. „Lass uns trotz der verpatzten Reise an unserer Beziehung basteln. Wir haben in den nächsten drei Wochen keine Termine. Wir sollten öfter was zusammen unternehmen." Tarzan sagte nichts. Zu groß war der Kloß im Hals. Er schaute die hochgewachsene Frau mit den dunkelroten kurzen Haaren nur an.

„Ach komm, du Arsch …“ Mit einem schnellen Schritt war sie bei ihm und lag in seinen Armen. Zwei Minuten oder länger standen sie so vor ihrem Bett, auf dem die Reisegarderobe für zwei Wochen Kreuzfahrt verstreut war.

Arsch … Tarzan atmete tief ein. Wie recht sie hatte. Was war er für ein Arsch gewesen. Ehebruch verjährt niemals. Wie Mord. Genau genommen ist es ja auch so was Ähnliches wie ein Mord. Totschlag zumindest. Vor über vierzehn Jahren hatte er seine Beziehung erschlagen. Mit seinem eigenen kleinen stumpfen Gegenstand.

Er griff nach seiner Armeejacke und setzte sich die graue Schiebermütze auf sein immer lichter werdendes Haupthaar.

„Bis nachher.“

„Ciao.“

Tarzan vergrub die Hände in den ausgebeulten Taschen der ausgebleichten Jacke und verließ das Wohnschiff über den schmalen Eisensteg, der es mit dem Ufer verband. Die Lady Jane war ein ehemaliges Fahrgastschiff und lag seit Jahren im Lampertheimer Altrhein, unweit der Brücke, die auf den Biedensand führte. Eine Halbinsel, die zum Teil Naturschutzgebiet war, aber auch landwirtschaftlich genutzt wurde. Tarzan überquerte den Parkplatz und erreichte den Spazierweg auf dem Hochwasserdamm, hinter dem das ehemalige Restaurant „Fährhaus“ schon seit mehreren

Jahren auf einen neuen Pächter wartete. Er hörte die Metalltür am Steg ins Schloss fallen und drehte sich um. Die schlanke Gestalt seiner Frau winkte ihm kurz zu und fummelte dann an ihrer Sportuhr herum. Er winkte zurück und setzte sich in Bewegung.

Schorschis Restaurant lag in etwa anderthalb Kilometern Entfernung den Damm entlang. Schorschi hieß eigentlich Georgios und betrieb zusammen mit seiner Frau Despina das griechische Restaurant „Ambrosia“, welches zu einem großen Teil für die Ernährung von Solo und Tarzan sorgte. Es gehörte zum Wassersportverein Lampertheim.

Tarzan genoss den kleinen Spaziergang, nickte entgegenkommenden Menschen freundlich zu und trauerte den entgangenen Kreuzfahrtfreuden nicht wirklich nach. Urlaub auf einem Luxuskahn voller Millionäre und affektiertem Personal, welches ihn beim Ordern von einem großen Pils und Pommes-Schranke mit Rindswurst verständnislos anstarrte … Nein danke.

Er betrat das Lokal über die Terrasse, die um diese Zeit nur spärlich besetzt war. An einem der Tische saß mit einem Bier vor sich ein grauhaariger Mann mit markantem Kinnbart und beobachtete die Kanufahrer, die ihre Boote aus dem Wasser holten und auf Böcken ablegten.

„Moin, Käpt’n“, begrüßte ihn Tarzan und legte ihm eine Hand auf die Schulter. Erstaunt wandte der Mann sich zu ihm um.

„Moin, moin, Tarzan. Haben sie dich nicht in den Flieger gelassen? Ich denke, ihr seid unterwegs in den Orient?“

Werner Reuters war ein alter Freund von Solo und Tarzan, der nur ein paar hundert Meter entfernt in einem kleinen

Haus wohnte, welches unmittelbar an der großen Steganlage stand, an der auch die Frischling vertäut war. Die kleine Fähre fuhr im Sommerhalbjahr zwischen Lampertheim und Worms und konnte auch gechartert werden. Der Anleger für die Passagiere befand sich in unmittelbarer Nähe von Solo und Tarzans Wohnschiff. Der erfahrene Schiffmann hatte damals den Transport der altersschwachen Lady Jane in die Werft nach Speyer organisiert (Solo & Tarzan 5, Kohlemord, 2012).

„Nix Orient ...“ Tarzan begrüßte Georgios und bestellte ein Weizenradler. „Der Flieger wurde abgeschossen. Wir haben es erst auf dem Flughafen erfahren ...“

„Ach, das war euer Flieger?“ Werner Reuters stellte sein Glas ab, aus dem er gerade trinken wollte, und verzog das Gesicht. „Hab’s vorhin im Internet mitgekriegt. Meine Frau und ich sind die Strecke auch schon geflogen. Paar Jahre her, aber das ging mir dann doch unter die Haut. Verdammt...“ Jetzt nahm er doch einen tiefen Zug aus seinem Bierglas.

Georgios brachte Tarzans Radler, worauf der gleich einen Tisch auf der Terrasse für das Abendessen bestellte.

Tarzan prostete Werner zu und die beiden Männer beobachteten wortlos einige Minuten das Treiben der Wassersportler am Ponton. Werner brach als erster das Schweigen.

„Und? Was macht ihr jetzt? Urlaub zuhause ist kein Urlaub. Die Frauen kommen da meistens auf ganz blöde Ideen: renovieren, putzen, streichen und so’n Kram.“

Tarzan nickte. Diesen Gedanken hatte er auch schon gehabt.

„Vielleicht kann ich sie überreden, ab Hamburg oder Genua eine Kreuzfahrt zu machen. Da kann ich mit dem Auto hinfahren. Solo krieg ich die nächsten zwei Jahre garantiert in keinen Flieger rein. Aber ob ich da noch was kriege?" Werner sah ihn verschmitzt an.

„Wieso muss es denn immer die große weite Welt sein, mein Freund? Hier…" Er vollführte eine ausholende Geste in Richtung des algengrünen Altrheinarms. „Das Gute liegt so nah."

„Hast recht!" Tarzan lächelte gequält. „Ich schmier' uns ein paar Stullen und wir schippern mit der Frischling durch die Lampertheimer Everglades."

„Auch nicht schlecht", antwortete Werner und zückte sein Smartphone. „Aber wenn das Schifflein dann noch etwas größer als die Frischling ist, und vor allen Dingen kulinarisch etwas mehr zu bieten hat, dann könnte es vielleicht noch mehr Spaß machen. Hier schau…" Er reichte Tarzan das Gerät und dieser erblickte auf dem Display ein langgestrecktes weißes Schiff, dessen elegante Linienführung nichts mit den modernen Kästen zu tun hatte, die heutzutage die Flüsse befahren.

Auf dem Schornstein prangte das gelb-rote badische Wappen und das kleine Steuerhaus erinnerte auch eher an die gute alte Zeit.

„Das ist die *Stéphanie de Beauharnais*, das erste Schiff der Badischen Dampfschifffahrts GmbH. Mannheimer Reederei. Altmodischer Name, neuer Laden. 2016 aufgezogen von einem Haufen alter Rheinschiffer. Haniel, Dettmers, Köln-Düsseldorfer. Da kommen die her. Ich kenne die alle. Die wollten mich auch dabei haben. Aber ich habe keine Lust. Meine Fähre reicht mir. Das Konzept von denen scheint aber aufzugehen: Flusskreuzfahrten im Premium-

Segment. All-inklusive mit Sternen. Nur Premium-Kabinen und Suiten und professionelles Entertainment. Landausflüge im Rolls Royce oder im Einspänner. Schweineteuer und seit einem halben Jahr ausgebucht. Bei Neptun in Rostock sind zwei Neubauten kurz vor der Fertigstellung. Die *Stéphanie* ist ein Umbau. Wurde in den Siebzigern für die Köln-Düsseldorfer gebaut. Lief zuletzt bei Bluecruise, die im vergangenen Jahr insolvent gegangen sind, unter dem Namen Blue Ticino. Gutes Schiff. Old-School von außen, drinnen Hightech pur. Die *Stéphanie* ist das erste Flusskreuzfahrtschiff mit reinem LNG-Antrieb. Gas. Kein Ruß, kein CO2. Die größte Umweltbelastung ist die Raucher-Lounge am Heck. Ich bin eingeladen zur Jungfernfahrt. In drei Wochen. Mannheim-Holland und wieder zurück. Leider bin ich zu der Zeit in der Uniklinik und kann mit etwas Glück den Neckarschiffen winken."

Tarzan schaute seinen alten Freund erschrocken an. „Klinik? Was'n los?"

Reuters winkte besänftigend ab. „Altmännersache, nix Dramatisches. Aber meine Frau quengelt schon seit Längerem, das ich mir das machen lasse. Hab' ich mir eben einen Termin geholt. Vor vier Monaten. Blödes Timing. Wäre gerne mitgefahren. Gut, dass ihr nicht im Orient seid."

Er trank sein Bier aus, orderte zwei Ouzo und grinste Tarzan an wie ein Schuljunge.

„Darauf trinken wir jetzt, mein Guter."

Es dauerte ein wenig, bis bei Tarzan der Groschen fiel. Erst als Georgios schwungvoll den Ouzo servierte und Werner Reuters das beschlagene Glas erhob, kapierte er.

„Du meinst doch nicht etwa …"

„Yamas, mein Freund!“

„Äh ja, Yamas und so …“ Die beiden Männer kippten den würzigen Schnaps und leckten sich die Lippen. Reuters Augen blitzten, als er Tarzan fixierte.

„Ich meine, dass die Jungfernfahrt eines Schiffes etwas ganz Besonderes ist und dass es keine bessere Gelegenheit für zwei verarmte Hausbootbewohner gibt, eine Premium-Kreuzfahrt zu machen. Vielleicht habt ihr zwei Sturköppe euch dann auch wieder lieb. Wenn du’s nicht versaust, Holzkopp.“

„Selber Holzkopp, alter Freibeuter. Das kann ich unmöglich annehmen.“

„Warum? Die Karten haben mich nichts gekostet. Das ist eine Einladung der Reederei. All-inklusive, beheizte Klobrille mit Arschföhn. Anruf genügt, und die schreiben das um auf das mehr oder weniger frisch vermählte Paar aus LA. Wenn du aber nicht willst, gebe ich die zurück. Geht ihr eben paddeln auf dem Altrhein. Nicht zu vergessen Käsestulle und Mückenspray.“

Tarzan schaute sein Gegenüber lange an.

„Das ist dein Ernst, oder?“ Reuters nickte gemessen.

Tarzan drehte sich zur Theke.

„Schorschi! Noch zwei Ouzo!“

Zwei Tage darauf erhielt Tarzan eine SMS: „Vollzug. Steph erwartet euch am 03.06. am Haus Oberrhein. Papiere bei mir. Gruß W“

Tarzan grinste. Da hatte Werner richtig was gut bei ihm. Längst hatte er im Internet sämtliche Informationen über das Schiff und die Jungfernfahrt gecheckt. Er würde sich wohl oder übel einen Anzug kaufen müssen. Zumindest für das Gala-Dinner. Begeistert war er, als er das Unterhaltungsprogramm gelesen hatte: Das Rhein-Neckar-Theater gab ein Gastspiel, Bülent Ceylan, Xavier Naidoo und Rino Galiano waren ebenfalls gebucht. Die Reederei hat sich nicht lumpen lassen. Der übliche Hammond-Orgel-Onkel blieb ihnen also erspart.

Die Reise sollte acht Tage dauern und über Köln und Amsterdam bis nach Enkhuizen am Ijselmeer und über Nijmegen und Köln wieder nach Mannheim führen. An Bord gab es ausschließlich Premium-Kabinen und Suiten mit französischem Balkon, einen eleganten Spa-Bereich, sowie ein Gourmet-Restaurant, für dessen Genüsse der Mannheimer Sternekoch Tristan Brandt verantwortlich zeichnete. Also wieder nix mit Pommes-Schranke. Höchstens auf den Landgängen … Köln … Amsterdam … zum Teufel mit Maine-Lobster und Perlhuhn auf Guacadingsda. Bier gab es auch. Eichbaum. Gut is.

Er hatte sich auch schon überlegt, wie er Solo die Kreuzfahrt schmackhaft machen würde: überhaupt nicht. Er würde klammheimlich Koffer packen und diese am Tag vor der Abfahrt zum Haus Oberrhein bringen. Dort hatte die Reederei ein Terminal eingerichtet. Bereits einen Tag vor der Abfahrt konnte dort das Gepäck aufgegeben werden, es wurde dann direkt in die jeweilige Unterkunft gebracht. Er würde mit Solo am Abreisetag nach Mannheim fahren, sie auf einen Kaffee in die Bar vom Speicher 7 einladen und „erstaunt" feststellen, was da los war.

Das Mannheimer Traditionskorps würde aufmarschieren, die Big Band im Quadrat würde für den musikalischen Rahmen sorgen. Er würde seine Frau zunächst damit verblüffen, dass sie beide ungehindert die Absperrungen passieren durften (Die Kärtchen dafür hatte er mit den Tickets zusammen von Werner bekommen). Er würde mit ihr das Schiff besichtigen, sie danach zu ihrer Suite führen und sie dort aufs Bett schmeißen … Ähöm. Okay, das mit dem Aufs-Bett-Schmeißen war vielleicht doch keine so gute Idee. Aber es müsste doch mit dem Teufel zugehen, wenn sie nicht begeistert wäre. Na ja, die ganze Hautevolee, das schnieke Restaurant und die livrierte Crew, das könnte noch eine Klippe sein, die es zu umrunden galt, aber sie hatte ja schließlich angefangen mit der Schicki-Micki-Kreuzfahrerei, oder?

Kapitel 2

In dem Tarzan zum zweiten Mal Vater wird, sich von einem guten Freund erklären lässt, warum er keinen Sex mehr hat, Alkohol an Minderjährige ausschenkt und am Schluss ein Nagetier glücklich macht.

Solo schaute kurz ins Wohnzimmer, das ehemalige Salondeck der Lady Jane, und zog ihr Fauler-Sack-Gesicht, als sie Tarzan mit einem Buch auf der altmodischen Rundsitzgruppe liegen sah. Neben sich auf dem Couchtisch eine Schachtel Mohrenköpfe vom Oberfeld. Ja, Mohrenköpfe, Herrgott! In Lampertheim heißen die immer noch so und niemand denkt dabei an Menschen mit dunkler Hautfarbe. Höchstens an Diabetes, Kalorien oder Suchtverhalten.

Tarzan winkte ihr abwesend zu und tat, als fessele ihn der Inhalt des schon ziemlich vergilbten Stephen-King-Wälzers. Kaum war Solo aus der Tür, legte er das Buch zur Seite und holte unter der Couch den Hochglanzprospekt der Badischen Rheinschifffahrts GmbH hervor. In zwei Tagen ging es los. Da Solo öfter joggen ging, war es für ihn kein Problem gewesen, heimlich ein paar Klamotten von ihr in eine Reisetasche zu packen. Er musste nur aufpassen, dass er nicht irgendein Lieblingsteil wählte, das sie garantiert vermissen würde. Ein Problem war es, etwas „Feines“ zu finden. Laut Katalog gab es auf jeder Reise mindestens ein Gala-Dinner. Den Dresscode hierfür deklarierten sie mit den Worten „sportlich-elegant“, womit mit Sicherheit keine Bundeswehr-Hemden mit abgeschnittenen Ärmeln oder

T-Shirts mit Harley-Davidson-Motiven gemeint waren. Klobige Dockers oder Cowboystiefel mit schiefen Absätzen auch nicht. Nein, Solo-Schatz war noch nie eine Prinzessin gewesen. Die konnte nachts um drei mitten im norwegischen Schneegestöber Ketten auf die Antriebsachse einer Sattelzugmaschine schmeißen und beinhart mit serbischen Zöllnern um die Höhe gewisser „Gebühren" feilschen. In High Heels aber würde sie sich die Knochen brechen und beim Party Smalltalk die Gäste mit zweideutigen Witzchen in Verlegenheit bringen. War vielleicht doch etwas grenzwertig, diese Kreuzfahrt auf dem Millionärsdampfer … Jetzt war es jedenfalls zu spät für mögliche Bedenken. Seufzend legte er den Prospekt wieder unter die Couch und seine GEO-Hefte obenauf.

Zeit zum Einkaufen. Heute Abend war Grillen angesagt. Er würde zum Supermarkt fahren und Würste, Steaks und Weißbrot kaufen. Zaziki und Salat waren noch im Kühlschrank. Fertigfutter, was sonst. Sie waren alle beide keine Fernsehköche.

Solos Firebird war (wieder einmal) in der Werkstatt. Die Hinterachse musste neu gelagert werden und die Brocken aus den USA hatten die falsche Größe. Kann dauern, aber das war Tarzan gerade recht. War der Bock wenigstens unter Dach und Fach, wenn sie übermorgen in Richtung Holland schipperten.

Tarzan zog sich seine Jacke an, vergewisserte sich, dass er Handy, Geldbörse und Schlüssel eingesteckt hatte und zog die Eingangstür hinter sich zu. Draußen vor dem Steiger stand ihr Alltagsauto, ein mausgrauer Golf III Kombi in reichlich angeranztem Zustand. Ein Auto, nach dem sich garantiert keiner umdrehte. Das war durchaus so gewollt. Mit Solos donnerndem Big Block Muscle Car konnte man ja schlecht verdeckte Ermittlungen durchführen. Traurig schaute Tarzan das Auto an. Seit er den alten 280er Mercedes seines verstorbenen Schwiegervaters im Suff gegen eine massive Buche gesteuert hatte (Solo & Tarzan 7, MordsMarathon, 2016), lag sein Führerschein auf Eis. Er schob sein klappriges Fahrrad den Steiger hinauf und schloss die Metalltür hinter sich ab. Solo hatte nicht eingesehen, dass er ohne Führerschein nicht einkaufen gehen konnte und hatte ihm zwei wasserdichte Packtaschen spendiert. Sie war ein Goldstück.

Als Tarzan nach gut fünfzig Minuten zurückkam, sah er schon von der Deichkrone aus, dass auf der Metallstufe, die zum Steiger führte, jemand saß. Auf einem Seesack. Am Geländer lehnte ein Rucksack. Die Haartracht erinnerte an eine Stechpalme, die ein Holi-Festival überstanden hatte. Als Tarzan mit klapperndem Schutzblech und quietschenden Bremsen angefahren kam, hob die Stechpalme den Kopf, den sie in der typischen Haltung der Digital Natives über ihr Handy gebeugt hatte.

„Hi."

Ein Mädchen. Jung. Ein Kind fast. Mager wie ein anorektischer Windhund, aber mit auffallend hübschem Gesicht, das fast nur aus Augen bestand. Augen, die ihn gerade spöttisch musterten. Es waren die Haare. Als er sie das letzte Mal gesehen hatte, trug sie einen braven Mittelscheitel. Brünett. Nicht hanfgelb und mit in Signalfarben getauchten Filzwürsten. Aber sie war es. Kein Zweifel … Er stellte die Papiertüte auf den Boden.

„Cherryl", oh Mann, was für ein Gekrächze. Räusper. „Du bist Cherryl, nicht wahr, du hast …"

„Charish steht in meinem Kinderausweis. Und da bleibt es auch. Ich bin Jay. Charish is Assi. Fast so schlimm wie Schantalle. Da läuft was aus …"

Sie deutete mit ihrem spitzen Kinn in Richtung Tüte. Oh verdammt! Der Metzger hatte die eingelegten Steaks in Plastikbehälter gepackt. Die waren wohl verrutscht und jetzt siffte Fleischsaft auf den staubigen Boden. Tarzan bückte sich und drückte den aufgesprungenen Deckel wieder zurecht.

Jay also. Sein Kopf dröhnte. Charish – Jay – Carla … Alles war wieder da. Prasselte auf ihn ein wie ein Graupelschauer im April.

Er nahm die Tüte in den Arm wie ein schlafendes Kleinkind, ohne zu merken, dass sein Jackenärmel mit der fettigen Brühe in Berührung kam.

„Gratuliere deinem Vater zu seiner Hochzeit, mein Schatz." Der Satz, der sein Leben auf den Kopf gestellt hatte, seine Hochzeitsfeier gesprengt und seine Beziehung beinahe zerstört hätte. (Solo & Tarzan 7, MordsMarathon, 2016). Gerade mal zwei Monate her …

„Wieso, äh, was … warum …?" Was für ein erbärmliches Gestammel!

„Ich zieh' bei euch ein." Die Stimme passte nicht zu der zarten Erscheinung. Dunkel, fast ein wenig rauchig, erinnerte sie Tarzan an Hildegard Knef. Oder an Tanita Tikaram – für die Jüngeren.

„Keine Angst, Mann, nur für ein paar Wochen. Ma is' mit einem hundert Jahre alten Filmproduzenten nach Hollywood geflogen. Sie heiratet ihn noch schnell, bevor ihn die Viagras umbringen. Ich störe da nur. Hier …“, sie nestelte einen zerdrückten Umschlag aus ihrem Rucksack und wedelte damit, „…eine Einverständniserklärung. Ihr seid jetzt erziehungsberechtigt. Was noch lange nicht heißt, dass ihr das auch tun sollt. Wär ’ne ganz schlechte Idee, Mann. Ganz schlecht.“

Rasche Schritte näherten sich, wurden langsamer. Solo kam von ihrer Laufrunde. Sie drückte ihre GPS-Uhr ab, ließ die Arme kreisen und fuhr sich durch die kurzen Haare.

„Tach!“ Sie musterte die Kleine, die aufgestanden war und nun noch dünner und zerbrechlicher wirkte.

„Charish, nicht wahr? Bist du alleine?“ Freundliche Neugier. Keine Spur von Unsicherheit oder gar nackter Panik, wie sie Tarzan befallen hatte.

„Sag Jay. Ist mir lieber. Bin mit der Bahn gekommen. Dann mit dem Taxi hier raus. Ma hat’s mir aufgeschrieben. Schickes Schiff. Cool.“ Stakkato. Ist wohl gerade angesagt. Bei der Jugend. Cool.

„Sie will bei uns einziehen, Solo, sie hat ein Dings, eine, äh, Einverständniserkläs…“ Tarzan verhaspelte sich.

„Ruhig, Brauner, lass uns erst mal reingehen. Jay: Willkommen an Bord.“ Die Frau und das Mädchen klatschten sich ab und Tarzan blies die Backen auf. Mann! Die Kreuzfahrt! Seine sorgfältig geplante Kreuzfahrt! Dann fällt dieses Gör aus dem heiteren Himmel, das ihm sein vierzehn Jahre alter Seitensprung als seine Tochter unterjubeln wollte. Hatte die Rechnung bloß ohne seine Vasektomie gemacht, die er ein Jahr davor hatte vornehmen lassen. Angesch…, äh, angeschmiert. Trotzdem. Den Seitensprung hatte ihm Solo nicht verziehen. Vierzehn Jahre her. Gras drüber gewachsen? Verjährt? Ha! In der Liebe verjährt nichts.

Solo schien die Ankunft des Görs locker zu nehmen. Hatten sie eben einen Gast. So wie die drauf ist, hängt die eh Tag und Nacht in Jugendclubs, Eisdielen und Discos ab. Aber ausgerechnet jetzt? In zwei Tagen ging die Kreuzfahrt los. Fünf-Sterne-Pott, vollgestopft mit blasierten Neureichen und uraltem Geldadel. Was hatte er vorhin noch gedacht? Solo und ihre eigenwillige Garderobe wären grenzwertig? Sie mussten diese Mini-Hippie-Punker-Lady schnellstens loswerden!

Das Schlimmste: Solo schien das schrille Wesen zu mögen. Schon immer hatte sie ein Herz für unkonventionelle, nicht der bürgerlichen Norm entsprechende Menschen gehabt. Sie betrachtete den Einzug des Mädchens als willkommene Abwechslung in ihrem Entspannungsurlaub. Warum auch nicht? Warum nicht? Weil. Übermorgen. Kreuzfahrt. Ist. Darum! Nie im Leben kämen sie mit Ronja Räubertochter an Bord dieses Schiffes. Er musste eine Lösung finden. Heute noch.

„Äh, ich muss noch mal kurz weg. Werner hat angerufen. Dauert nicht lange.“

Solo sah ihn mit einem merkwürdigen Blick an, zuckte dann aber die Schultern und ging mit Cherish, äh, Jay, den abschüssigen Steiger hinunter.

„Kannst du dir das vorstellen, Werner? Was soll ich denn jetzt machen? Wir müssen die Kreuzfahrt canceln und Babysitter für ein verzogenes Balg spielen!"

„Nehmt sie mit." Werner Reuters beendete den atemlosen Redeschwall seines Freundes mit diesen in aller Ruhe ausgesprochenen drei Worten und hob sein Teeglas. Sie saßen auf der Terrasse des kleinen Hauses direkt über der Steganlage.

„Wie? Du meinst das nicht ernst, oder? Du hast ja keine Ahnung, was das für eine ist, die ist …"

„Ein vierzehnjähriger Teenager in Phase fünf der Rebellion. Habe ich alles selbst hinter mir. Durchatmen. Akzeptieren. Schäden begrenzen. Das ist die Devise. Nimm sie mit und sie wird für den Ersten Offizier oder für einen der Küchenjungen schwärmen, ab und zu den ein oder anderen Rauchmelder aktivieren und wahrscheinlich besser mit Messer und Gabel umgehen als du."

Tarzan schaute den Mann mit dem Seebärenbart zweifelnd an.

„Wie soll das denn gehen? Übermorgen legen wir ab. Das Schiff ist ausgebucht, hat in der Zeitung gestanden."

Reuters lachte. „Ihr habt doch eine Suite. In einer der Seitenwände ist ein Klappbett. Manche haben sogar noch ein Pullman-Bett oben drüber. Du kannst die Suiten mit maximal vier Paxen belegen. Ich ruf Tino Bergholz an, das ist der Kreuzfahrtdirektor. Ein Pfundskerl, den wirst du mögen. Leider Borusse. Der macht alles möglich. ALLES! Kann höchstens sein, dass ihr für die Kleine einen Verpflegungszuschlag hinblättern müsst. Sollte sich aber in Grenzen halten."

„Bist du noch zu retten? Ein abgedrehtes Punkmädchen in unserer Kabine? Wir müssen uns das Bad teilen, die Toilette und nachts …“

„Passiert doch eh nix.“ Werner Reuters schaute Tarzan mit einer Mischung aus Heiterkeit und Mitleid an. „Ihr habt doch eh keinen Sex, du hast also keinen Grund …“

„Hä?“ Tarzan plusterte sich auf wie ein gereizter Truthahn. „Wie kommst du darauf, wir hätten keinen Sex? Also bei aller Freundschaft, da bist du entschieden auf dem falschen … äh, ich meine, das geht dich mal absolut rein gar nichts an, mein Lieber!“

Tarzans Gegenüber lehnte sich nach hinten und lachte laut und herzhaft wie über einen besonders gelungen Witz.

„Mensch, Tarzan, komm wieder runter. Ehrlich, ich wollte dir nicht zu nahe treten. Ist nur Lebenserfahrung. Ich schippere nicht unter eurem Schlafzimmerbullauge rum und mach Fotos mit ’ner Wärmebildkamera. Ich sag nur: Ich kenne Solo auch schon sehr lange, und nach allem, was passiert ist, habt ihr noch keinen Sex. Du musst jetzt nichts sagen. Du hast nämlich recht, das geht mich nichts an. Nimm das Mädchen mit, die guckt euch nichts ab, und entspannt euch. Alle drei. Ich ruf’ jetzt den Tino an.“

Tarzan sagte nichts. Sein Freund hatte recht. Sie schliefen sogar in getrennten Zimmern. Sie lasse ihn schon wissen, wenn sie wieder so weit wäre. So oder so ähnlich. Er hatte sich natürlich auch aus dem Grund auf die Kreuzfahrt gefreut, weil sie da wieder in einem gemeinsamen Bett liegen würden. Das gute Essen an Bord … die Cocktails … wer weiß … Tarzan seufzte. Irgendwie war er immer noch sechzehn.

Kreuzfahrt mit Jay … Ein Film kam ihm in den Sinn: Life of Pi – Schiffbruch mit Tiger. Entspannen? Gab es so viel Alkohol an Bord?

„Eine Flusskreuzfahrt? Ist nicht dein Ernst, oder? Scheintote Eierlikörjunkies machen Ringelpiez zu Polonäse Blankenese? Danke, viel Spaß. Ich pass' solange auf euer Schiffchen auf."

Tarzan saß mit Jay auf dem Vordeck. Ihre Beine baumelten über dem grünen Wasser des Altrheins und ein Entenpaar prüfte, ob es da wohl was zu holen gäbe. Solo war in die Stadt gefahren, um noch ein paar Lebensmittel zu kaufen. Immerhin waren sie ja jetzt zu dritt.

Tarzan hatte beschlossen, Jay einzuweihen. Solo mit etwas zu überraschen, war schon heikel genug. Ging meistens ins Auge. Da konnte er nicht noch ein weibliches Wesen gebrauchen, das ihm Schwierigkeiten machte. Schwierigkeiten? Scheiße, die will natürlich nicht mitfahren. Klar. Er selbst hatte ja schon vor ihrer geplatzten Hochseekreuzfahrt von einem schwimmenden Seniorenheim gesprochen. Vierzehn. Flusskreuzfahrt. Eine exakte Definition des Begriffes konträr. Mit Vierzehn alleine auf der Lady Jane. Traumhaft. Jede Nacht Party. Die Bierlaster würden einen Stau auf der Biedensandstraße bilden.

„Du fährst da mit. Basta." Ab und zu war es angebracht, einen auf Gerhard Schröder zu machen.

„Du hast mir absolut voll rein gar nichts zu sagen, weißt du!" Blöd. Schröder funktioniert bei Teenagern nicht.

Grammatik auch nicht. Seufzend stand Tarzan auf, ging in die Küche und kam mit zwei Flaschen Bier zurück. Plan B. Wenn der auch platzte, hatte er ja noch 24 weitere Buchstaben.

„Hier", er reichte ihr die bereits geöffnete Flasche.

Sie schaute ihn mit einer Mischung aus Freude und Misstrauen an, welches rasch von Verstehen abgelöst wurde.

„Bleifrei, wie? Kinderbier. Hast ja jetzt die Verantwortung für mich."

„Bleifreies haben wir nicht an Bord. Das ist ein Schiff. Keine Kita. Prost."

„Äh … Alter …" Jay betrachtete eingehend das Etikett auf der beschlagenen Flasche. „Cool, Alter! Prost!" Sie entblößte ihre großen Schneidezähne. „Hau wech das Zeuch!" Das Klicken der Flaschen schallte über die trübe Wasserfläche. Die Kleine hatte vielleicht einen Zug … Tarzan hätte fast gegrinst. Er stellte sein Bier ab und zückte sein Handy.

„Fehlt nur noch was zu rauchen …", sinnierte das Mädchen, stützte sich mit den mageren Armen ab und lehnte sich zurück, um in den Himmel zu schauen, an dem ein paar Federwolken das satte Blau eher noch unterstrichen.

„Solo hat vor einigen Jahren damit aufgehört", brummelte er abwesend, während er sich durch das Telefonverzeichnis der Stadtverwaltung scrollte. Ah hier! Da hatte er es. Er schaute auf die Zeitanzeige des Displays. Sollte wohl noch jemand da sein. Er wählte die angezeigte Nummer und stoppte den Anruf nach dem ersten Rufton. So. Die Waffe war entsichert.

„Machst'n da?" Total entspannt. Bier macht aus Fremden Freunde.

„Ich ruf das Jugendamt an."

„Willst mich adoptier'n, oder was?"

Mann, das Kind hatte einen berechnenden Blick drauf, wie eine 58-jährige Kneipenwirtin.

„Loswerden." Lakonisch konnte er auch. Richtig. Gut.

„Loswerdnnnnn." Das N gedehnt in Tateinheit mit einer höhnischen Grimasse und einem ausgestreckten, bemitleidenswert dürren Mittelfinger. Kinder sind ein Geschenk.

Tarzan betätigte die Wahlwiederholung und hielt sich das Handy ans Ohr. Wenn da jetzt keiner rangeht, musste er bluffen. Dünnes Eis.

„Schrader, Jugendamt, was kann ich für sie tun?"

Die Stimme klang, als bräuchte sie selbst noch einen gesetzlichen Vertreter. Wo waren bloß all die strengen Matronen mit den schnarrenden Reibeisenstimmen? Vermutlich im Vorabendprogramm. Möge das Spiel beginnen!

„Zahn. Hallo, Frau Schrader, ich möchte einen befristeten Betreuungsfall melden." Keine Ahnung, ob das so hieß und ob es so was überhaupt gab, aber die Wirkung trat sofort ein: Jay riss ihm wütend das Handy aus der Hand.

„Du bluffst doch, du Arsch! Hallo? Ist da jemand?" Tarzan griff sich seelenruhig sein Bier und nahm einen tiefen Schluck, während er aus den Augenwinkeln das Gesicht des Mädchens beobachtete. Er staunte. Er hätte es nicht für möglich gehalten, dass Jay noch blasser werden konnte, als sie ohnehin schon war. Er wartete bloß noch darauf, dass die schwarzen Lidstriche grau wurden. Jay beendete die Verbindung mit einem so heftigen Tippen, dass er befürchtete, das Display würde zerspringen.

„Du … du … fieser …“ Sie schaute ihn an. Ihre riesigen Augen füllten sich mit Tränen. Auf dem Weg über ihr schmales Gesicht hinterließen sie dunkle Spuren. „ … Erpresser!“ Sie schniefte und Tarzan nahm ihr rasch das Handy aus der Hand, bevor sie es noch in einer Affekthandlung in den Altrhein werfen konnte.

Er kam sich dreckig vor. Lausig dreckig. Das magere Dingelchen vor ihm heulte, und er war schuld. Er streckte die Hand aus, um sie tröstend an der Schulter zu berühren und wurde mit einem zornigen Fauchen zurückgewiesen.

„Du bist so ein Arsch, dass du's weißt. Es war nicht meine Idee, zu euch zu kommen. Ich hab' sonst keine Erwachsenen, die mich haben wollen, ich hab' gedacht, ihr seid nicht so wie die anderen alten Leute. Ich dachte, ihr seid ein bisschen verrückt, schräg oder wie auch immer, ach es ist doch alles Kacke!“ Sie setzte das Bier an, trank die Flasche in einem Zug aus und schleuderte sie in hohem Bogen ins Wasser. Die Köpfe der Angler am Bau ruckten herum, als habe ein Finnwal geblasen. Jay stand ungelenk auf und Tarzan tat es ihr gleich.

„Es tut mir leid, Jay. Es war wirklich nur ein Bluff. Aber nur, weil ich will, dass du mit uns auf die Kreuzfahrt gehst, nicht weil ich dich loswerden will.“ Seine Stimme klang belegt. Er schaute das immer noch weinende Mädchen an. Es zerriss ihm das Herz. Schnupfen. Wie angeflogen. Er zog geräuschvoll die Nase hoch. Verdammt! Mit Frauentränen hatte er noch nie umgehen können. Er wischte sich über die Augen, bemerkte den erstaunten Blick seines Gegenübers und breitete die Arme aus. Schniefend klammerten sie sich aneinander. Ihr Make-up hinterließ ein interessantes Muster auf seinem weißen T-Shirt. Wie dünn sie war. Er traute sich fast nicht, ihr den Rücken zu tätscheln, aus Angst, die dünnen Rippen würden zerbrechen. Zugegeben: das mit den alten Leuten hatte gesessen. Wie ein sorgfältig gezielter Kinnhaken. Aber als er das unglückliche Mädchen jetzt in den Armen hielt, nistete sich ein völlig neues Gefühl in seinem Bauch ein. Warm kroch es durch seine Innereien, fand die Schnellwege der Blutbahnen zu seinem Bestimmungsort: dem Herzen. So etwa musste es sich anfühlen, wenn man Vater war. Papa. Vadder, Babba oder Babbe, wie die Kurpfälzer sagen. Sie hatte ja so recht. Er war ein fieser Erpresser und so ein Arsch. Sie hatte recht.

„Du hast recht!“ Er befreite sich sanft aus ihrer Umarmung und räusperte sich einen ganzen Froschteich aus dem Hals.

„Ich bin ein Depp und es tut mir leid. Aber wir können dich hier nicht alleine lassen. Das fliegt in ein, zwei Tagen auf und dann kommen sie und holen dich. Und Solo und ich sind dran. Ich schlage deshalb einen Waffenstillstand vor: Du fährst mit, kriegst zweihundert Euro Taschengeld. Ich will dich nicht rauchen sehen und ich will dich keinen Alk trinken sehen …“

„Hör mal, ich …“ Tarzan hob beide Hände mit den Handflächen nach vorne, als bedrohe sie ihn mit einer Waffe.

„Ich sagte, ich will es nicht sehen. SEHEN, verstehst du? Wenn ich es sehe, muss ich einschreiten. Wenn ich es nicht sehe, muss ich mich nicht aufregen. Anders ist es mit Drogen jeglicher Art. Da endet der Spaß. Kiffst du?“

„Mama kifft.“

„Das habe ich nicht gefragt.“

„Sie kifft und manchmal kokst sie auch. Ich habe bei ihr schon zweimal kalten Entzug erlebt. Ich verachte Drogen!“ Da war sie wieder. Die fauchende Wildkatze mit den ausgefahrenen Krallen. Was mag das Mädchen schon alles erlebt haben, dachte Tarzan, und wieder strömte diese Wärme durch sein Herz. Babba. Ja. So lange Jay bei ihnen war, so lange wäre er ihr Babba.

„Zweihundertfünfzig.“ Sie stemmte die Arme in die Beckenknochen und schaute ihn herausfordernd an. Es sah aus, als wolle eine Maus einen Grizzly in die Flucht schlagen.

„Okay. Aber wenn Solo fragt, sind es nur hundert.“

„Cool!“ Sie streckte ihm die winzige Faust hin und er berührte sie mit der seinen. Vorsichtig. Er litt unter einer beginnenden Arthrose. Cool. Aber so was von!

„Und kein Wort zu Solo wegen der Kreuzfahrt! Das erfährt die erst, wenn wir auf dem Schiff sind. Ich erzähl ihr, wir würden es besichtigen. Setz dich Jay, ich will das in Ruhe mit dir bereden.“

„Bei einem Bierchen.“

„Bei einem Eis-Teechen. Die Order mit dem Sehen gilt ab jetzt, Süße.“

„Und warum hast du mir vorhin eines gegeben?“

„Gehörte zum Plan. Wer Minderjährigen Alkohol ausschenkt, kann kein Sorgerecht erhalten. Auch kein vorläufiges. Ich hätte gestanden und du wärst in einem schicken Astra mit dem Lampertheimer Stadtwappen in eine behütende Einrichtung gereist.“

„Du bist so ein …!“

„Arsch. Hatten wir schon. Ich hab’s kapiert.“

„Tarzan?“

„Was?“

„Schade, dass du nicht wirklich mein Papa bist.“

Schon wieder Schnupfen. Wurde er jetzt allergisch, oder was? Er presste die Lippen zusammen und grinste wie Stan Laurel. Jays Augen blitzten und die großen Schneidezähne verliehen ihr das Aussehen eines Nagetierchens. Eines glücklichen Nagetierchens.

Kapitel 3

Solo macht eine unpassende Bemerkung über männliche Körperbehaarung, Tarzan bekommt ein Kompliment von einer Truthenne und ein Teenager findet Gefallen an Flusskreuzfahrten.

Freitag 17.06.2016, 09:48 Uhr

„Ich hasse Überraschungen!“ Solo schaute missmutig aus dem Fenster des Wagens. Sie waren mit ihrem Geschäftsauto unterwegs, dem mausgrauen Golf III Kombi. Unauffälliger ging es nicht und genau deshalb bekam der Oldie bei ihnen sein Gnadenbrot. Solo steuerte das Auto nach Tarzans Anweisung auf einen Parkplatz direkt am Mannheimer Hafenkreisel.

„Da dürfen wir nicht parken, das ist für Hotelgäste!“ Tarzan zog ein abgegriffenes Kärtchen zwischen den CDs in der Mittelkonsole heraus und hielt es ihr vor die Nase. WIR DÜRFEN DAS! stand darauf.

„Sehr witzig. Die schleppen uns hier schneller ab, als du einen lassen kannst“, bemerkte sie und Tarzan fragte sich zum wiederholten Mal, ob sie unter den Passagieren der *Stéphanie* nicht doch auffallen würden. Vom Rücksitz kam ein leises Kichern und erinnerte sie daran, dass sie ja nun doch so etwas wie einen Erziehungsauftrag hatten.

„Du zahlst“, sagte sie und stellte den Klempnerporsche zwischen eine S-Klasse und einen Jaguar F-Pace.

„Schau nur, wie du hier empfangen wirst!“ Er deutete hinüber zum Rheinkai, wo auf der großen Freifläche gerade ein ganzer Trupp historisch gekleideter Gestalten mit Schleifsäbel und Zweispitzhüten mit Federbusch Aufstellung nahm. Solo, die Hände in den Taschen ihrer ausgebeulten Kampfweste vergraben, latschte mit wiegendem Schritt über die Straße wie ein Dockarbeiter nach zwölf Stunden Schicht. Unter der martialischen Weste trug sie ein blau-weiß gestreiftes T-Shirt, das aussah, als käme es aus den Beständen der russischen Eismeerflotte. Die knallenge Jeans hatte sie mit einem breiten Nietengürtel verzurrt, an dem in einem voluminösen Lederfutteral ein Multitool hing, mit dem man wohl auch den Motor eines 40-Tonners ausbauen konnte. Solo besaß für ihre schlanke Statur erstaunlich große Füße, was sie noch durch ihre Vorliebe für amerikanische Worker-Boots betonte. Wie üblich war sie ungeschminkt und ihre kurzen (mittlerweile gefärbten) roten Haare hatte sie mit Wachs zu einer modernen Spülbürstenfrisur gestrubbelt. Kurz: Sie sah aus wie Johnny Rottens böse Schwester.

Tarzan hatte heute seine geliebte Armyjacke zuhause gelassen. Er trug eine schmucklose schwarze Lederjacke, ein blaues Polohemd ohne läppische Camp-David Stickereien und seine besten dunklen Jeans. Mit den schwarzen Sneakers und den frisch geschnittenen Haaren wirkte er wie Mabel Rottens Bewährungshelfer.

Jay dackelte mit gesenktem Kopf hinter ihnen her. Kabel hingen aus ihren Ohren und ihre Nase war auf das Display ihres Handys gerichtet.

Tarzan steuerte auf den Eingang der Bar-Terrasse zu. Die Sonne schien und so war die Idee, auf einen Kaffee oder ein Bier hier einzukehren, nicht ganz abwegig. Bis jetzt schien

Solo jedenfalls noch keinen Verdacht zu schöpfen. Als sie die Terrasse betraten und zu einem der Tische geführt wurden, erklang vom Kai her ein kurzes Kommando und eine Big-Band spielte eine mitreißende Swing-Nummer. Solo reckte ihren langen Hals, um besser sehen zu können.

„Schau mal, die feiern hier was. Hängt wohl mit dem Schiff zusammen, das da unten liegt.“ Die Quengellaune war echter Neugierde gewichen. „Schönes Schiff, nicht so ein Kasten, der wie ein IKEA-Regal aussieht.“ Tarzan tat, als sähe er das Schiff erst jetzt und pflichtete seiner Frau bei.

„Wirklich schön. Wie ein Klassiker. Ist aber erst vor einem Jahr umgebaut worden.“

„Woher weißt du denn das?“

„Das steht in der Zeitung. In der aus Papier. Auf dem Tablet geht so was natürlich unter. Da haben ja die Schuhangebote in Südflorida oder die Ersatzteilbörsen für US-Cars einen höheren Stellenwert.“

Uffbasse! Zurückschalten! Wir wollen die Gute doch nicht verärgern!

Der Kellner kam und nahm die Bestellung auf. Solo orderte ein Weizenbier und Tarzan einen Espresso Doppio und eine Portion Tiramisu.

„Eistee“, hauchte Jay und warf Tarzan einen verschwörerischen Blick zu, bevor sie sich wieder auf ihr Handy konzentrierte.

„Stand da auch, wo die hinfahren?“ Tarzan atmete auf. Solo schien ehrlich interessiert. Er tat, als überlege er ein paar Augenblicke.

„Ich glaube nach Holland. Amsterdam und noch ein Stück und wieder retour. Acht Tage oder so. Nur Suiten und Premium-Kabinen, Weltklasse-Küche und ein dolles Unterhaltungsangebot!“ Vorsicht, nicht zu enthusiastisch werden!

„Das wär, glaube ich, nichts für mich. Schau dir bloß die ganzen Grauköppe an, die da gerade an Bord gehen. Die haben bestimmt in jeder Kabine einen Defibrillator hängen.“ Na, das fängt ja gut an. Zeit, das Steuer herumzureißen. Tarzan nippt an seinem Espresso und leckt den Tiramisu-Löffel ab.

„Die haben sogar Bülent Ceylan und Xavier Naidoo unter Vertrag genommen.“

„Was du alles weißt …“ Solos grüne Augen blitzten vergnügt aus ihrem sommersprossigen Gesicht.

„Naja, für Leute deines Alters ist das wohl eher was. Rammstein wär’s gewesen. Aber die dürfen auf Schiffen nicht auftreten, wegen dem ganzen Feuer und so. Da haben die Reedereien alle die Hosen voll.“

Mittlerweile hatte die Big Band den zweiten Titel beendet und ein Mann trat ans Rednerpult. Ein TV-Team hatte sein Equipment in Position gebracht und der Mann im Geschäftsanzug stellte sich als Bertold Dammartine vor, Vizepräsident der Badischen Dampfschifffahrtsgesellschaft Mannheim. Die Rede wurde durch Lautsprecher übertragen, so dass auch die Gäste auf der Terrasse alles mithören konnten. Die von Solo so despektierlich als „Grauköppe“ bezeichneten Gäste standen auf dem Oberdeck des Schiffes und klammerten sich an Champagnergläser. Dort waren im vorderen Bereich nun auch Offiziere und Mannschaften angetreten, der Kapitän ganz in Schwarz, mit einer altmodisch hohen Schirmmütze wie zu Zeiten der Titanic. Die restlichen Crewmitglieder in weißen Uniformen. Der Koch mit seiner riesigen Mütze stach heraus. Solo berührte Tarzans Hand, der sich halb umgewandt hatte, um die Aktion zu beobachten.

„Den Koch kenn ich, den habe ich letztens im Fernsehen gesehen, der hat einen zweiten Stern bekommen, oder so."

„Tristan Brandt vom OPUS V", antwortete Tarzan. „Der hat die Menüs geplant und ist auf der ersten Reise persönlich an Bord."

„Muss man garantiert vorher bei Mäckes was Anständiges essen, wenn der einem sein Mini-Schnicki-Schnacki auf den Tisch stellt."

Tarzan schluckte eine Antwort hinunter. Er war nun wirklich nicht dafür geeignet, seiner bodenständigen Gattin die Vorzüge feinster Kochkunst näherzubringen. Pommes-Schranke und so. Sie erinnern sich?

„Apropos: Wo oder was essen wir heute Abend?" Sie schaute auf ihre alte Timex. Tarzans Hand zeigte schon halb auf das Schiff, als er sie rasch zurückzog, um sich hinter dem Ohr zu kratzen.

„Ach, Liebes, da fällt mir schon was ein …" Gerade noch mal die Kurve gekriegt!

„Zahlen bitte!"

„Was soll das werden? Die haben doch alles abgesperrt. Komm lass uns zu Schorschi fahren, ich hab Hunger." Solo war stehengeblieben, als Tarzan und Jay in Richtung Schiff gingen.

„Bloß gucken“, rief Tarzan und winkte ungeduldig. „Ist die Jungfernfahrt. So was siehst du nicht alle Tage!“

„So eine Ansammlung alter Jungfern auch nicht“, brummelte Jay, als sie eine Sekunde lang von ihrem Handy aufgeblickt hatte.

Das verregnete Jahr hatte dem Rhein einen ordentlichen Wasserstand beschert, so dass die Aufbauten des Schiffes die Kaimauer überragten. Der Steiger verlief beinahe waagrecht auf das Oberdeck. Ein roter Teppich führte direkt in den großzügigen Empfangsbereich. Viel poliertes Messing, Mahagoni und schimmerndes Parkett. Die Jungfern, die Jay gesehen hatte, waren vier alte Damen, die alle aussahen, als überstiege ihre monatliche Friseurrechnung locker die Wohn- und Nebenkosten ihrer Gründerzeitvillen. Sie wandelten gemessenen Schrittes hinter einem uniformierten Pagen her, der einen auf Hochglanz polierten Kofferwagen schob, auf dem sich schweinsledernes Edelgepäck und voluminöse Kleidersäcke türmten. Sie gackerten wie eine Truthahnfarm, in die ein Marder eingedrungen war, und schienen schon mehr als das eine Begrüßungsglas intus zu haben, welches ein anderer Page vor dem Steiger den Passagieren anbot. Der Rheinkai war etwa hundert Meter vor dem Steiger mit schwarzen Bändern abgesperrt, wie sie auch auf Flughäfen üblich waren. Davor drängten sich Schaulustige und Journalisten. Einer der Fotografen rief den Truthahnfrauen etwas zu, worauf das Gegackere anschwoll und feiste manikürte Hände, in die sich protzige Ringe tief eingegraben hatten, zurückwinkten. Kameras klickten und die Journalisten rempelten sich in Stellung.

Tarzan steuerte zielstrebig auf den von zwei Security-Leuten bewachten Durchgang zu.

„Du willst doch nicht etwa da rein, Tarzan? Die werden dir gleich was husten!"

Die kräftigen Herren in den dunklen Anzügen mit dem Reederei-Logo husteten nicht. Sie warfen routinierte Blicke auf die drei Kärtchen, die Tarzan im Sichtschatten seiner stämmigen Figur vorzeigte, nickten freundlich und gaben den Weg frei.

„Mein Herr, Madame, Mademoiselle …" Stil. Selbst bei den Gorillas. Solo drängte sich dicht an Tarzans Ohr und zischte: „Hast du denen etwa Geld gegeben? Bist du noch zu retten? Warst du wieder am Automaten? Morgen müssen wir tanken!"

„Schschschsch!", wisperte Tarzan. „Vertraue mir. Das sind alte Kumpels von mir."

„Herzlich willkommen auf der *Stéphanie de Beauharnais*". Der Empfangschef vor dem Steiger war Profi. Weder Solos schneidiges Outfit, noch das schwarz gekleidete Mädchen in ihrer Begleitung ließen auch nur einen Mundwinkel zucken.

Tarzan zeigte ihm die Bordkarten. Diesmal konnte er nicht verhindern, dass Solo es mitbekam.

„Bitte sehr, herzlich willkommen!" Die junge Frau mit dem Begrüßungssekt hielt ihnen das frisch bestückte Tablett hin. Am schnellsten war Jay, die sich sofort eines der Gläser krallte. Tarzan entdeckte hinter dem mit einem langen Tischtuch verhüllten Klapptisch die Kartons mit den Flaschen. Champagner. Da schau her.

„Du …“ Solos Augen glitzerten gefährlich, eine steile Falte bildete sich zwischen ihren Augenbrauen.

„Prost!“, stieß Tarzan hervor und Solo spielte notgedrungen mit. Hinter ihnen standen schon die nächsten Neuankömmlinge.

„Prost!“ Solos Blick war in den Na-warte-Modus zurückgefahren. Mit den Gläsern in der Hand wanderten sie über den Steiger, vorbei an der gaffenden Menge und der Phalanx aus Fotografen und Journalisten.

„He, wer seid ihr denn?“, rief einer von ihnen. Jay fuhr herum, hob ihre Hand mit dem Champagnerglas und die andere mit hoch erhobenem Mittelfinger.

„Ya doc Vladimira Putina.“ Daraufhin feuerten die Damen und Herren von der Presse aus allen Rohren und brüllten weitere Fragen, einer sogar auf Russisch.

Am Eingang zur Lobby standen zwei Crewmitglieder mit slawischen Gesichtszügen und bissen sich fast die Zungen blutig, um nicht laut loszuprusten. Ein schlanker Mann im Anzug stellte sich als Kreuzfahrtdirektor Tino Bergholz vor und hieß sie im Namen der Reederei willkommen.

Tarzan nahm Jay beiseite. „Was hast du denen gesagt?“

Die großen Schneidezähne erschienen. „Dass ich Putins Tochter bin. Damit hatten ich und Ma schon öfter viel Spaß.“

Aus Solos Richtung kam ein erstickter Laut, ihre Schultern zuckten. Es erging ihr nicht anders als den beiden Matrosen am Eingang.

„Die Zeitung von morgen, die muss ich später unbedingt haben“, sagte sie und wandte sich Tarzan zu. „Wie bist du bloß an die Besucherkarten gekommen? Ich dachte immer, auf den richtig feinen Schiffen machen sie das nicht.“ Es wurde Zeit. Zeit, Abrakadabra zu rufen und das Tuch herunterzureißen.

„Es sind Bordkarten, Liebes. Die Dame braucht dann noch deinen Ausweis.“

Solo hatte sich bewundernswert gehalten. Hatte sogar gelächelt, als die Rezeptionistin sie auf den Empfang und die Crewvorstellung auf dem Sonnendeck aufmerksam gemacht hatte. Die Suiten befanden sich auf dem gleichen Deck. Die „*Stephi*“, wie das Schiff von der Crew liebevoll genannt wurde, war ein typisches Rheinschiff: drei Decks, ein großer Panorama-Aussichtssalon, eine stilvolle Bar und das luxuriöse Panorama-Restaurant mit Live-Cooking-Station. Das unterste Deck beherbergte den größten Spa- und Fitness-Bereich aller Flussschiffe, inklusive Sauna, Pool und einem Yoga-Studio. Die Rezeptionistin mit fescher Kurzhaarfrisur hieß Edita und verströmte Herzlichkeit wie mit einer Handbrause. Da hatte jemand richtig Spaß an seiner Arbeit.

„Ihr Gepäck ist bereits auf Ihrer Suite“, zwitscherte sie, „wenn Sie jetzt noch Ihren Daumen auf die Scannerplatte legen, können Sie damit Kabine, Safe und Ihren persönlichen Schrank im Spa-Bereich öffnen und schließen.“

Tarzan staunte und platzierte seinen Daumen als Erster auf dem kleinen Display.

„Klasse, da kann ich niemals meinen Schlüssel verlieren."

„Es sei denn, jemand schneidet dir den Daumen ab." Solo. Klar.

Die Suiten hatten keine Nummern, sondern Städtenamen, die nach dem hauptsächlichen Fahrgebiet des Schiffes ausgewählt waren. Solo, Tarzan und Jay bezogen die Suite „Xanten". Da die drei ziemlich spät an Bord gegangen waren, befanden sich die meisten Passagiere schon auf dem Schiff. Fast alle waren auf dem Sonnendeck und wohnten der Zeremonie der Crewvorstellung bei. Ein junger Mann im bordeauxfarbenen Smoking begrüßte sie vor ihrer Tür. Auch bei ihm wirkte das Lächeln nicht aufgesetzt. Entweder wurden die richtig gut gedrillt oder tatsächlich anständig bezahlt und behandelt, dachte Tarzan und hoffte auf Zweiteres.

„Herzlich willkommen auf unserer *Stéphanie* meine Herrschaften. Ich bin Marco Sillmar, ihr persönlicher Steward. Wenn Sie Wünsche haben, drücken Sie auf dem zentralen Display in Ihrer Suite auf „Service" und ich stehe Ihnen zur Verfügung. Vierundzwanzig Stunden. Ich wünsche Ihnen eine unvergessliche Reise auf dem Rhein." Der junge Mann übersah mit professioneller Lässigkeit die verzückt aufgerissenen Augen und den offen stehenden Mund von Jay und drückte seinen Daumen auf den Sensor neben der Tür. Lautlos glitt die Schiebetür zurück und ein sonnendurchfluteter Raum in stylischem Weiß mit Leder-Sitzecke und einem wuchtigen Boxspringbett tat sich auf. Die Tür des französischen Balkons war teilweise geöffnet und gab den Blick frei auf die Ludwigshafener Rheinpromenade vor dem Einkaufszentrum Rheingalerie. Vor dem Bett auf dem beigen Hochflorteppichboden standen ein ramponierter Trolley und eine Reisetasche, sowie ein stockfleckiger Seesack.

„Mit Ihrem Daumen kommen Sie in alle Kabinen?“, fragte Tarzan den Steward.

Dieser nickte. „Zu den Servicezeiten vormittags und am frühen Abend. Das Team vom Housekeeping wird von mir und meinen Kolleginnen und Kollegen beaufsichtigt. Wenn jemand von Ihnen sich in der Suite befindet, ist das Schloss automatisch gesperrt. Wir kommen dann später wieder. Sie können Ihre Suite aber auch manuell sperren. Dann kommt außer Ihnen keiner rein. Wenn Sie möchten, erkläre ich Ihnen die Funktionen des zentralen Touchscreens Ihrer Suite.“

Solo ergriff das Wort: „Danke, ich würde sagen, wir kommen erst einmal in Ruhe an. Vielen Dank, Herr Sillmar.“

„Aber sehr gerne, Frau Solomon-Zahn. Herr Zahn, Frau Velden, ich freue mich, dass Sie bei uns an Bord sind.“

Solos Lächeln fiel von ihr ab wie eine lose Radkappe bei rasanter Kurvenfahrt, als die Tür sich mit einem leisen Klicken hinter ihnen schloss.

„Schau Liebes, sogar mit Blubberdüsen in der Badewanne, da kann ich sogar pupsen …“ Tarzans Begeisterung folgte der Radkappe, als er Solos Gesichtsausdruck bemerkte.

„Solomaus?“

„Solomaus!“, äffte sie ihn nach, „nix Solomaus! Mensch, du weißt, ich krieg Pickel von Überraschungen. Was ist überhaupt in dem Koffer? Hast DU den etwa gepackt? Seit wann führst du mich schon an der Nase herum, hä? Was kostet dieses Fluss-Adlon überhaupt? Sag mal, bist du noch zu retten?“

„Nix!“ Tarzan grätschte mitten in ihren Redeschwall. „Das kost’ nix! Werner hat uns die Karten besorgt. Der hat auch das Gepäck hergeschafft und das mit Jay gedeichselt. Der ist in so einer Art Förderverein für dieses Schiff und hat die Suite als geladener Gast angeboten bekommen, der hat aber einen OP-Termin, der schon lange gebucht ist und der hat ..., der hat ..., Mensch, Solo!“

„Boah, Frau Velden hat der mich genannt.“ Beide drehten sich zu Jay um, die auf dem Bett saß und im Bordmagazin blätterte.

„Frau Velden. Klingt ja voll alt. Aber der ist ja sowas von mega!“ Ihre Augen leuchteten und ihre roten Wangen schimmerten sogar durch das dicke Make-up. Solo und Tarzan schauten sich an. Beide dachten das Gleiche. Ein zickiger Teenie auf solch einem Schiff ist schon ziemlich schwer zu verkraften. Aber ein verliebter zickiger Teenie ... worst case!

„Der ist viel zu alt für dich, der ist mindestens ...“

„Sechsundzwanzig! Scheiß auf die paar Jahre. Wie weit seid ihr beiden auseinander? Acht oder zehn Jahre? Hier...“, sie hielt das Magazin hoch, „da sind sie alle aufgelistet. Mit Bild! Hab’ ich gleich als Hintergrund geladen. Findest du nicht auch, dass der aussieht wie Moritz Garth?“

„Moritz wer?“ Tarzan schaute zu Solo, die zuckte mit den Schultern. Immerhin sah sie nicht mehr so aus, als wolle sie ihm Daumen oder sonst was abschneiden. Danke, Moritz...Dings.

„Wo sind meine Laufsachen?“ Mist, daran hatte er nicht gedacht. Solo hatte den Inhalt des Trolleys auf dem Bett ausgebreitet und kopfschüttelnd das Sammelsurium betrachtet. Auf den Empfang auf dem Sonnendeck hatte sie keinen Bock. Jay hatte ihren Seesack, so wie er war, in den Schrank gepfeffert und sich auf die Couch gefläzt. Sie durchforstete das Internet nach einem gewissen Marco Sillmar.

„Hast du was getrunken, als du den gepackt hast? Beziehungsweise, warst du stockbesoffen?“ Kichern von der Couch.

Solo hielt ein weißes Sommerkleid mit Spaghettiträgern in die Höhe.

„Ich glaube, das habe ich in den Siebzigern getragen. Sieht bestimmt scharf aus zu meinen Doc Martens.“ Sie warf es zur Seite und fischte mit spitzen Fingern eine Bluse hervor. „Ach herrje, da habe ich mal die Business-Schickse geben müssen. Warst du an meinem Schrank oder am Altkleidersack?“

„Ich, äh ... Es gibt hier zwei Gala-Dinner und eine White-Night-Party, da sollte man sich formell...“, begann Tarzan und wurde sofort unterbrochen.

„Bullshit! Ich lauf hier nicht rum wie Helene Fischer auf Koks. White Night! Ha! Kannst ja nackig gehen mit deinem weißen Wal-Bauch. Aber rasier' dir vorher den Hintern, du …,“ sie stockte. Beide schauten zu Jay, die die Szene mit ihrem Handy aufnahm.

Das Mädchen schaltete das Gerät ab und grinste.

„Ich denke, wir werden hier auf jeden Fall Spaß haben. Ihr seid ziemlich krass, wisst ihr das? Für so Oldtimer jedenfalls.“

Oldtimer? Solo und Tarzan schauten sich an und mussten plötzlich beide lachen. Die kleine Rotznase hatte es tatsächlich geschafft, die aggressive Stimmung zu kippen.

„Schau mal, da drüben!“ Jay deutete aus dem Fenster. Das Mannheimer Feuerlöschboot lag in der Mitte des Stroms und schoss gewaltige Bögen aus seinen Strahlrohren.

„Lasst uns raufgehen“, sagte Tarzan mit Blick auf seine Uhr. „In einer halben Stunde legen wir ab.“

„Wo halten wir das erste Mal?“ fragte Solo.

„Kölle“, antwortete Tarzan. „Morgen Früh. Ausflüge habe ich keine gebucht. Das machen wir auf eigene Faust.“

„Dass du's weißt!“ Solos Nase berührte fast die von Tarzan. Sie stand vor ihm wie ein wütender Drillsergeant. Fehlte nur noch der verbeulte Hut.

„Ich kauf in Köln eine komplette Laufausrüstung! K-O-M-P-L-E-T-T! Hast du das verstanden?“

„Geht klar.“ Alles andere wäre Selbstmord gewesen.

Der eine oder andere neugierige Blick streifte das Trio, als sie sich auf dem Sonnendeck einfanden. Richtiges Aufsehen dagegen erregten drei illustre Persönlichkeiten. Zwei Frauen mit vorgebundenen Schürzen, die stark an die Mannemer Marktweiber erinnerten, flankierten eine knapp zwei Meter messende Lady im ultrakurzen Miniröckchen und bauchfreien Matrosenjäckchen samt verwegen schief sitzender passender Mütze. Der Clou des Outfits waren jedoch die knallroten, himmelhohen Stilettos, auf denen die Lady daherstöckelte.

„Das is'n Kerl!“, sagte Jay und zückte ihr Handy.

„Markus Beisel in seiner Rolle als Celine Bouvier“, erklärte Tarzan.

„Der entschieden besser in High Heels laufen kann, als seine Kolleginnen“, lästerte Solo.

„Treten die hier auf?“, fragte Jay.

„Heute Abend, sie zeigen Ausschnitte aus dem aktuellen Programm. Wir wollten da doch schon immer mal hin“, antwortete Tarzan. „Schau, es geht gleich los.“ Er deutete nach vorne in Richtung Steuerhaus, das ungefähr die Größe eines Lkw-Fahrerhauses hatte. Ein Vorteil von Flusskreuzfahrten besteht darin, dass man hier den Steuermännern und dem Kapitän direkt bei der Arbeit zuschauen kann. Zwar war der direkte Bereich um das Steuerhaus für Passagiere nicht zugänglich, aber unmittelbar dahinter schloss sich der Barbereich des Sonnendecks an. Solo, Tarzan und Jay, die bereits vergeblich nach ihrem Lieblingssteward Ausschau gehalten hatte, standen an der Steuerbord-Reling, als der Kapitän und sein Erster Offizier, ein langer Holländer mit Sascha-Hehn-Charme, an ihnen vorbeigingen. Die beiden Offiziere traten durch die Glastür mit der Aufschrift „Dienstbereich – Betreten für Unbefugte verboten!“ und begaben sich an ein kleines Pult mit einigen Anzeigegeräten und einem kleinen Hebel, der wie ein Joystick eines Computerspiels aussah. Das Pult, dessen Wetterschutzhaube abgenommen worden war, befand sich unmittelbar an der Reling, so dass der Kapitän einen direkten Blick über die ganze Seite des Schiffes hatte. Am Ufer hielten sich die Festmacher bereit, auf Kommando die Taue loszuwerfen. Auf dem schmalen Gangbord, welches sich über die ganze Schiffslänge zog, standen ebenfalls Matrosen der *Stéphanie* in Bereitschaft. Der Steiger war nun abgesperrt, die Schlossgarde in ihren farbenprächtigen Uniformen hatte Aufstellung genommen. Der wohlbeleibte, bezopfte Kommandant schritt die Front ab. „Das ist Steffen Kling, der Kommandant von denen“, bemerkte Solo, und Tarzan nickte. Klings Ruf als Strafverteidiger und Bonvivant war legendär. Das Mannheimer Traditionscorps MTC zählte zu seinen größten Leidenschaften.

Den Betrachtenden bot sich ein buntes, fröhliches Spektakulum auf dem Hafenkai und auf dem Wasser, wobei die historisierenden Gewänder der Karnevalisten und die traditionellen Uniformen der Schiffsoffiziere dem Ganzen ein besonderes Flair verliehen. Mehrere schicke Motoryachten dümpelten in Ufernähe oder kreuzten in der Nähe der *Stéphanie*, um sie ein Stück weit zu begleiten. Endlich hatte Mannheim wieder eine eigene Reederei, die feierliche Auslauf-Zeremonie zur Jungfernfahrt ihres Flaggschiffes, der *Stéphanie de Beauharnais*, konnte beginnen.

Pünktlich um 16:00 Uhr erklang dreimal das Schiffshorn. Auf dem Rheinkai stimmte die Big-Band eine Instrumental-Version von Adiemus an, der offiziellen Auslaufhymne der *Stéphanie*. Das allgemeine Gemurmel und Gelächter verstummte, als die Taue klatschend ins Wasser fielen und von den Matrosen rasch eingeholt wurden. Stojan Ratkovic, der ursprünglich aus Serbien stammende Kapitän, betätigte mit größter Ruhe und Gelassenheit den Gashebel und aktivierte mit dem Joystick die Strahlruder an Bug und Heck. Der Erste Offizier kommunizierte über ein Handfunkgerät mit der Festmachermannschaft und gab dem Kapitän ein Zeichen, als das Schiff komplett frei kam. Unmerklich entfernte sich die *Stéphanie de Beauharnais* vom Ufer. Als das Lied verklungen war, intonierte die Kapelle einen dreifachen Tusch, die Traditionsgarde salutierte mit erhobenen Säbeln und das Schiffshorn sandte noch einmal seinen sonor dröhnenden Bass über den Fluss, dessen Widerhall von den Mauern der hohen Speicherblocks zurückgeworfen wurde. Gänsehaut-Feeling pur. Sogar die sonst so pragmatische Solo konnte sich der Faszination dieses besonderen Moments nicht entziehen.

Das Feuerlöschboot drehte bei und schoss noch einmal aus allen Rohren schenkeldicke Wasserstrahlen in alle Richtungen, wobei die Besatzungen einiger vorwitziger Sportboote eine kalte Dusche abbekamen. Die Melodie wurde nun über die Bordlautsprecher erneut abgespielt und das Gläserklingeln und die vielstimmige Geräuschkulisse setzten wieder ein. Servicekräfte liefen mit Tabletts voller Häppchen durch die überschaubare Menge. Der Schampus floss in Strömen, was man auch an dem zunehmend schriller werdenden Gekicher der Truthahnfrauen merkte. Gedränge gab es nicht. Die *Stéphanie* war als sogenanntes Boutique-Schiff konzipiert. Ihre maximale Kapazität betrug 71 Paxe, wie die Passagiere im Jargon genannt wurden. Diese Zahl wurde allerdings nur bei Vollbelegung sämtlicher Suiten und Premium-Kabinen erreicht. In der Regel waren die meisten Unterkünfte jedoch jeweils von zwei Paxen bewohnt, was die Zahl der Reisenden auf durchschnittlich 40 – 50 beschränkte. Normalerweise beförderten Schiffe dieser Größe bis zu 160 Passagiere (Detaillierte Angaben zur *Stéphanie* im Anhang).

Kapitän und Erster Offizier hatten den Satellitensteuerstand abgeschlossen und befanden sich nun im Steuerhaus, welches äußerlich, angepasst an das Ambiente der *Stéphanie*, traditionell und gediegen wirkte. Drinnen allerdings herrschte Hightech pur. Die modernsten Ortungs- und Steuerungssysteme waren hier verbaut worden. Der Kapitän saß auf einem bequemen Pilotensitz. Vor ihm, quasi im Fußraum, dominierte der große Radarmonitor, oberhalb davon waren noch drei weitere Monitore platziert, auf die verschiedene Funktionen gelegt werden konnten, ähnlich wie bei einem Flugzeug. Die Steuerung erfolgte mit einem vergleichsweise winzigen Joystick. Die Zeit der großen Speichenräder, Haspel genannt, war schon viele Jahrzehnte vorbei. Die hochmodernen gasbetriebenen Motoren liefen absolut vibrationslos und waren kaum zu hören. Die Abgaswerte unterboten sogar die eines modernen Euro 6-Dieselmotors, am Mast der *Stéphanie* flatterte demonstrativ der Wimpel mit dem blauen Umweltengel. Selbst bei zügiger Fahrt war auf dem Sonnendeck nur das Rauschen des Kielwassers zu hören.

Die *Stéphanie de Beauharnais* hatte nun ihr Fahrwasser erreicht und Kapitän Ratkovic, ein mit allen Flusswassern gewaschener Profi, brachte das Schiff zügig auf eine Reisegeschwindigkeit von 21 Kilometer pro Stunde. Die kleine Armada aus Sportbooten bildete eine Art Geleitschutz und grüßte mit ihren Hupen. Die Skipper und ihre Mitfahrer winkten begeistert und viele Passagiere der *Stéphanie* grüßten zurück. Auf den Frachtern, die am Rheinkai lagen, wurden ebenfalls Mützen und Hände geschwenkt. Ein Kamerateam auf der Ladefläche eines Pick-ups folgte dem Schiff auf der Kaianlage, soweit diese es zuließ.

Kurz nach dem Ablegen passierte die *Stéphanie* die Kurt-Schumacher-Brücke mit ihrem weithin sichtbaren Pylon. Ein Straßenbahnzug rumpelte gerade darüber und auf der Fahrbahn stauten sich die Lastwagen und Pkw.

„Vom Schiff aus wirkt unser gutes altes Mannheim ganz anders", bemerkte Solo und Tarzan nickte.

„Ein interessanter Perspektivwechsel. Besonders, wenn ich daran denke, wie oft ich selber da oben im Stau gestanden habe." Er schaute seine Frau an, die mit leichtem Lächeln versonnen einen mächtigen Kohlefrachter musterte, ein Koppelverband aus einem Güterschiff und einem vorgespannten Leichter, auch Barge genannt. Am Heck wehte stolz die niederländische Flagge.

„Der wartet auf den Anruf, damit er im Grosskraftwerk entladen werden kann. Weißt du noch, die Frieda S.?"

„Ob da auch wieder ein Krake die Finger, äh die Tentakel drin hat?"

„Leider wird das so sein. Schlägst du einen tot, wachsen dreie nach."

„Hey!" Tarzan riss Solo aus ihren düsteren Gedanken.

„Was?"

„Ich liebe dich. Jag' diese Gedanken zum Teufel, das wird hier unser neuer Anfang. Acht Tage Entspannung pur!"

Zu seiner eigenen Überraschung ließ sie sich die Umarmung widerstandslos gefallen, ja erwiderte sie leidenschaftlich. Tarzan erhielt seinen ersten richtigen Kuss nach ihrer denkwürdigen Hochzeit. Nur mit seiner Prophezeiung lag er daneben. Meilenweit.

„Genießt eure Jugend. Schön, wenn sich zwei Menschen so richtig gern haben." Tarzan und Solo fuhren auseinander. Eine der Truthahnfrauen prostete ihnen lächelnd zu. Tarzan grinste zurück. Jugend ist eben relativ. Jay war verschwunden. Sicher war sie auf der Suche nach dem Moritz-Steward. Der Mann tat Tarzan jetzt schon leid.

„Lass uns hier oben bleiben, es ist angenehm warm heute", schlug Solo vor. Tarzan folgte ihr in den hinteren Bereich, wo bequeme Lounge-Möbel zum Verweilen einluden. Ein Kellner erschien und fragte nach ihren Wünschen. Sie wählten einen Lupus Black vom Weingut Wolf in Ungstein. Eine Flasche. Sie mussten ja heute nicht mehr fahren.

„Die ist auch dabei?", fragte Solo. Tarzan nickte.

„Alles inklusive. Aber auch wirklich alles. Kein Wunder, die Fahrt, die wir hier machen, kostet in unserer normalen Suite 3200 Euro, die Eigner-Suiten im vorderen Bereich kosten 5400 Euro."

Solo schaute ihn an, als hätte er zehn Millionen gesagt.

„Das zahlt doch kein Mensch! Dafür kriege ich ja 'ne Überwinterung auf Teneriffa im Fünf-Sterne-Apartment. Sind die noch zu retten?“ Tarzan schüttelte den Kopf.

„In der Kabine habe ich einen Focus von letztem Monat liegen. Da berichten sie in einem mehrseitigen Artikel über die Mannheimer Dampfschifffahrtsgesellschaft. Hier auf der Jungfernfahrt zahlt kaum einer was. Fast alles geladene Gäste, Mäzene und stille Teilhaber. Hier läuft mehr Geld rum als in der Fifth Avenue. Die regulären Fahrten sind bis ins nächste Jahr ausgebucht. Sie haben Wartelisten. Es gibt jede Menge richtig reicher Leute, die für Exklusivität gerne richtig Geld hinlegen. Die politische Lage begünstigt Urlaub im eigenen Land. Siehst du den mächtigen Pott, der uns da vorne entgegenkommt?“

Solo drehte den Kopf. Sie erblickte ein weißes Passagierschiff mit merkwürdig kantigem Bug und riesigen Fensterflächen. Im Vergleich zu diesem massigen Schiff wirkte die *Stéphanie* geradezu filigran.

„Ein sogenanntes Longship von Viking River Cruises. Schweizer Unternehmen mit Sitz in Basel. Die haben sogar ihre eigenen Steiger. Siebzig Schiffe. Die fahren ausschließlich für die Amerikaner. Allerdings haben sie in diesem Jahr zwanzig von den Eimern stillgelegt, weil Trump seinen Landsleuten erklärt hat, dass Deutschland neben Syrien liegt.“

„Das sind doch wieder bloß Sprüche von dir.“ Solo hob ihr Glas, „Märchenonkel, du.“

„Keine Sprüche, kannst du alles googeln. Zurzeit tuckern ungefähr 170 Kreuzfahrtschiffe auf Europas Flüssen herum. Davon nur eine Handvoll im absoluten Premium-

Segment, so wie unsere *Stéphanie* hier." Tarzan griff nach seinem Glas und wollte gerade mit seiner Frau anstoßen, als eine angenehme, sonore Stimme aus den verborgenen Lautsprechern zu vernehmen war:

„Sehr verehrte Gäste, liebe Freunde und Gönner der Mannheimer Dampfschifffahrtsgesellschaft. Mein Name ist Stojan Ratkovic und ich habe die Ehre, auf dieser Reise ihr Kapitän zu sein. Ich heiße Sie auch im Namen der gesamten Crew herzlich willkommen auf der *Stéphanie de Beauharnais*, unserem Flaggschiff – und unser ganzer Stolz. Auch das Wetter spielt mit. Wir bewegen uns mit knapp 21 Kilometer pro Stunde stromabwärts in Richtung Worms, das wir so gegen 17:00 Uhr passieren werden. Um 21:00 Uhr werden wir Mainz erreichen und kurz vor Mitternacht das Mittelrheintal. Für diese Zeit habe ich hier eine Sturm- und Gewitterwarnung vorliegen, lassen Sie also nichts Wertvolles auf dem Sonnendeck liegen, ihren Gatten zum Beispiel." Verhaltenes Gelächter.

Der Kapitän gefiel Tarzan. Wenn er sich an seine Fahrgäste wandte, war trotz aller Verbindlichkeit die Kompetenz langjähriger Berufserfahrung deutlich zu spüren, allerdings gewürzt mit einer gehörigen Prise Humor.

„Wenn jemand an Bord ist, der Probleme mit Seekrankheit hat …" Tarzan und Solo schauten sich erstaunt an. Seekrankheit? Auf einem Flussschiff?

„ …für den oder die habe ich einen Tipp vom Profi: Sollten Sie erste Anzeichen von Übelkeit feststellen, gehen Sie folgendermaßen vor: Zunächst vertilgen Sie eine Tafel Zartbitterschokolade…" Die ersten Gespräche verstummten. Der Kapitän fuhr fort: „…danach eine Rolle oder eine

Tüte Pfefferminzbonbons …“, spätestens jetzt hörten ihm alle zu. Manche schüttelten grinsend den Kopf, andere schauten verwundert aus der zumeist edlen Wäsche.

„Wenn Sie dann auf der windabgewandten Seite des Schiffes über der Reling hängen, schmeckt es wenigstens nach After Eight. Ich wünsche Ihnen eine angenehme und unvergessliche Reise.“

Die ersten schüchternen Lacher glucksten auf, dann ergriff eine fast karnevaleske Fröhlichkeit die Passagiere. Fremde Menschen prosteten sich zu, klopften sich lachend auf die Schultern und machten sich miteinander bekannt. Der Kapitän hatte mit seinem alten Kreuzfahrerwitz gekonnt das Eis gebrochen. Als dann auch noch die baumlange Celine Bouvier mit ausladendem Hüftschwung einen Bauchladen umhertrug und mit herrlich tuntigem Zungenschlag Schokolade und Pfefferminzdrops feilbot, taute auch der letzte Sauertopf auf.

Tarzan kaufte ihr eine Tafel Schokolade und eine Tüte Pfefferminzbonbons ab. Die Einnahmen gingen als Spende an das nach ihren Worten ungeförderte und unsubventionierte Rhein-Neckar-Theater. Sie drückte ihm auch gleich noch ein Programm und einen Gutschein für eine der Vorstellungen in die Hand.

Die *Stéphanie* passierte nun die beeindruckende Front der BASF-Anlagen. Am rechten Ufer lag die Bunkerstation, wo die Schiffe betankt wurden und die Schiffsleute auch einkaufen konnten. Dahinter grüne Wiesen und der monumentale Komplex des Müllheizkraftwerkes. Voraus kam die Autobahnbrücke zwischen Sandhofen und

Ludwigshafen-Nord in Sicht, Radiohörern und Pendlern bestens bekannt als ewige Baustelle und Stauschwerpunkt.

Einige Möwen umkreisten das Schiff, die Begleitboote hatten sich inzwischen verabschiedet. Auf dem Rhein herrschte reger Schiffsverkehr, ein riesiges Containerschiff rauschte an ihnen vorbei. Handys und Kameras wurden gezückt, aber die meisten Passagiere taten es Solo und Tarzan gleich und machten es sich auf dem Sonnendeck gemütlich. Bis zum Abendessen war noch reichlich Zeit, also konnte man die Aussicht genießen und einfach nur nichts tun.

„Spürst du das?“, fragte Tarzan.

„Was?“

„Na diese Ruhe. Diese völlige Abwesenheit von Hektik. Der Fluss, die vorbeiziehende Gegend. Ich glaube, ich fühle mich zum ersten Mal seit Wochen wieder richtig wohl.“

„Weil du Schokolade hast und weil du dich hier um nichts kümmern musst.“

„Wo ist eigentlich unser Kind?“

„Die wird dem Steward beim Bettenmachen helfen.“

„So lange sie nicht zusammen mit ihm darin landet …“

„Da vorne ist sie. Hallo, Jay, hier sind wir!“ Solo winkte ihr und Jay schlenderte in ihre Richtung.

„Was hast du denn da?“ Solo betrachtete misstrauisch den bunten Cocktail, den das Mädchen in der Hand hielt.

„Sie nennen es hier Eisbrecher: Ouzo, Korn, Tequila, Melonensaft und Eselsmilch. Ist schon mein Zweiter, oh Gott, ich glaub’, mir wird schlecht …“

Tarzan war aufgesprungen und wollte das schwankende Mädchen auffangen, das sich ihm gackernd entwand.

„Euch kann man alles erzählen, oder? Das ist ein Sporty-Spice. Alkfrei und trotzdem lecker. Hab' ich von Iwan, dem Barkeeper. Der ist zwar schon uralt, dreißig oder so, aber trotzdem total cool. Sagt, ich sähe aus wie Miley Cyrus. Süß, oder? Wir sind schon per Du."

Solo und Tarzan wechselten einen teils erleichterten, teils genervten Blick. Die Kleine schien die Herzen der Crew im Sturm zu erobern. Das konnte ja heiter werden.

Jay suchte sich eine eigene Sitzecke, verdrahtete sich und widmete sich ihrem Handy. Als es später Zeit zum Essen war, trafen sie sich in der Suite. Solo hatte wohl das Kriegsbeil endgültig begraben. Sie wählte aus ihrem illustren Fundus an Klamotten ein weißes T-Shirt mit V-Ausschnitt und eine riesige Hippiekette samt Peace-Zeichen aus poliertem Holz. Die Stiefel tauschte sie gegen bequeme Ballerinas. Tarzan blieb wie er war und Jay bestand darauf, ihre nietenbesetzte Lederjacke auch im Restaurant zu tragen.

Sie teilten sich einen Sechsertisch mit drei reizenden alten Damen. Marlene Marpel, 73, von den beiden anderen nur Miss Marple genannt, war Gesellschafterin der Reederei und hatte eine Enkelin in Jays Alter. Im Gegensatz zu Tarzan wusste sie, wer Moritz Garth war und teilte Jays Meinung, was den Kabinensteward betraf. Die anderen beiden Damen waren ihre Freundinnen. Albertine „Goldie" Goldmann, Erbin der längst untergegangenen Goldmann-Bach-Stahlwerke, war 94 Jahre alt und sah auch keinen Tag jünger aus, sprühte aber vor Vitalität und hatte einen wachen Verstand, gepaart mit einem messerscharfen Mundwerk. Sie hatte vier Söhne, drei Ehemänner und das KZ Dachau überlebt und schwor auf die konservierende Wirkung schottischen Whiskys. Die Dritte im Bunde war Belgravia del Monte, 67, eine aristokratisch wirkende Lady, die ein Hochglanz-Klatschmagazin herausgab und in Wirklichkeit Hanna Kortzki hieß. Die Damen freuten sich über so viel „junges Blut“ am Tisch und auch Solo und Tarzan tat es gut, fast wie Teenager behandelt zu werden. Miss Marple räumte resolut die Ansammlung silbernen Bestecks zur Seite und holte aus ihrer Queen-Elizabeth-Handtasche ein iPad, was bei Jay große Augen hervorrief. Sie zeigte der nach Luft schnappenden Jay Fotos ihrer Enkelin Destiny, Arm in Arm mit Justin Bieber. „Stell dir vor, der wollte die doch glatt in sein Hotel einladen! Ich habe ihm gesagt, dass er das gerne machen kann, aber vorher muss er mit mir gemeinsam duschen.“

„Und?“ Tarzan hätte fast den Aperitif ausgeprustet.

„Nix und. Der wollte seinen Bodyguard vorschieben, aber der war mir zu alt.“

„Mindestens vierzig“, kam es trocken aus Belgravias Richtung, „der hätte Miss Marple nicht überlebt.“

Jay wechselte mit Tarzan den Platz, um sich besser mit Marlene unterhalten zu können. Der Vorschlag, sich mit Vornamen anzureden, kam von den Damen und schloss selbstverständlich das junge Mädchen mit ein.

Wenig später wurde ein opulentes Galadinner serviert. Solo musste entgegen ihrer anfänglichen Befürchtungen nicht hungern. Tarzan sorgte für einen erheiternden Moment, als er nach dem Abräumen des Hauptganges scherzte, solch ein Steak könne er glatt noch einmal verputzen. Es waren noch keine zwei Minuten vergangenen, da lag ein noch brutzelndes Sirloin-Steak auf einem frischen Teller vor ihm. 400 Gramm. Medium rare. Wie gewünscht.

„Das war doch ein Witz", wehrte Tarzan halbherzig ab, worauf ihn der Kellner ernst anblickte:

„Mein Herr, mit Essen scherzt man nicht!" Dann grinste er wie ein Lausbub und legte ein frisches Besteck auf.

„Na dann ...! Wer möchte mein Dessert?"

„Schau, da isser!" Solo nickte in Richtung des Durchgangs, der in die Küche führte. Ein gut aussehender, schlanker junger Mann in eleganter grauer Kochjacke ging von Tisch zu Tisch und plauderte mit seinen Gästen.

„Das ist …?" Tarzan verdrehte den Kopf.

„Tristan Brandt, der Küchenchef. Dem hast du deinen Fünf-Sterne-Big-Mac zu verdanken. Fresser."

Das neungängige Gala-Dinner zog sich über fast drei Stunden hin. Als krönenden Abschluss zelebrierte die Küchenmannschaft das Dessert. Unterlegt von Walzerklängen wurden die Platten hereingetragen, jede mit funkensprühenden Wunderkerzen illuminiert. Danach stieg auf dem Sonnendeck noch eine Cocktailparty, bevor um 22.00 Uhr das Rhein-Neckar-Theater im Panorama-Salon eine Kostprobe seines aktuellen Programms zum Besten gab. Melanie Hag und Marion La Marché als singende Mannheimer Marktfrauen erhielten Standing Ovations, während Markus Beisel plötzlich in furchterregender Maske als Luzifer zwischen den Gästen seinen Schabernack trieb. Pünktlich zum Ende der Zugabe erhellte ein greller Blitz die Dunkelheit vor den Fenstern und ein gewaltiger Donnerschlag erschütterte das Schiff.

Einige der Passagiere schrien erschreckt auf, doch schon war die beruhigende Stimme des Kreuzfahrtdirektors aus den Lautsprechern zu vernehmen:

„Sehr verehrte Damen und Herren, hier spricht Ihr Kreuzfahrtleiter Tino Bergholz. Wie bereits beim Ablegen von Kapitän Ratkovic angekündigt, nähern wir uns nun einer Sturm- und Gewitterfront. Vergessen Sie nicht ihre Schokolade und ihr Pfefferminz und kommen Sie mit uns auf das Sonnen- bzw. Monddeck. Sie werden es nicht bereuen.“

Erleichtertes Gemurmel setzte ein, während Händels Feuerwerksmusik erklang und vor den Fenstern bengalisches Feuer den Rhein in einen Lavastrom verwandelte.

Die *Stéphanie de Beauharnais* lag in Ufernähe vor Anker. Direkt vor ihnen erhob sich das dunkle Gemäuer der ehemaligen Zollburg Pfalzgrafenstein aus dem Rhein. Von hier aus und von der oberhalb gelegenen Burg Gutenfels wurde ein Feuerwerk abgebrannt wie es Solo und Tarzan noch nie erlebt hatten.

„Wusste gar nicht, dass heute ‚Rhein in Flammen’ ist“, bemerkte eine Dame, die an der Reling neben ihnen stand. Ihr Mann klärte sie auf: „Das hat die Reederei geordert. War gar nicht so einfach, die Genehmigung zu kriegen. Aber da wir das Mittelrheintal zumindest auf der Hinfahrt bei Nacht passieren, wollte sie den Passagieren eine kleine Entschädigung für das verpasste Panorama gönnen.“

„Klein ist gut …“ Die folgenden Worte der Frau wurden von weiteren Böllerschüssen übertönt. Laserprojektoren sandten ihre Strahlen mitten in die Rauchwolken über dem Fluss. Ein kollektives „Aaaaah!“ erscholl, als hoch am

Nachthimmel der Schriftzug „*Stéphanie de Beauharnais –* Allzeit gute Fahrt“ aufleuchtete.

„Jetzt weiß ich auch, warum es hier Suiten für über 6000 Euro gibt“, sagte Solo schnippisch, doch ihre leuchtenden Augen zeigten, dass auch sie Gefallen an der opulenten Schau hatte.

„Guck mal nach links, Liebes, kurz vor der Absperrung zum Steuerhaus“, sagte Tarzan und Solo suchte in dem unsteten Licht der explodierenden Leuchtkörper, was ihr Tarzan zeigen wollte. Dann sah sie es auch:

Jay, ein Glas in der Hand, schaute gebannt in den Himmel. Neben ihr stand eine hochgewachsene Gestalt. Wenn wieder einmal eine besonders helle Formation aufleuchtete, konnte man den weinroten Smoking erkennen.

„Die lässt nichts anbrennen, oder?“ Solo grinste und Tarzan zuckte die Schultern.

„So lange sie mich nicht aus der Suite aussperren, kann sie ihn meinetwegen anhimmeln. Der Mann wird wohl kaum seinen Job riskieren, wegen eines kleinen Mädchens.“

„Kleines Mädchen? Ich hatte meinen ersten Freund mit dreizehn. Der war vier Jahre älter als ich.“

„Da kam ich ja dann gerade noch rechtzeitig.“

„Nö. Kamst du nicht … Trantüte.“

„Du …“

„Schnauze, Fury …“ Dann spürte er schon ihre nach Mojito schmeckenden Lippen auf seinem Mund. Trantüte … na ja. Unter solchen Umständen war er gerne eine.

Es wird alles wieder gut, dachte er, während er sich gegen ihren Körper drückte, ihre Wärme und ihren Geruch in sich aufnahm. Alles wird wieder richtig gut.

Vor sechs Wochen:

Ich spüre, wie es sich einnistet. Winzig. Eine Zelle nur. Aber mit einem von der Evolution vorgegebenen unbändigen Willen, sich zu teilen. Immer und immer wieder. Noch beherrsche ich es. Doch mit der bloßen Wahrnehmung seiner Existenz hat es mich schon gebrochen. Es wird sein wie immer. Es wird passieren, was immer passiert. Von Stunde zu Stunde, von Tag zu Tag, von Woche zu Woche wird es sich in mir ausbreiten. Mich übernehmen, mich leiten, mich führen ... ich sein. Ich hasse es. Ich hasse es mit der verzweifelten Inbrunst und dem Zorn eines Krebskranken. Ich bin schlimmer dran als jene. Der Krebs zerfrisst seinen Wirt und bringt ihm schließlich den Tod. Mir ist diese Gnade verwehrt. Ich lebe weiter. Erwache irgendwann aus diesem Albtraum, der doch die Realität ist. Spüre, dass es weg ist. Mich verlassen hat. Bis zum nächsten Mal. Dann rappele ich mich auf. Rüste mich. Bereue, was ich getan habe und freue mich gleichzeitig über den Befreiungsschlag. Ich habe wieder Ruhe. Bis zum nächsten Mal. Bis es wieder in mich eindringt. Ich spüre es jedes Mal, beinahe wie einen Nadelstich. Das Böse. Es existiert. Es findet Gefallen an mir. Ich bin wohl der ideale Wirt. In letzter Zeit kommt es in immer kürzeren Abständen. Es ist süchtig. Süchtig nach mir. Noch kann ich es zurückdrängen. Ich kämpfe. Und weiß doch genau, wer gewinnen wird. So wie jedes Mal ... und so wie jedes Mal werde ich einen Menschen töten.

Kapitel 4

Im Kölner Dom liegen schon einige Tote, doch diesmal ist es einer zu viel. Eine Putzfrau beschimpft die Passagiere als „Dreggmouge“ und Tarzan darf in Amsterdam nicht Fahrrad fahren.

Zweiter Reisetag – Köln, Samstag 07:25 Uhr

Tarzan erwachte und schaute erstaunt auf den kleinen Reisewecker. Verpennt. Eigentlich wollte er um halb sieben aufstehen, um die Ankunft in Köln mitzuerleben. Er hatte gedacht, spätestens durch den Bums beim Anlegen automatisch aufzuwachen. Nun haben die Kapitäne und Steuerleute der modernen Flussschiffe den Ehrgeiz, absolut sanft anzulegen. Stojan Ratkovic war darin Meister. Solo war wohl im Bad, Tarzan hörte Wasser rauschen. Der Bereich, in dem sich Jays Klappbett befand, konnte mit einer Faltwand vom Rest der Suite abgetrennt werden. Die war noch zu. Er würde sich hüten nachzusehen, ob die Kleine noch schlief. Er lugte durch einen Spalt des Vorhangs und erkannte eine großzügige Uferpromenade und dahinter eine verkehrsreiche Straße, auf der zahlreiche Lieferwagen und Autos unterwegs waren. Von Köln selbst sah er nur die Fassade eines Bürohauses und ein Stück des Musical-Domes.

Praktischerweise befand sich das Waschbecken in einer Nische der Suite. Tarzan erhob sich ächzend, um sich die Zähne zu putzen und sich in aller Ruhe zu rasieren. Er hatte ein wenig Kopfschmerzen. In der gestrigen Nacht war doch noch der eine oder andere Cocktail durch seine Kehle geflossen.

„Haare auf dem Rücken sind voll eklig!“ Tarzan schaute entgeistert in den Spiegel. Hinter seinem verdutzten Gesicht mit der Zahnbürste im Mund tauchte ein verschlafenes Mädchengesicht mit wild zerzaustem Haar auf. Ohne ihre fast weiße Schminke und den dicken Lidstrich sah Jay aus wie ein kleines Mädchen.

„Hier!“, nuschelte er mit Zahnpasta im Mund und hielt ihr einen seiner Einwegrasierer hin. „Kannst gleich loslegen, wenn dir was an meiner Rückansicht nicht passt.“

„Bäääh!“ Der Wuschelkopf verschwand und die Faltwand war wieder dicht. Operation geglückt. Solo kam zusammen mit einem Schwall duftenden Wasserdampfs aus dem Bad. Sie trug lediglich ihre Unterwäsche und Tarzan bewunderte ihren straffen und trainierten Körper. Er sollte auch wieder etwas für sich tun. Schokolade, Cocktails und überhaupt, die All-Inclusive-Völlerei hier an Bord würden ihm garantiert wieder einige Extrapfunde bescheren. Vielleicht sollte er Solo bei ihrem angedrohten Shopping-Amok begleiten. Seine eigenen Sportsachen hatte er nämlich auch zuhause gelassen.

„Oh, du bist schon wach? Habe vor dem Mittagessen gar nicht mit dir gerechnet.“ Sie gab ihm einen flüchtigen Kuss.

„War’s so schlimm?“ So richtig im Detail konnte er sich nicht mehr an alles erinnern.

„Ganz schlimm! Du hattest so was wie einen Blackout, hast mit dem Kreuzfahrtleiter über Fußball diskutiert und uns für den morgen beginnenden Salsa-Kurs angemeldet. Er hat dich zum Ehrenborussen ernannt und dir

Ramazzotti eingeflößt. Dann ist noch der lange Holländer dazu gekommen, der Erste Offizier glaube ich, und hat angefangen Genever-Runden zu schmeißen. Bin dann ins Bett.“ Sie grinste süffisant. „Aber das mit dem Tanzkurs find’ ich super. Bist ein Schatz.“

Tarzan starrte sein halb rasiertes Spiegelbild an. Ups! Er hatte noch nie im Leben was mit Fußball am Hut gehabt. Das Wenige, was er wusste, hatte er bei seinem alten Freund Gerd aufgeschnappt. Der war Borusse. Glühend. Und dass man nicht zu den Bayern ging, das wusste er auch. Okay, er hatte die Gabe, mit Neurochirurgen oder Physikern über alle möglichen Anomalien zu diskutieren, ohne auch nur die leiseste Ahnung von der Materie zu haben. Halbsätze, Kopfnicken im rechten Augenblick, eingestreutes Halbwissen aus GEO oder dem Stern, meinetwegen auch aus der BILD, machten ihn zu einer Art Konifere, oder so. Aber ein Tanzkurs … was musste er besoffen gewesen sein. So was von abgefüllt. Koma! Hackedicht! Tanzkurs! Salsa! Irgendwas mit Arschwackeln, das wusste er. Vom Let’s Dance-Gucken und so.

„Das hast du dir doch ausgedacht, oder?“ Verzweifelt griff er nach dieser letzten mentalen Rettungsweste.

„Was?“ Solo zog sich wieder eines ihrer geliebten olivgrünen T-Shirts über, die passenden Baggy-Pants lagen schon bereit.

„Das mit dem Tanzen,… du verarschst mich doch.“

„Negativ, mein Lieber. Das war allein deine Idee. Ich bin so stolz auf dich! Suff oder nicht. Du meinst es also wirklich ernst mit unserer Beziehung. Du willst sogar tanzen lernen.“ Sie kam mit schwingenden Hüften auf ihn zu, packte ihn da, wo vor vielen Jahren mal eine Taille war, schmiegte sich an ihn und schob ihn durch den Raum. Rasierschaum besudelte ihr T-Shirt und er warf den Rasierer gerade noch ins Waschbecken.

„Wenn ihr hier drinnen Sex habt, ziehe ich aus, das ist ja pervers, Menno!“ Sie fuhren auseinander und starrten erschrocken in Jays zorniges Gesicht.

„Per …“, begann Solo und Tarzan ergänzte: „… vers?“

„Na, so alte Leute! Schämt euch. Mama ist schon schlimm genug, aber hier, zusammen in einem Raum mit einem Kind? Ihr Lustgreise!“ Die Badezimmertür knallte hinter der mit einem knielangen Totenkopf-T-Shirt bekleideten Jay zu.

Solo schnappte nach Luft, ließ sich aufs Bett fallen und lachte Tränen.

„Lust …“, gackerte sie atemlos, „… Lustgreise!“

„Wenn du mich fragst, die heutigen Teenies sind Spießer.“ Tarzan war wieder zur Waschecke zurückgekehrt und versuchte, seine Rasur fertigzustellen.

„Alte Leute …“, brummelte er, musste aber nun auch grinsen, „wenn die wüsste …!“ Solo schlüpfte in ihre Shorts, zurrte den mächtigen Koppelgürtel fest und fuhr sich durch die Haare. Dann schnürte sie wieder ihre Doc Martens.

„Das wird wieder ein richtig schöner Tag heute, du gehst doch ein in den Tretern“, bemerkte Tarzan und erntete einen vorwurfsvollen Blick.

„Hättest du meine Laufsachen eingepackt, bräuchte ich die nicht. Aber in Ballerina-Schläppchen in Köln auf Einkaufstour gehen, das tue ich meinen Füßen nicht an. Die

Docs sind eingelatscht, die beißen mich nicht. Also halt' bitte den Ball flach, Alter."

Tarzan tupfte sich den letzten Rest Schaum aus den Ohren und schüttete sich mit Old Spice zu. Alte Leute eben.

Das Frühstücksbuffet ließ keine Wünsche offen und Tarzan und Solo langten tüchtig zu. Auch Jay ließ es sich schmecken und hatte nichts dagegen, Solo auf ihrer Einkaufstour zu begleiten. Ihr „Taschengeld" hatte sie sich noch vor der Abreise von Tarzan zustecken lassen. Da verstand sie keinen Spaß. Erst vierzehn, aber schon ganz Frau.

„Wenn du was siehst, das dir gefällt, sag's ruhig, heute geht alles auf Tarzan", sagte Solo, worauf Tarzan plötzlich Probleme beim Schlucken hatte. Jay schüttelte kaum merklich den Kopf und zeigte ihm ihre Zungenspitze. Tarzans Brustkorb hob und senkte sich, das Brötchenstück fand seinen Weg in Richtung Magen doch noch. Die drei alten Damen an ihrem Tisch verabschiedeten sich, da der Bus für den von ihnen gebuchten Tagesausflug in wenigen Minuten abfuhr.

Es war kurz nach zehn Uhr, als sie das Schiff verließen. Die Passagiere waren angehalten, sich beim Verlassen und beim Wieder-an-Bord-Gehen am Fingerabdruckscanner neben dem Ausgang zu registrieren. So wusste die Kreuzfahrtleitung stets, ob kurz vor dem Auslaufen auch wieder alle an Bord waren. Vergaß ein Passagier dieses Prozedere, so wurde er über die Lautsprecheranlage aufgefordert, sich zu melden, damit auch niemand vergessen wurde. Es war schon vorgekommen, dass ein Suchtrupp der Crew ausgesandt wurde, um säumige Paxe wieder einzusammeln. Das Kreuzfahrerlatein berichtete sogar einmal von einem vermissten Kapitän, den man dann in einer Amsterdamer Kneipe, selig schlummernd, gefunden habe.

Die drei frischgebackenen Flusskreuzfahrer gingen am Konrad Adenauer-Ufer in Richtung Hohenzollernbrücke, deren gewaltige Stahlbögen den Fluss überspannten.

Tarzans Kreditkarte wurde an diesem Tag nicht kalt und als sie, bepackt mit Tüten, wieder über den Steiger schlurften, wurde im Restaurant bereits das Mittagessen eingenommen. Sie machten sich rasch etwas frisch, wechselten die verschwitzte Kleidung und nahmen ein leichtes Mahl vom reichlich ausgestatteten Buffet ein. Für den Nachmittag hatten Solo und Tarzan eine spezielle Domführung, nur für Gäste der *Stéphanie*, gebucht. Eine Besonderheit der Reise war, dass sämtliche Ausflüge auch im Preis enthalten waren, darunter so exklusive Arrangements wie eine Audienz beim niederländischen Königshaus, eine Tour durch die Studios von RTL in Köln mit Meet & Greet-Terminen mit jeweils anwesenden Stars und Sternchen, oder ein Helikopterrundflug über das Ijselmeer vom Flughafen Schiphol aus.

Jay hatte kein Interesse an altem Gemäuer und wollte nur noch chillen und Musik hören. Sie verzog sich in die Suite und Tarzan und Solo entspannten ein wenig auf dem Sonnendeck. Die nächsten Tage sollte es richtig heiß werden, doch heute kletterte das Thermometer kaum über die Zwanzig-Grad-Marke, so dass die beiden sich eine windgeschützte Ecke suchten. Viel Zeit blieb ihnen nicht, die

Führung begann um 14:00 Uhr. Um 17:00 Uhr fuhr die *Stéphanie* in Richtung Amsterdam ab.

Etwa die Hälfte der Passagiere nahm an diesem Landausflug teil. Der Dom war zwar auch zu Fuß gut zu erreichen, aber vor dem Schiff stand bereits der reedereieigene Reisebus auf dem flächendeckend die *Stéphanie de Beauharnais* abgebildet war. Drei solcher Busse folgten der Schiffsroute und standen jeweils für die Landausflüge bereit.

Tarzan als ehemaliger Lkw-Fahrer bekam feuchte Augen, als er das ultramoderne Cockpit des silbergrauen Riesen sah. Der Fahrer, ein Mann in seinem Alter in weißem Hemd und Krawatte mit Reedereilogo, stand vor der Tür und begrüßte seine Gäste.

„Das wär auch ein Job für mich gewesen“, sinnierte er und Solo, die ewig pragmatische Realistin holte ihn recht unsanft zurück.

„Du hast von Geburt an einen Sehfehler und darfst nur 7,49-Tonner fahren. Außerdem macht es nur begrenzt Spaß, nach Klassenfahrten oder Kegelclubausflügen die ganze Kotze wieder aufzuwischen.“ Brummelnd setzte er sich in einen der feinen Ledersessel. Die Beinfreiheit war enorm und jeder Sitz war mit Armlehnen und ausklappbaren Fußstützen ausgerüstet. Wie im Flugzeug hing alle paar Reihen ein Bildschirm an der Decke, über den Informationen zu Standort, Fahrtziel und auch Unterhaltungsangebote abgespielt wurden. Im Augenblick prangte dort das Logo der Reederei mit dem Schriftzug „Herzlich willkommen“.

„Fehlt nur noch die Rettungsweste unter dem Sitz und die Sauerstoffmasken, die aus der Decke purzeln“, flachste Tarzan und erntete ein genervtes Augenrollen von Solo.

Grollend sprang der Motor im Heck an und die Türen schlossen sich mit leisem Zischen.

Ein kurzes Klopfen drang aus den Lautsprechern, gefolgt von einem unterdrückten Räuspern.

Ein Mann in einem purpurnen Gewand stand im vorderen Bereich und hielt ein Mikrophon in der Hand.

„Was das denn, ein Bischof?“ Solo, die schon an Bord Informationen zu ihrem Ausflug gelesen hatte, berichtigte ihren Mann.

„Das ist ein Domschweizer. Sozusagen die Kirchenpolizei oder das Dom-Ordnungsamt. Die sind, ähnlich wie die Schweizergarde im Vatikan, für die Sicherheit des Domes verantwortlich. Die teilen sich das mit einem zivilen Sicherheitsdienst. Viele machen das ehrenamtlich und wir werden heute von Karl-Friedrich Dohnyi begleitet, so eine Art Oberschweizer …“

„Gott segne Sie, liebe Gäste. Mein Name ist Karl-Friedrich Dohnyi und ich werde …“

„Der redet gar nicht wie ein Schweizer, der hört sich an wie Wolfgang Niedeckens alter Herr“, warf Tarzan flüsternd ein. Solos Augen drohten aus den Höhlen zu rollen.

„Schschsch!“, wies sie ihn zurecht wie einen frechen Schulbuben und lauschte den Ausführungen des Schweizers, der ihnen den Ablauf der Führung erklärte.

Der alte Mann hielt sich am Haltegriff eines der vorderen Sitze fest, während der luftgefederte Bus langsam über die Promenade bis zur Ausfahrt rollte. Der Fahrer, im großen

Innenspiegel deutlich zu sehen, trug nun eine dieser wieder in Mode kommenden Pilotenbrillen mit grünen Gläsern und sah aus wie Charlton Heston in Airport.

Tarzan notierte im Geiste, sich in Amsterdam nach genau solch einer Brille umzuschauen.

Bereits nach zehn Minuten, wovon sie mindestens fünf an roten Ampeln warteten, erreichten sie die Domplatte. Der Schweizer stieg zuerst aus und wartete dann, bis alle sich um ihn herum versammelt hatten. Der Bus durfte hier nur kurz halten und fuhr gleich weiter. Der Schweizer wies die Gruppe noch einmal darauf hin, weder stattfindende Andachten noch die Beichte zu stören und niemals mit Blitz zu fotografieren. Große Rucksäcke oder Taschen hatte niemand dabei, und so trotteten sie wie brave Schäfchen hinter der würdevollen Gestalt zum Eingang.

Die Wucht des Doms war ungeheuer und selbst die älteren Semester unter ihnen legten den Kopf in den Nacken und bestaunten ehrfürchtig dieses steinerne Gebirge. Tarzan, der mit Kirchen und Schlössern normalerweise nicht viel zu tun hatte, war beeindruckt. Kein Fernsehbild, kein Google-Earth, kein Foto konnte auch nur annähernd den monumentalen Eindruck hervorrufen, den die Realität vermittelte. Vorbei an einem jüngeren Kollegen ihres Schweizers, der zusammen mit einem martialisch aussehenden Security-Mann den Eingang bewachte, betraten sie die Kathedrale. Augenblicklich verstummten die halblaut geführten Gespräche und ein kollektives Ergriffensein bemächtigte sich der Gruppe. Der Übergang vom sonnigen Nachmittag draußen in das geheimnisvolle Dämmerlicht des Kirchenschiffs, durchdrungen von den bunten Bahnen des durch die Fenster brechenden Lichtes, schlug sie alle in den Bann. Weit voraus schimmerte hinter dem Hauptaltar der Dreikönigenschrein mit den Gebeinen der Heiligen Drei Könige.

Tarzan vermutete allerdings, dass auf einigen der Knochen wohl „Made in Taiwan“ stehe, was er Solo ins Ohr nuschelte, aber nur genervte Gleichgültigkeit erntete. Der Schweizer hatte Ohrhörer verteilt und sprach in ein Sendermikro, welches am Kragen seines Gewandes befestigt war. Dadurch wurde die andächtige Stille dieser Stätte nicht durch zu lautes Reden gestört. Tarzans Ohrstöpsel fiel immer wieder heraus und saß er einmal richtig, hatte er einen Wackelkontakt, so dass er es schließlich aufgab und sich in der Nähe des Schweizers aufhielt. Sie würden als Nächstes die Domschatzkammer besichtigen. Dann konnte, wer wollte, über 533 Stufen den Südturm erklimmen. Niemand wollte.

Die Atmosphäre in der Kathedrale war einzigartig. Selbst die zahllosen Handy-Displays konnten ihr nichts anhaben.

„Wenn man hier drinnen ist, überkommt einen ein großer Friede“, bemerkte Solo. Tarzan schüttelte den Kopf.

„Noch nicht einmal im Zweiten Weltkrieg wurde so viel Blut vergossen, wie im Namen des Herrn. Dieser Frieden, den du hier spürst, ist vordergründig. Ein Produkt mittelalterlicher Werbestrategen. Weihrauch, die bunten Fenster, die Ruhe, selbst hier mit den ganzen Touristen. Die Monstrosität dieser gewaltigen Festung Gottes sollte diesen nicht nur preisen, sondern auch seine Macht und seine Unerbittlichkeit demonstrieren. Dieser Dom verkörpert für mich eher den alttestamentarischen, rachsüchtigen Gott. Auge um Auge … Zahn um …“ Weiter kam er nicht.

Sie liefen gerade an einem der Beichtstühle vorbei, als sich der Vorhang bauschte und ein Mann im Priestergewand herausfiel und hart auf dem Boden aufschlug. Für einen Sekundenbruchteil schien jeder den Atem anzuhalten, dann hallte ein gellender Schrei durch den Dom. Eine alte Dame konnte nur durch beherztes Eingreifen der Umstehenden vor einem Sturz bewahrt werden.

Der Domschweizer blickte gehetzt um sich, zückte ein Handfunkgerät und sprach rasch hinein. Dann wandte er sich an seine Gruppe.

„Bitte treten Sie zurück, meine Herrschaften, die Einsatzkräfte sind verständigt, bitte machen Sie Platz.“ Seine Stimme zitterte und ein feiner Schweißfilm bildete sich auf seiner Stirn.

Der Schrei lockte andere Menschen an, rasch bildete sich eine große Traube. Die ersten Handys wurden aktiviert

„Ich bin Arzt, lassen Sie mich bitte zu ihm!“ Ein Mann in den Sechzigern drängte sich durch die Gaffer und kniete sich neben den leblosen Körper des Geistlichen. Als er dessen Kopf etwas drehte, ging ein Raunen durch die Menge. Auf der linken Seite, wenig oberhalb der Schläfe, befand sich ein Loch, aus dem erstaunlich wenig Blut geflossen war.

Nach wenigen Augenblicken wandte er sich an den Schweizer.

„Der Mann ist tot. Ich kann nichts mehr für ihn tun.“ Sichtlich erschüttert erhob er sich. Vom Eingang her näherten sich rasche Schritte, der Klang eines Martinshorns kam rasch näher.

„Gehen Sie aus dem Weg, Herrschaften. Dieser Teil des Domes ist ab sofort gesperrt, bitte gehen Sie zur Seite!" Vier Mann in den schwarzen Uniformen der Security und zwei weitere Schweizer zerstreuten die Menge mit lauten befehlsgewohnten Stimmen, was die Atmosphäre noch unwirklicher machte. Tarzan und Solo warfen einen letzten Blick auf den kahlköpfigen Leichnam und verließen auf dem kürzesten Weg den Dom.

Auf der Domplatte standen zwei Rettungswagen, deren Besatzungen im Eiltempo, bepackt mit Ausrüstung, in Richtung Eingang strebten. Am Hauptbahnhof, in direkter Nachbarschaft der Kathedrale, gab es einen mobilen Polizeiposten. Von dort stürmten ein gutes Dutzend Uniformierte ebenfalls zum Dom. Weitere schwärmten mit gezückten Funkgeräten aus und sicherten das Bauwerk von außen.

„Wir müssen Sie bitten, bis auf Weiteres die Domplatte nicht zu verlassen", erklang eine Stimme hinter ihnen. „Entschuldigen Sie die Unannehmlichkeit, aber die Personalien sämtlicher Besucher und Bediensteter des Doms müssen aufgenommen werden." Die Stimme gehörte zu einer jungen Polizeimeisterin der Bundespolizei. Staunend bemerkten Solo und Tarzan, wie innerhalb weniger Minuten ein Kordon aus Beamten den gesamten Vorplatz abriegelte. Ein Transporter nahte, der auf einem Anhänger Absperrgitter geladen hatte. Innerhalb kürzester Zeit verwandelte sich die Domplatte in ein abgeriegeltes Areal. Mehrere junge Leute mit Rucksäcken, die rauchend und trinkend auf den Treppen gesessen hatten, versuchten unauffällig zu verschwinden, wurden jedoch ziemlich resolut von Beamten, die Hunde bei sich führten, abgewiesen.

Tarzan begriff, dass dies hier ein gewiss schon viele Male geprobtes Szenario war. Der Dom, das ganze Umfeld, ja die ganze Kölner Innenstadt war ein Hotspot für den internationalen Terrorismus.

„Mensch …“ Es war das erste Mal, seit ihm der Tote förmlich vor die Füße gefallen war, dass er etwas sagte. Solo schaute ihn nur stumm an und nickte. Sie war blass und ihre Lippen zitterten. Um sie herum sammelten sich langsam die Mitglieder ihrer Ausflugsgruppe. Alle wirkten sichtlich mitgenommen. Eine Frau saß auf ihrem Rollator und ließ sich von ihrem Mann das Gesicht mit einem Erfrischungstuch abtupfen. Ein junger Domschweizer kam mit einer Tragetasche voller Wasserflaschen und begann diese zu verteilen. Er entschuldigte sich und sagte, dass Bruder Dohnyi bei dem Toten wachte, den er gut gekannt habe. Ein Dompfarrer. Mehr dürfe er zum jetzigen Zeitpunkt nicht sagen. Er bat um Verständnis.

Mit zuckendem Magnetblaulicht rauschte ein schwarzer Mondeo an ihnen vorbei und stoppte wippend vor dem Haupteingang.

„Ballauf und Schenk“, sagte Tarzan und biss sich auf die Lippen. Er fand es selber nicht witzig. Ein Mann im Anzug und eine junge Frau in Jeans und Sneakers stiegen aus, zückten ihre Ausweise und passierten die Beamten an der Tür.

„Ein Nahschuss“, sinnierte Solo, „…wahrscheinlich sogar aufgesetzt. Schalldämpfer, spezielle Munition.“

„Woher willst du das wissen?", fragte Tarzan, aber da fiel es ihm schon selber ein. „Klar. Im Dom ist es ruhig. Außer wenn die Orgel spielt oder die Glocken läuten. Drei Schritte weiter weg und du hörst nichts mehr." Solo schlang die Arme um ihren Körper und schauderte.

„Einen Pfarrer erschießen. In einer Kirche …"

Es dauerte fast anderthalb Stunden, bis sie die Aufnahme der Personalien und ihre Aussagen hinter sich gebracht hatten. Zwischenzeitlich waren der Kreuzfahrtdirektor und der Hotelmanager der *Stéphanie* eingetroffen. Sie hatten Getränke und kleine Snacks für ihre Passagiere dabei und beruhigten die Menschen. Das Schiff hatte Order, mit der Abfahrt zu warten, bis alle wieder an Bord waren. Der Bus durfte das weitläufig abgesperrte Gebiet nicht mehr anfahren und die Reederei hatte kurzerhand das Bimmelbähnchen gechartert, welches die Touristen auf der Rheinpromenade hin- und herfuhr. Der unermüdliche Tino Bergholz hatte den zuständigen Einsatzleiter überredet, wenigstens das Bähnchen fahren zu lassen. Mit Rücksicht auf die zahlreichen älteren Herrschaften in der Gruppe hatte dieser schließlich eingewilligt.

Solo und Tarzan gingen die Strecke zu Fuß. Hand in Hand. Das hatte es schon lange nicht mehr gegeben. Als sie das Schiff erreichten, standen die Matrosen schon bereit, um die *Stéphanie* loszumachen. Eine Viertelstunde nachdem sie an Bord gegangen waren, legte Kapitän Ratkovic ab und drehte in den Strom. Sie hatten eine gute Stunde Verspätung. Trotz Auslaufmelodie und schönstem Sonnenschein wollte keine rechte Stimmung aufkommen.

Die Teilnehmer am Ausflug hatten natürlich von ihrem Erlebnis berichtet. An Bord gab es kein anderes Thema mehr.

Das Entsetzen wich jedoch ziemlich rasch einer ausgeprägten Neugierde und beim Abendessen mussten Solo und Tarzan ihren Tischdamen Rede und Antwort stehen. Die wildesten Gerüchte kursierten auch bereits. Der Tote wäre der Kölner Erzbischof gewesen, war eines davon. Auch die Illuminaten feierten fröhliche Urstände oder Fehden innerhalb des Klerus. Tarzan ging auf die Presseseiten der Kölner Polizei und fand lediglich die dürre Meldung, dass im Kölner Dom eine männliche Leiche aufgefunden wurde und dass der Mann keines natürlichen Todes gestorben war.

Friede. Ruhe und Friede sind wieder in mir eingekehrt. Wie jedes Mal. Jedes Mal wenn ich ES getan habe. Es wird eine Weile halten. Ein paar Monate – vielleicht sogar ein halbes Jahr ... Früher war es ein ganzes Jahr, manchmal sogar noch etwas länger. So lange, dass ich schon glaubte, es hätte mich aufgegeben. Doch es gibt nicht auf. Niemals. So lange ich lebe. Trotzdem schwelt in mir dieser unauslöschliche Funke der Hoffnung, dass es nun vorbei sein könnte. Bis es sich wieder einfindet. Wie ein alter Bekannter, mit dem man nichts zu tun haben will. Ich habe versucht, mich von ihm zu befreien, indem ich selbst aus diesem Dasein verschwinde. Ich habe leider festgestellt, dass ich ein erbärmlicher Feigling bin. Doch nun habe ich ES wieder getan. Habe den Ort in aller Ruhe und voll tiefem inneren Frieden verlassen. Nicht ohne eine Kerze anzuzünden. Vergib mir Vater, ich habe gesündigt ...

Ich saß schon eine ganze Weile am Fluss, als die Sirenen ertönten, Rufe erschollen und der Verkehr ins Stocken geriet. Vergib mir Vater ...

Nach dem Essen, gingen sie alle drei in den Salon. Auf dem Sonnendeck war es nun doch schon recht frisch geworden. Jay war ganz begierig darauf, von Tarzan und Solo Einzelheiten über den Toten im Dom zu erfahren. Als Solo ihre Theorie mit der Schalldämpferpistole erklärte, quiekte der Teenie begeistert auf.

„Das musst du unbedingt den Bullen sagen, Solo! Das sind tatrelevante Spuren! Das ist wichtig für den Fortgang der Ermittlungen!“ Solo schaute Jay irritiert an.

„Wo hast du denn diesen Jargon her, Jay? Du hörst dich an wie eine alte Freundin von uns, die früher bei der Mordkommission war.“

Das Mädchen strahlte: „Ich habe mit Die drei ??? lesen gelernt und seit ich fünf bin jeden Abend Krimis und Thriller geschaut. Das Schweigen der Lämmer, Der Rote Drache, Pulp Fiction, Blade Runner …“

„Mit fünf?“, fragte Solo entsetzt. Jays Mausezähne erschienen, während sie begeistert nickte. „Mit acht hatte ich mein erstes iPad, da habe ich mir dann alles Mögliche runterladen können. Glaubt mir, ich weiß, worauf es bei Ermittlungen ankommt.“

Solo sandte hilfesuchende Blicke zu Tarzan, der sich sichtlich amüsiert an einem Weizenbierglas festhielt. Sein Handy klingelte. Er schaute auf das Display, nickte seinen Begleiterinnen entschuldigend zu und verließ den Salon in Richtung Rezeption.

„Bluhmepeter, alter Blutsbruder, was verschafft mir die Ehre?“

Die Stimme, die aus dem Gerät drang, hörte sich an wie aus einem der eben genannten Filme. Sie gehörte Hans-Peter Bluhm, Hauptkommissar im Morddezernat des Polizeipräsidiums Mannheim, ehemaliger Schulkamerad und bester Freund von Tarzan. Seit einigen Wochen war der trockene Alkoholiker mit Elke Lukassow, pensionierte Erste Kriminalhauptkommissarin aus Heidelberg, locker liiert, was jedoch beide vehement bestritten. Von der resoluten

Bayerin hatte er bereits einige Unsitten übernommen, wie zum Beispiel begrüßungsarme Telefongespräche.

„Tach. Was habt ihr mit dem Mord im Kölner Dom zu schaffen?“

„Danke, dir auch einen schönen Abend. Entschuldige, dass wir einen Landausflug an einen derart gefährlichen Ort gebucht hatten. Wir sind auf Flusskreuzfahrt und der Dompfaff ist mir quasi vor die Füße gekullert.“ Tarzan steckte der Schreck immer noch in den Knochen und die Sprüche sollten die Erinnerung entschärfen.

„Dummbabbler! Ihr seid auf einem Foto, das irgendein Gaffer ins Internet gestellt hat und das morgen wohl in den Zeitungen erscheinen wird. Hab’s dir gerade geschickt. Du solltest dir mal ’ne modischere Kappe kaufen. Siehst aus wie achtzig, mit der Batschkapp.“

„Erzähl mal, wieso schlägt das Wellen bis nach Mannheim? Größere Sache, oder?“

„Geht dich nichts an. Laufende Ermittlung“, knarzte die Lee-Marvin-Stimme.

„Tschüss.“ Tarzan beendete das Gespräch, behielt das Handy in der Hand und stieg über die Treppe auf das Sonnendeck. Es war schon fast dunkel und die Lichter der riesigen Industrieanlagen des Ruhrgebietes spiegelten sich im Wasser des Stroms.

Er war noch nicht ganz oben angelangt, als das Handy erneut klingelte.

„Jou.“ Was der konnte, konnte er schon lange.

„Depp. Du weißt genau, dass ich dir nichts erzählen darf.“

„Und ich sag nix ohne meinen Alltours.“ Aus dem Gerät drang schweres Schnaufen. Elkes Kässpätzle, Speckknödel und Schweinsbraten trugen nicht wirklich zu Bluhms Fitness bei.

„Das bleibt aber unter uns.“ Tarzan grinste. Bluhm platzte förmlich vor Mitteilungsfreude.

„Ganz große Sache. Europol hängt mit drin. Seit 2012 wurden kreuz und quer durch Europa insgesamt fünf katholische Priester ermordet. Deiner ist der sechste.“ Tarzan stockte der Atem. Ein Serientäter. Etwas, was in der Realität, ganz im Gegensatz zu Romanen und TV-Produktionen, sehr selten auftrat. Die meisten Tötungen waren Beziehungsdelikte. Deshalb lag auch die Aufklärungsquote bei über 90 Prozent. Onkel, Väter, Mütter, Liebhaber. Die meisten Täter waren ganz normale Leute, die in Ausnahmesituationen durchdrehten. Dilettantische Tankstellenräuber, rasende Choleriker oder in ihrer Ehre gekränkte Alphamenschen. Der geplante eiskalte Mord, der gedungene Lohnkiller oder der pathologische Serienkiller stellten die Ausnahmen dar.

„Solo meint, es wäre eine schallgedämpfte Waffe mit spezieller Munition verwendet worden …“

„Das steht auch im vorläufigen Ermittlungsprotokoll. Es würde passen. Die Kollegen in Köln haben uns kontaktiert, weil wir den letzten Fall dieser Art bearbeitet hatten. Wir …“

„Was? Der hat auch in Mannheim zugeschlagen? Wann war das? Warum weiß ich nichts davon?“

Bluhm räusperte sich, „Die betreffende Kirche hat uns gebeten, die Öffentlichkeit nicht zu informieren. Wir wollen damit auch den Täter in Sicherheit wiegen. Aber ich habe schon zu viel gesagt. Wenn euch vielleicht noch etwas anderes aufgefallen ist, oder dir jemand entgegengekommen ist, an den du dich erinnerst …“

„An den ich mich erinnere? Hey, wir reden hier über den Kölner Dom! Hundertschaften von Touristen sind uns da entgegengekommen. Einer hat asiatisch ausgesehen, glaube ich.“

„Witzbold. Wenn dir was einfällt, schick’s mir per Emil. Viel Spaß auf der Kreuzfahrt und bring’ mir ’nen mittelalten Gouda mit, ich geb’ dir dann ’s Geld.“

„Tschüss, Bluhm ...“. Doch das sagte Tarzan zu seinem stummen Handy. Mittelalter Gouda. Der hatte vielleicht Nerven. Neugierig öffnete er die Bilddatei, die ihm sein Freund geschickt hatte.

Ein körniges Bild baute sich auf. Die Leiche auf dem Boden war kaum zu erkennen und die Menschen darum herum mehr Schemen als erkennbare Leute. Doch, da hinten in der zweiten Reihe sah er seine Sportmütze. Schräg vor ihm Solo. Schlimmer als Fahndungsfotos aus Überwachungskameras. Bluhm hatte sie auch nur identifiziert, weil er sie persönlich kannte. Autogrammjäger würden sie jetzt mit Sicherheit nicht belagern.

„Kommst du? Die Show fängt gleich an!“ Solo stand am Treppenaufgang und schaute ungeduldig zu ihm herauf. Tarzan steckte das Handy ein und begleitete Solo in den Salon. Drei Cocktails standen auf dem Tisch und Tarzan beäugte misstrauisch den von Jay.

„Kannst gerne mal versuchen, ist Kinderpisse.“ Ein entrüsteter Blick vom Nebentisch traf das Mädchen, das der alten Dame eine Grimasse schnitt. Tarzan grinste. So ungefähr stellte er sich die jugendliche Solo vor.

„Wer war denn das?“, fragte Solo.

„Bluhm. Erzähl ich dir später.“ Tino Bergholz erschien gerade auf der Bühne, beschwerte sich über herumliegende Papiertaschentücher und wünschte sich eine Putzfrau, welche die Sauerei wieder in Ordnung brachte. Das war das Stichwort für den Künstler des Abends, Rino Galiano, Schauspieler, Comedian und Musiker aus Mannheim. Bekannt auch durch die TV-Formate „Voice of Germany“ und „Sing um dein Leben“. Doch Galiano war zunächst nicht zu sehen. Stattdessen betrat ein ältliches Muttchen in Kittelschürze und Ameisenmensch-Brille die Bühne, klaubte die Taschentücher auf, beschimpfte das Publikum als Dreggmouge (Mannheimerisch für Schmutzfinken) und stellte sich als „Soffie, nicht *Stephie*“, vor. Die nachfolgenden Anekdoten aus dem Leben einer Schiffsputze produzierten Lachsalven und Szenenapplaus am laufenden Band und als dann „Soffie“ noch ein verballhorntes „Über Sieben Brücken …“ schmetterte, war der beängstigende Zwischenfall im Dom zunächst vergessen. Der zierliche Künstler wechselte das Kostüm und gab noch Ausschnitte aus seinen Programmen „Die große Elwa T’tcz“ und „Liebe ist…“ zum Besten. Rino bezauberte sogar Jay, die fast den ganzen Auftritt mit dem Handy filmte und nach der Zugabe noch ein Selfie mit ihm erhaschte. Die Luft im Salon kochte. Solo und Tarzan wollten sich Jacken aus der Suite holen und oben auf Deck noch ein wenig frische Luft schnappen. Außerdem würde dort später noch ein Mitternachtssnack serviert werden, den sie sich diesmal gönnen wollten. Jay hatte keine Lust mitzukommen.

Als Solo den fröhlich winkenden Kabinensteward mit zwei weiteren Mitarbeitern vom Housekeeping sah, die gerade einen Tisch im vorderen Bereich belegten, wusste sie auch warum. Auf der *Stéphanie* waren die Regeln für die Crew nicht so streng ausgelegt wie auf den meisten anderen Schiffen. Es war sogar erwünscht, dass sich die Besatzung in ihrer Freizeit unter die Passagiere mischte. So stand ein eigens reservierter Offizierstisch mitten im Panoramasalon und in der Bar gab es eine spezielle Sitzgruppe, wo laut Tino Bergholz nur Borussen sitzen durften. Dort konnte man auch schon mal den Kapitän oder den Ersten Offizier antreffen und ganz zwanglos in einen Plausch verwickeln. Wobei der Erste Offizier mit Sicherheit kein Borusse war. Schon bei der Crew-Präsentation in Mannheim hatte der Kapitän seinen Stellvertreter mit den Worten vorgestellt: „Mit Jeroen können Sie über alles reden, außer über Fußball."

„Was wollte Bluhm von dir?" Solo lehnte entspannt über der Reling und schaute einem zu Berg fahrenden Containerschiff hinterher.

Tarzan erzählte ihr, was er über den mutmaßlichen Serientäter erfahren hatte und dass es in Mannheim ebenfalls einen toten Pfarrer gegeben habe, was aber erfolgreich unter dicke kurpfälzische Teppiche gekehrt worden war. Er zeigte ihr auch das Bild und Solo, die zuerst erschrocken reagiert hatte, war beruhigt, als sie die lausige Qualität erkannte.

„Gut, dass wir da jetzt weg sind“, bemerkte sie und ließ sich von dem vorbeikommenden Weinkellner bereitwillig nachschenken. Tarzan blieb beim Bier.

„Morgen werde ich in Amsterdam laufen gehen“, kündigte sie an.

„Fall in keine Gracht und komm nicht unter die Fahrräder“, antwortete Tarzan. „Ich habe wegen den Leihfahrrädern gefragt, ich wäre in Amsterdam gerne Rad gefahren. Aber die rücken da keine raus. Zu gefährlich, meinten sie. Ich könne am darauf folgenden Tag in Enkhuizen radeln.“

„Mal sehen. Wenn's Wetter mitspielt, fahr ich vielleicht mit.“

Genießerisch nahm Tarzan einen Schluck und atmete tief ein. Wie sehr hatte er sich das gewünscht. Entspannende Unterhaltung unter einer silbernen Mondsichel, das Rauschen des Wassers, die leise Lounge-Musik, die aus den Lautsprechern erklang und seine Solo bei ihm. Seine Ehefrau. Gesund und munter. Was hatten sie in diesem Jahr schon alles mitgemacht: die skurrilste aller Hochzeitsfeiern, die in seiner panischen Flucht und ihrer sofortigen Trennung geendet hatte. Der monströse Anschlag auf den Mannheimer Dämmermarathon, der Solo beinahe das Leben gekostet hätte (Solo & Tarzan 7, MordsMarathon, 2016). Das hier, das hatten sie sich verdient.

Kapitel 5

In dem feine Damen Pommes klauen, Solo nass wird und Tarzan Ermittlungen aufnimmt, was ihm ein Salsa-Ultimatum einbringt.

Dritter Reisetag – Tiel, Amsterdam-Rhijnkanaal, mitten in der Nacht

Tarzan erwachte, als etwas gegen die Außenwand des Schiffes schlug. Oben auf dem Deck hörte er gedämpfte Schritte. Er lag auf der Fensterseite und konnte mit ausgestrecktem Arm den lichtdichten Vorhang erreichen. Er zog daran und grelles Sonnenlicht flutete den Raum. Teufel! Mit einem Satz war er aus dem Bett und starrte aus dem Fenster. Er sah eine nasse, ockerfarbene Mondlandschaft, durchsetzt mit Moos oder Algen oder sonst einem Grünzeug. Sein schlaftrunkenes Gehirn brauchte eine ganze Weile, bis es registrierte, dass sein Besitzer auf die feuchte Wand einer Schleusenkammer schaute. Das Licht! Es musste schon helllichter Tag sein, wenn die Sonne so vom Himmel knallte. Tarzan verrenkte sich den Hals, um nach oben zu schauen. Die Tür zu öffnen, traute er sich nicht. Zu nahe erschien die triefende Schleusenwand. Erschrocken fuhr er zurück, als ein armdickes Tau kurz gegen das Fenster klatschte und rasch wieder eingeholt wurde. Wieder das Tapsen über ihm. Er kapierte. Die Matrosen sicherten die *Stéphanie* in der Schleuse. Er schaute auf die Leuchtanzeige des Reiseweckers. Entgeistert stellte er fest, dass es zwei Uhr in der Nacht war. Solo grunzte und drehte sich vom

Licht weg. Ihr Atem ging stetig und ruhig, ihr Mund stand halb offen. Sie schlief tief und fest. Jays Trennwand war zu, auch von dort kam kein Geräusch.

Aber die Sonne? Ein Rauschen setzte ein und das Bugstrahlruder rumpelte kurz. Die Stèphanie rieb sich quietschend an den ausgebrachten Fendern. Die Wand setzte sich in Bewegung. Sie schob sich nach oben und Tarzan hatte den Eindruck, auf ein überdimensionales Tor zu blicken, welches gleich den Blick auf fantastische Landschaften preisgeben würde. Immer noch gleiste das Sonnenlicht durch die Fenster und Tarzan zog den Vorhang bis auf einen kleinen Spalt wieder zu, damit Solo nicht gestört wurde. Nach nur wenigen Metern stoppte die Bewegung. In Wirklichkeit war Wasser abgelassen worden und die *Stéphanie* war auf die Höhe des Kanals abgesenkt worden. Erneut erklang das blecherne Rumpeln des Strahlruders, mit dem der Kapitän das Schiff auf Position hielt. Dann bewegte sich die Mauer nach links. Wieder klatschte eine Schlinge des Taus gegen das Geländer vor der Tür und wurde eilig nach oben gezogen. Eine Stimme sagte etwas in einer slawischen Sprache, Füßetrappeln, Stille. Die Mauer wurde scheinbar schneller. Tarzan sah eine Nische mit eingelassenen Leitersprossen. Eine verrostete Dose war dazwischen eingeklemmt. Es dauerte eine ganze Weile, die Schleuse schien kein Ende zu nehmen, dann glitten die Torbauwerke vorbei. Gigantische Führungsschienen, in denen die mächtigen Hubtore wie Fallbeile rauf und runter glitten. Dann erlosch die Sonne …

Tarzan blinzelte. Verwirrt schüttelte er den Kopf. Kein Suff mit Jeroen und Tino gestern. Zwei, drei Biere und ein

Cocktail. Sonst nix. Nun schob er doch den Vorhang wieder ein Stück weiter auf und stieß erleichtert die Luft aus. Die „Sonne“ war ein hochmoderner LED-Scheinwerfer, wie sie an den Flanken des Schiffes angebracht waren, um auch bei Dunkelheit exakt manövrieren zu können. Einer davon war direkt über ihrer Suite angebracht. Fast hätte Tarzan laut aufgelacht. Versonnen schaute er nach draußen, wo die Mole der Schleusenanlage vorbeizog. Dahinter ein Gewerbegebiet. Nur die Straßenlampen verbreiteten ihren orangefarbenen Schein. Leichter Nebel stieg vom Wasser auf. Kein Mensch zu sehen. Nahezu lautlos pflügte die Stèphanie de *Beauharnais* durch das spiegelglatte Wasser des Kanals.

Zwei Uhr zwölf. Irgendwo in Holland. Tarzan kuschelte sich an seine Frau und schlief fast augenblicklich wieder ein.

08:38 Uhr Amsterdam-Rhijnkanaal, kurz vor Amsterdam

Das Restaurant war um diese Zeit schon gut besucht. Jeder wollte die Ankunft in Amsterdam beim Frühstück genießen. „Ist das schon Amsterdam?“, fragte Goldie und deutete mit einer Gabel voller Rührei auf die vorbeiziehende Stadt. „Seit einer halben Stunde schon, Herzchen“, erklärte Miss Marple nachsichtig. Die Damen waren stets vor Tarzan und Solo im Restaurant. Jay kam immer als Letzte, da sie es vorzog im Bett zu bleiben, bis die „alten Leute“ vernünftig bekleidet waren.

„Es kam heute Morgen in den Nachrichten!“, zischelte Goldie in Tarzans Richtung, als der seine Müslischüssel vor sich platzierte und sich neben sie setzte. Er schaute sie fragend an.

„Na, das mit dem ermordeten Pfarrer im Dom! Die Polizei will aber erst heute Mittag bei einer Pressekonferenz Näheres dazu sagen. Ich sag Ihnen, da steckt der IS dahinter. Die bringen unsere Pfarrer um und schicken Muhzies auf die Kirchtürme!“

Miss Marple unterbrach den Redeschwall ihrer Freundin: „Es heißt Muezzins und nicht Muhzies, meine Liebe, und zumindest wir drei werden das wohl nicht mehr erleben. Dein Rührei ist runtergefallen.“

„Ups!“ Goldie klaubte ungerührt einen Batzen Rührei von ihrem Rock und stopfte ihn sich in den Mund.

„Na dann…“, Belgravia hob ihr Sektglas. Die drei Grazien begannen ihren Tag stets mit einem Glas Sekt. „Lasst uns auf einen Tag ohne Mord und Totschlag trinken, bevor der IS uns den Hahn zudreht.“ Solo und Tarzan hoben ihre Kaffeetassen.

„Was machen Sie denn heute?“, wandte sich Miss Marple an Solo. „Wir haben den Ausflug mit der Audienz im Königspalast gebucht. Vielleicht ist sogar der König selber da!“ Sie verdrehte verzückt die Augen, „Und seine Minimal! Ach, die ist ja so hübsch. Aber so dünn, das arme Kind.“

„König Willem Alexander und Maxima weilen zur Stunde in der Karibik“, warf Belgravia ein und wedelte mit ihrem Smartphone. „Wir werden wahrscheinlich mit dem Cousin dritten Grades seines Kammerdieners vorlieb nehmen müssen.“ Gelächter begleitete Miss Marples betroffene Miene.

„Wir erkunden Amsterdam zu Fuß und fahren vielleicht mit einem Grachtenboot. Am Nachmittag wollen wir dann eine Runde laufen gehen“, beantwortete Solo Miss Marples Frage.

„Wenn ihr euch vorher noch eine schöne Tüte reinzieht, läuft’s noch besser.“ Jay plumpste auf ihren Platz und ließ eine große Kaugummiblase platzen.

Tarzan verschluckte sich fast an seinem Müsli und Solo funkelte das Mädchen böse an.

„Lass’ das mit dem Kaugummi und die blöden Sprüche mit den Drogen kannst du gleich mit entsorgen.“

„Uh, wir kriegen unsere Tage immer noch?“ Provozierend mahlten Jays Kiefer wie die eines Dromedars. Tarzan unterdrückte mit rotem Kopf einen Lachflash. Jay und Solo versuchten sich mit Blicke zu erdolchen. Jay verlor und ging schulterzuckend in Richtung Buffet.

Solo atmete hörbar tief ein und setzte an: „Iiiiich …“, Tarzan schnitt ihr das Wort ab, „…weiß jetzt, warum wir nie Kinder haben wollten.“ Die drei Golden Girls lachten und prosteten sich wieder zu. Diesmal auf die Jugend. Die Ladies schienen sich prächtig zu amüsieren.

Solo köpfte ihr Frühstücksei mit Nachdruck. Jay war inzwischen auf dem Weg zurück zum Tisch, wobei sie einen Teller voller Pommes und eine kleine Saucenterrine balancierte.

„Wo hast du denn um die Zeit die Pommes her?“, fragte Tarzan und verzog angewidert das Gesicht, als das Mädchen die goldgelben Sticks in der weißen Sauce ertränkte.

„Hab' ich von Tomas, dem Chefkoch. Hat der extra für mich gemacht. Der ist süß. Außerdem macht er bessere holländische Fritessaus als die Holländer."

„Du findest die von der Crew alle süß, oder?", fragte Solo und fischte sich eine der halbertrunkenen Pommes aus Jays Teller. Der Krieg der Sterne war wohl mittlerweile weitergezogen. „Die meisten. Ein paar sind auch langweilig, aber lieb. Ich geh nicht mit euch in die Stadt."

„Warum? Amsterdam ist cool. Da gibt es auch vieles, was für dich interessant ist, zum Beispiel …", begann Tarzan in väterlichem Tonfall.

„Im Coffeeshop wollen sie den Ausweis sehen, aber auf dem Dam verticken sie das Weed auf der Straße. Ich geh mit Marco und den anderen kurz vor dem Mittagessen. Wenn die vom Housekeeping mit den Kabinen durch sind, haben die drei Stunden Freizeit."

„Du hast versprochen keine Dro …!", polterte Tarzan los, wurde aber sofort von Jay gestoppt.

„Mensch, Tarzan! Chill mal, Alter! Wir haben das besprochen und ich lüg' dich nicht an!" Die letzten vier Worte hatte sie mit blitzenden Augen und mit solcher Vehemenz ausgestoßen, dass sich andere Gäste zu ihnen umdrehten und zu tuscheln begannen.

„Mann! Wenn ihr mich behandelt wie ein Baby, dann zicke ich. Is so."

„Versprich uns …", zweiter Versuch, halbierte Lautstärke.

„Mmmh."

„Was?"

„Veeeersprochäääään! War's das? Ich muss aufs Klo." Tarzan und Solo atmeten hörbar auf, als die freche Kröte verschwunden war.

Miss Marple fischte sich mit ihrer Gabel auch eine von Jays Fritten heraus.

„Wo sie recht hat, hat sie recht. Die Fritessaus ist fantastisch. Machen Sie sich nichts draus, Tarzan, meine Enkelin ist genauso. Aber wir waren damals ja auch nicht von Pappe, was?" Die Damen wechselten verschmitzte Blicke und wackelten mit ihren sorgfältig frisierten Köpfen, wie anno Tobak die Wackeldackel auf der Hutablage eines alten Mercedes.

„Sie sind wohl öfter auf Kreuzfahrt, Sie und Ihre Freundinnen?", fragte Solo und wieder wackelten die Köpfe.

„Zwei, manchmal sogar drei oder vier Mal im Jahr", antwortete Belgravia, „und immer mit dem Flussschiff. Das schaukelt nicht und es sind keine dreitausend Leute um einen herum."

„Ist das mit der Zeit nicht langweilig?", wollte Tarzan wissen und schaute in drei fröhliche Gesichter.

„Langweilig? Nein!", schwärmte Miss Marple, „wir waren schon auf der Rhone, dem Douro, der Mosel, Donau rauf und runter sowieso. Im Herbst geht es auf die Seine. Sie glauben gar nicht, wo man in Europa überall mit dem Flussschiff hinkommt. Vom Mittelmeer bis nach Russland. Langweilig? Auf der Hochsee schauen sie manchmal tagelang nur aufs Meer. Das ist langweilig."

Tarzan schwieg beeindruckt. So hatte er das noch gar nicht gesehen. Gar nicht schlecht. Braucht man halt aber auch das nötige Kleingeld dafür …

Jay hatte sich in den Salon verzogen und widmete sich ihrem Handy, Solo und Tarzan waren auf dem Weg in ihre Suite, um ihre Jacken zu holen. Weiter vorne stand bereits der Wäschewagen des Housekeepings und der Chefsteward kam gerade aus einer der Suiten.

„Komm mit, den schnappen wir uns jetzt mal auf ein Wort“, sagte Tarzan zu Solo und winkte dem jungen Mann grüßend zu.

„Moin, Herr Sillmar, können wir Sie mal kurz sprechen? Eine Minute?“

„Guten Morgen. So lange Sie möchten, meine Herrschaften. Aber nennen Sie mich doch bitte Marco, das machen alle. Ist etwas nicht in Ordnung?“

„Doch, doch, alles bestens, es geht um die junge Dame, die mit uns reist, wir würden …“ Der Steward lächelte erleichtert, er hatte wohl schon befürchtet, es gäbe eine Beanstandung in der Suite.

„Jay. Natürlich, ich hatte schon damit gerechnet, dass Sie das zur Sprache bringen würden. Ich mache Ihnen einen Vorschlag: Wir trinken im Restaurant noch einen Espresso zusammen. Das ist jetzt schon fast leer, da sind wir ungestört. Einverstanden?“

Solo und Tarzan nickten und folgten dem jungen Mann, der beschwingten Schrittes vorauseilte. Wäre Jay ihre Tochter und ein paar Jahre älter, Marco wäre der Prototyp des idealen Schwiegersohns. Er schien sogar erleichtert, dass sie ihn angesprochen hatten. Waren ihre Sorgen also unbegründet? Marco geleitete sie an einen der Tische in der Nähe des Durchgangs zur Küche. Er fragte nach ihren Wünschen, streckte den Kopf durch die Schwingtür und orderte zwei doppelte Espresso und einen Kaffee Latte für Solo.

„Reden wir also über meine Stalkerin.“ Marco begegnete den verblüfften Mienen von Solo und Tarzan mit seinem strahlenden Lausbubenlächeln. Solo verstand, warum dieser Mann jungen Mädchen den Kopf verdrehte. Sahneschnittchen hatten sie sowas in ihrer Jugend genannt. Heute sagte man wohl mega oder voll cool oder ähnlichen Blödsinn. Die Bedienung, eine hübsche Brünette aus Tschechien, servierte die Getränke zusammen mit einer Schale Gebäck und drei Gläsern Wasser.

„Fühlen Sie sich durch Jay belästigt, Marco?“, eröffnete Tarzan das Gespräch und der Steward winkte mit einer beinahe feminin wirkenden Geste ab.

„Wissen Sie, Herr Zahn, ich würde lügen, wenn mir die Schwärmereien solcher Küken nicht schmeicheln würden, aber Sie sollten eines wissen: Ich bin jemand, der sehr zielstrebig durchs Leben geht. Ich komme aus sehr einfachen Verhältnissen, bin gelernter Koch und habe zunächst als Beikoch auf Schiffen gearbeitet. Vor zwei Jahren bin ich zum Housekeeping gewechselt und habe es bis zum Chefsteward gebracht. Ich kann nach weiteren zwei Jahren Assistent des Hoteldirektors sein und später einmal selbst die Verantwortung für das gesamte Hotelmanagement auf solch einem Schiff übernehmen. Das ist mein Leben. Glauben Sie, ich riskiere eine solche Karriere wegen eines kleinen Mädchens? Außerdem …“

„Hätten Mädchen bei Ihnen sowieso keine Chance, habe ich recht?“, Solo entschärfte die Feststellung durch ein warmes Lächeln.

Marco Sillmar lachte herzlich. „Sie gefallen mir, Frau Solomon-Zahn. Geradeheraus. Solche Menschen liebe ich. Sie haben natürlich recht. Sie sind eine gute Menschenkennerin."

„Wir haben in unserem Freundeskreis einige schwule Männer. Feine Menschen, die unser Leben bereichern. Aber wir wollten über Jay sprechen. Weiß sie es auch?"

„Nein", Marco nippte an seinem Espresso. „Im Augenblick würde es sie wohl zu sehr enttäuschen, und wir von der Crew sind ja zuallererst dafür da, dass Sie sich wohlfühlen. Aber Jay und ich haben einen, wie soll ich es nennen, nun ja, so eine Art Nichtangriffspakt geschlossen."

„Sie haben was?", fragte Tarzan entgeistert.

„Ich habe zunächst gar nicht bemerkt, dass die Kleine ständig meine Nähe suchte, Rosie aus der Bar hat mich mit der Nase darauf gestoßen. Ich habe Jay dann in die Bar auf das Sonnendeck eingeladen und ihr bei Eistee und Wasser erklärt, wie das mit uns hier an Bord so laufen könnte."

Tarzan und Solo sagten kein Wort. Sie saßen mit hochgezogenen Augenbrauen als lebende Fragezeichen dem Steward gegenüber.

Wieder erschien das Lausbubenlächeln. „Ich habe ihr keine Chance gelassen. Ich habe ihr erklärt, dass wir, solange sie auf dem Schiff ist, richtig gute Freunde sein könnten und sie sich auch gerne unserer Crew-Clique vom Housekeeping anschließen dürfe, aber wenn sie mehr wolle, müsste ich ein Gespräch mit dem Hoteldirektor oder dem Kapitän führen. Was dann wohl auf meine Versetzung auf ein anderes Schiff hinausliefe, vielleicht sogar auf die Hochsee."

„Sie müssen die Frage nicht beantworten, Marco: Haben Sie einen Partner an Bord?“ Tarzan war sich der Indiskretion bewusst, aber es brannte ihm auf der Zunge. Solo schenkte ihm einen missbilligenden Blick.

„Ich mache da kein Geheimnis draus. Nein, ich habe keinen Partner. Weder an Bord, noch an Land. Es ist wohl wirklich so, dass meine Ansprüche nicht viel mit der Realität zu tun haben. Aber ich fühle mich wohl. Ich bin mit meinem Beruf verheiratet. Ich liebe den Umgang mit Menschen und das Reisen. Jedes Jahr ein anderes Schiff, ein anderer Fluss, vielleicht sogar ein anderes Land. Ich kann mir keine schönere Arbeit vorstellen.“

„Wir danken Ihnen sehr für Ihre Offenheit, Marco. Wir haben uns schon Sorgen gemacht, weil Jay nicht mit uns, sondern lieber mit Ihrer Gruppe Amsterdam erkunden möchte. Aber nun …“

„Gestatten Sie mir ein offenes Wort zu diesem Thema, Herr Zahn“, unterbrach ihn der Steward. „Amsterdam ist eine wundervolle Stadt, eine der schönsten der Welt. Jedoch gerade für Jugendliche, die mit völlig falschen Vorstellungen hierherkommen, ist es kein ungefährlicher Ort. Aber glauben Sie mir, in unserer Gruppe, wir sind vier Frauen und drei Männer, Alban, der Frühstückskoch, kommt auch mit, ist sie sehr gut aufgehoben. Wir haben die freche Göre alle in unser Herz geschlossen. Sie ist wahrscheinlich der einzige Teenager, der mit sieben Bodyguards da draußen herumläuft.“

Zwei Stunden später. Amsterdam, Rembrandtplein

„Schau mal, die sieben Zwerge!“ Tarzan deutete über den Platz auf eine Gruppe von Bronzefiguren, was Solo einen genervten Seufzer entlockte.

„Das ist Rembrandts Nachtwache, du Banause!“

„Mach mal ein Bild von mir mit dem Oberzwerg!“, forderte dieser unbeeindruckt von der Belehrung und marschierte über den belebten Platz auf die Figuren zu. Unmengen von Menschen bevölkerten den Platz, umringten die Figuren, machten Selfies, standen plaudernd herum oder saßen auf den umstehenden Bänken. Eine freundliche Asiatin mit großem Sonnenhut erbot sich, ein Foto von beiden zusammen aufzunehmen. Solo revanchierte sich mit einem Bild, welches sie mit dem Handy der Frau von ihr und ihrem Mann machte. Auch vor dem „Oberzwerg“, wie Tarzan den Hauptmann Frans Banning Cocq so despektierlich genannt hatte.

In der Nähe des Café de Sluyswacht ergatterten sie zwei freie Plätze auf einer Bank und ruhten sich aus. Solos GPS-Uhr zeigte immerhin schon über 12.000 Schritte an, auch Tarzan spürte seine Füße.

„Da haben wir uns völlig unnötig Sorgen gemacht“, sagte Solo und beobachtete einige Tauben, die mit ruckenden Köpfen nach Essbarem Ausschau hielten.

„Das sind eben Profis. Wie in einem guten Hotel an Land auch“, antwortete Tarzan entspannt. „Stell dir mal vor, was da los wäre, wenn die ständig mit Gästen was anfangen würden. Sodom und Camorra, oder so.“

„Du meinst sicher Gomorrha. Wann warst du das letzte Mal in einer Kirche?“

„Gestern. Es gab einen Toten, du erinnerst dich vielleicht.“ Solo biss sich auf die Lippen. Das Thema wollte sie eigentlich nicht wieder aufwärmen.

„Ich denke, Jay wird ziemlich schnell herausfinden, dass er schwul ist“, fuhr sie fort.

„Wird ihr ganz schön stinken. Dann müssen wir wieder ganz ordentlich was aushalten.“ Ein südländisch aussehender Mann in Anzug und offenem weißem Hemd schlenderte an ihnen vorbei.

„Please, do you have a light? “ Er hielt die linke Hand so, dass nur Tarzan und Solo die konusförmige Tüte sehen konnten, die darin verborgen war. Er trug eine riesige Sonnenbrille und sah aus wie der Dealer aus einem Bauernschwank.

„Sorry, no smoking“, winkte Tarzan ab und Solo schaute dem Mann erheitert nach.

„Mit dem Niedergang der Coffeeshops blüht der Straßenhandel auf.“

„Willst du?“ Tarzan grinste. „Ich geb’ einen aus.“

„Haha, aus dem Alter sind wir doch wohl raus. Am Ende ist das ein Bulle und wir können hier länger Urlaub machen, als beabsichtigt.“

„Auf jeden Fall bin ich beruhigt, dass Jay mit denen rumzieht. Komm, lass uns noch ’ne Runde mit dem Boot drehen. Ich bin faul.“

„Alter Mann“, spottete Solo. „Zum Mittagessen gibt’s Salat und dann drehen wir ’ne gemeinsame Laufrunde durch den Hafen.“

„Dreh’ mal alleine, ich glaube, bei mir ist ’ne Erkältung im Anrücken. Ich hau’ mich auf dem Schiff ein wenig hin.“

„Und bekämpfst den beginnenden Infekt mit Sachertorte und Cappuccino. Wenn ich zurückkomme, können wir aber mal runter ins Spa. Dampfbad, Sauna. Ist auch gut gegen Erkältung.“

Aus Rücksicht auf seine drohende Erkältung ersetzte Tarzan beim Mittagessen den Salat durch rheinischen Sauerbraten mit Knödeln und griff beim Dessert vorsichtshalber zweimal zu.

Nach diesem opulenten Mahl verzog er sich mit einem Buch aus der kleinen Bordbibliothek in den Salon, um die „Medizin richtig wirken zu lassen“. Auf dem Sonnendeck war es ihm zu kühl. Das schöne Wetter vom Vormittag hatte einer frischen Brise und dicken Wolken Platz gemacht. Solo ging sich umziehen, sie hatte sich in den Kopf gesetzt, heute in der neuen Ausrüstung zu laufen. Und wenn sie ein paar Tropfen abkriegen sollte, war das auch kein Problem, sie war ja nicht aus Zucker. Die *Stéphanie* lag an der Javakade, direkt gegenüber dem neuen Kreuzfahrtterminal von Amsterdam in der Nähe des Hauptbahnhofes. Tarzan hatte heute Morgen bei ihrer Ankunft zwölf Kreuzfahrtschiffe gezählt, die hier zum Teil in dritter Reihe „parkten“. Amsterdam war eben einer der beliebtesten Anlaufhäfen Europas. Die Javakade gehörte zu einer Hafeninsel namens Ijeiland, auf der sich auch große Wohnblocks befanden. Direkt hinter dem Schiff führte eine Fuß- und Fahrradbrücke über den Ijhaven, und weiter unten eine Straßenbrücke. Sie hatten hier schon einige Jogger gesehen, welche die ruhigen Hafenstraßen für ihr Training nutzten.

Tarzan hatte sich tatsächlich ein Stück Kuchen und einen Kaffee bringen lassen, ignorierte das Buch und schaute aus dem Fenster. Tiefenentspannt. Da ließen sich die gestressten Leutchen in Rehakliniken einweisen, um ihren Burnout in den Griff zu kriegen, schluckten Antidepressiva in Mengen, dass die Pharmaindustrie die wohl demnächst in Muldenkippern transportieren würde und stürmten die Yoga-Schulen. Dabei genügten bereits zwei Tage Flusskreuzfahrt, um ihm eine vorher nie gekannte Ruhe zu bescheren. Trotz des toten Pfaffen …

Gedanken flatterten durch seinen Kopf. Schwerelos wie Staubpartikel im Sonnenlicht. Fast hätte er sie gar nicht bewusst wahrgenommen. Satzfetzen nur: „…kreuz und quer durch Europa …“ und „… Sie glauben gar nicht, wo man mit dem Flussschiff überall hinkommt.“

Draußen fuhr ein hellbeige angestrichenes kleines Fahrgastschiff vorüber. „De Pannenkoekenboot“ stand in großen Buchstaben auf der Seite. Tarzan sah es, doch er registrierte es nicht, obwohl er die leckeren holländischen Pannenkoeken heute Morgen schon probiert hatte. „Kreuz und quer durch Europa …“ geisterte es durch seinen Kopf.

Er zückte sein Handy. Die Tiefenentspannung plumpste ins Hafenbecken.

„Bluhm“, knarzte es aus dem Gerät, als er fast schon glaubte, die automatische Ansage zu hören, dass der betreffende Teilnehmer zurzeit nicht erreichbar wäre.

„Ich. Hör mal, mir ist da was eingefallen!“

„Der todsichere Lottotipp? Spuck's aus, ich will endlich auch mal auf Kreuzfahrt gehen."

„Euer Serienmörder, der Pfaffenkiller. Wo hat der überall zugeschlagen?"

„Wer will das wissen?" Professionelles Misstrauen löste den schnoddrigen Ton ab.

„Dein neuer Sonderermittler. Pass auf, du schickst mir mal eine Liste der Tatorte und der Tatzeiten, ich habe da so eine Theorie, dass …"

„Hast du noch alle Stubbis im Kasten? Du glaubst doch nicht im Ernst, dass ich dir Polizeiakten eines laufenden Verfahrens übermittele? Ich habe nicht die geringste Lust, in der Kunststraße die durchgeknallten Auto-Poser zu kontrollieren oder auf der Friesenheimer Insel die Lkw-Spacken zu schikanieren. Ne, ne, du, aber einen Bewerbungsbogen kann ich dir zukommen lassen, wenn du unbedingt ermitteln willst."

„Halt mal die Luft an, Kumpel. Kein Mensch hat was von Polizeiakten gesagt!" Tarzan senkte die Stimme, als zwei Tische weiter ein älteres Pärchen Platz genommen hatte.

„Pass auf, du reißt ein Stück von deinem Butterbrotpapier ab, schmierst ein paar Ortsnamen und ein paar Datume drauf, scannst das ein und schickst es mir auf meine E-Mail-Adresse. Ich hab hier ordentliches WLAN auf dem Schiff. Kein Problem."

„Es heißt Daten, nicht Datume", brummte der Grizzly am anderen Ende. Er klang aber nicht mehr so angriffslustig, „Was zum Teufel willst du damit auf deinem dekadenten Pott?"

„Kreuz und quer durch Europa. Das ist das Schlüsselwort. Das geht auch mit dekadenten Pötten, wie du das nennst. Von der Ukraine bis nach Marseille, von Lyon bis Wien. Außerdem sind diese Schiffe der ideale Rückzugsort für Serientäter. All-inklusive und jeden Tag woanders, ungesehen über Grenzen und weit und breit, nur ab und zu die Wasserbullerei."

Schweres Atmen und ein nachdenkliches Grunzen tönten aus dem Handy.

„Und was willst du mit den Daten anstellen?"

„Ich habe hier Zeit und Ruhe. Ich gleiche die Tatorte mit den Anlaufhäfen aller möglichen Reedereien ab und schau, ob das mit den Zeiten hinhauen könnte. Wetten, dass noch keiner von euch auf Flussschiffe gekommen ist?"

„Die Wette gewinnst du. Lyon ist übrigens tatsächlich ein Tatort. 2014 glaube ich. Ich schick dir eine Liste. Dieses Gespräch hat nie stattgefunden, ich habe dir nichts geschickt und wenn mich einer fragt, kenne ich keinen Johnny Weissmüller."

„Bist der Beste!"

„Weiß ich, tschüss."

Na ja, wenigstens hatte er „tschüss" gesagt.

Ein gellender Pfiff schreckte ihn auf. Er schaute aus dem Fenster. Auf dem Kai stand Solo in hautengen Tights, einer Gore-Windstopperjacke und unprofessionell sauberen Schuhen. Sie deutete mit den Händen einen riesigen Bauch an, zeigte dann auf ihn und drohte ihm mit dem Finger. Prüfend schaute er auf den Tisch. Den leergeputzten Kuchenteller konnte sie von da unten aus nicht sehen. Er lächelte, formte einen Kussmund und hob den Daumen. Sie gab den

Schmatzer zurück, drückte einen Knopf auf ihrer GPS-Uhr und lief los. Federnde Schritte, herrlich lange, überaus wohlgeformte Beine und ein eleganter Laufstil. Er sah ihr lange nach. Tolles Weib. Sie mussten das wieder hinkriegen. Dieses verflixte Ehedings.

Doch jetzt musste er erst einmal in die Suite. Den Laptop anschmeißen und schauen, ob vom Bluhmepeter schon Butterbrotpapier angekommen war.

Der Wind frischte auf. Es würde Regen geben. Solo roch ihn schon. Sie lief entspannt die Sumatrakade entlang. Links das mittlerweile grau schimmernde Wasser der Ij. Ein weiteres Flusskreuzfahrtschiff kam in Sicht. Die „Amelia" von Phoenix Reisen. Das Logo mit der Möwe vor der gelben Sonne kannte sie aus dem Fernsehen. „Verrückt nach Meer" hatten sie schon ein paar Mal zusammen angeschaut, als sie noch die Orient-Kreuzfahrt geplant hatten. Solo lief immer der Nase nach. Die Insel hatte sie sich vorher auf Google angesehen. Die war höchstens für eine vier-Kilometer-Runde gut. Sie nahm sich vor, über die Straßenbrücke aufs Festland zu wechseln. Wenigstens eine Stunde wollte sie schon unterwegs sein. Die ersten Tropfen fielen. Sofort lag dieser unvergleichliche Geruch in der Luft, wenn Regen auf trockene Straßen fiel. Sie sog die würzige Luft tief in ihre Lungen. Was für eine Freude! Solo lief gerne in unbekanntem Gelände. Nichts widerstrebte ihr mehr, als Tag für Tag den gleichen Kurs abzuhecheln. Sie hatte zwar in Lampertheim auch ihre Hausrunden, aber sie wechselte ständig zwischen ihnen und kombinierte auch mal zwei oder drei Strecken zu etwas Neuem. Die Straße hieß nach einer kleinen Brücke nun Surinamkade. Eine Erinnerung an die alten niederländischen Überseegebiete. An den Ufern lagen bauchige Frachtschiffe, die aussahen, als hätten sie sich aus einem vergangenen Jahrhundert hierher verirrt. Der Großteil war sehr gepflegt, einige waren mit Topfpflanzen förmlich zugedeckt. Dieser Anblick gefiel Solo. Dagegen sah ihre Lady Jane zuhause richtig steril aus. Sie mussten nach ihrer Rückkehr unbedingt Blumenkästen und Kübelpflanzen anschaffen.

Die neuen Schuhe wirkten noch ein wenig hölzern, aber das würde sich nach zwanzig, dreißig Kilometern schon geben. Es waren ihre Favoriten gewesen, die alten hätten sowieso in ein zwei Monaten ausgetauscht werden müssen.

Aus den einzelnen Tropfen war nun ein feiner Landregen geworden, den die steife Brise in Schwaden durch die gepflegten Wohn- und Parkanlagen der Insel trieb. Solo zog den Reißverschluss ihrer Jacke zu, schloss kurz die Augen und legte den Kopf in den Nacken. Sie trug niemals eine Mütze. Selbst im Winter nicht. Sie liebte es, Wind und Wetter unmittelbar auf ihrer Haut zu spüren.

Mit ihren letzten Schritten hatte sie das Ende der Insel erreicht. Die Straße schlug einen Bogen und führte nun als Levantkade am inneren Ufer am Ertshaven entlang. Hier lagen, eines hinter dem anderen, kleine und große Wohnschiffe in der traditionellen Bauweise mit hoch gezogenem Bug und Bullaugen. Manche dieser Schiffe waren bereits über hundert Jahre alt. Solo war begeistert. Zum Teil lagen die Schiffe an großen Pontons vertäut, auf denen liebevoll gestaltete Hausgärten eingerichtet waren. Da, wo die Planke den Kai berührte, standen oftmals gemütliche Teak-Holz-Sitzgruppen neben den obligatorischen Fahrrädern. Allerliebst! Solo machte ein paar Aufnahmen mit ihrem Handy. Dann trabte sie locker weiter, die Augen immer auf die stets nach dem Geschmack der Bewohner ausgestatteten Wohnschiffe gerichtet. Strom und Wasser erhielten diese Behausungen von der Landseite. Der Regen störte Solo überhaupt nicht. Im Gegenteil, dadurch wirkten die zum Teil erleuchteten Fenster in den Wohnungen umso heimeliger. Irgendwie erwartete sie, dass plötzlich Bilbo Beutlin aus einem der Schiffe auftauchen und sie zu einem Pfeifchen einladen würde. Eine selten verspürte Harmonie überkam sie. Ihr Kopf war frei und die Sorgen schienen weit weg zu sein. So ähnlich war es ihr bisher nur beim Blick aus Flugzeugen gegangen, wenn die Erde unter ihr aussah wie eine Modellbahnlandschaft, beherrscht von einem jauchzenden kleinen Jungen.

Tarzan hatte wohl doch die richtige Entscheidung getroffen. Auch wenn sie Überraschungen hasste, diese Flusskreuzfahrt hatte was. Sie glaubte nicht, dass das Hochsee-Pendant eine ähnliche Wirkung auf sie gehabt hätte. Zu viele Menschen, zu viel Entertainment, zu viel Animation. Die *Stéphanie* mit ihren knapp sechzig Passagieren war mehr eine Yacht, als ein Vergnügungsdampfer.

Tarzan, du Arsch, warum hast du mir die Sache mit dieser schrägen Tuss nicht damals schon gebeichtet? Weil er sich geschämt hat, darum, teilte ihr ihre Ratio nüchtern mit. Er ist nun mal ein Mann, dem ab und zu das Hirn in die Hose rutscht. Hab' dich halt nicht so und mach endlich einen Deckel auf diese Kacke. Solo zog die Nase hoch. Der Regen.

Sie ließ die Straßenbrücke links liegen und lief nun durch eine gepflegte Grünanlage auf der Binnenseite der Ijinsel bis sie die Javakade erreichte. Kurz vor der *Stéphanie* überquerte sie den Ijhaven über die Rad- und Fußgängerbrücke und bewunderte zum wiederholten Male die großzügige Infrastruktur, welche die Niederländer ihren Fietsern, wie die Radfahrer hier hießen, gönnten. Am Cruise-Terminal lagen drei Schiffe der Viking River Cruises, aneinander gedrängt wie ängstliche Schafe. Dahinter die „Lady Anne", ein wunderschönes altes Kreuzfahrt-Schiff mit kühn emporgerecktem Bug und Bogenfenstern. Die hatte sie auch schon in Mannheim liegen sehen

Nach der Brücke wandte sie sich nach links. Sie befand sich nun auf der Veemkade. Sie wollte noch bis zur Straßenbrücke laufen, um dort wieder auf die Insel zu gelangen. Der Regen war stärker geworden. Solo kümmerte dies wenig. Sie genoss die fremde Umgebung, den Geruch nach Schiff und Brackwasser, das heisere Schreien der Möwen und die Aussicht auf einen entspannenden Saunagang mit anschließender Massage. Dekadent hin oder her. Sie war fest entschlossen, diese Kreuzfahrt mit allen Sinnen zu genießen.

Hier, an der Veemkade, lagen Schiffe, die man auch chartern konnte, eines, auf dem sich wohl eine Shisha-Lounge befand und eines mit dem man Fahrradreisen machen konnte. An Deck waren in Reih und Glied zwei Dutzend Hollandräder abgestellt. Auch dies war ihr einen Schnappschuss wert. Rechts von ihr befand sich eine kleine Ladenzeile. Ein Friseur, ein Eisenwarenladen, der auch Maritimes im Sortiment hatte, und ein kleiner Discounter. Ein Läuferpärchen kam ihr entgegen und grüßte freundlich. Baumwoll-Jogginghosen, klitschnasse Kapuzensweater am Leib und zerfranste Turnschuhe an den Füßen. Rocky Balboa lebt!

Auf der linken Seite schwang sich die Straßenbrücke über den Hafen. Solo nahm die leichte Steigung im Spurt. Der Landregen hatte sich zu einem richtigen Schauer ausgewachsen. Dazu ein schneidender Wind, der zwischen den Mietshäusern hindurchpfiff, als wolle er diese vorwitzige Läuferin nach Hause jagen. Sie erreichte nun wieder die Sumatrakade und stürmte die letzten zwei Kilometer mit einem Lächeln durch die Nässe. Sie platschte durch die Pfützen wie ein übermütiges Kind, blinzelte sich das Wasser aus den Augen und spürte die Tropfen wie eine Massage auf ihrer Haut. Alles wird gut. Wärme stieg in ihr auf. Voraus schälten sich die Umrisse der *Stéphanie* aus den Regenschwaden. Tarzan. Sie würde ihm verzeihen. Aber hatte sie das nicht schon längst getan? Vielleicht. Aber nun war sie sich sicher. Ihre Beziehung war es wert. Ihre nagelneue Ehe. Ein Witz. Da lebten sie Jahrzehnte gemeinsam ihr Leben und am Tag der Hochzeit kam es zum großen Knall. Ach Tarzan, was bist du bloß für ein abenteuerlustiger kleiner Junge …

Pitschnass erreichte Solo das Schiff. Noch vor dem Eingang zog sie ihre Jacke aus und schüttelte sie kräftig, was nicht viel nützte. Das Laufshirt klebte ihr am Körper und sie lächelte Edita an, die hinter dem Tresen an der Rezeption stand.

„Nein, ich bin nicht geschwommen, ich bin gelaufen.“ Edita lachte und antwortete: „Ihr Mann arbeitet lieber bei dem Wetter, ich habe ihm gerade ein paar Seiten ausgedruckt. Schönen Nachmittag noch.“

„Danke, Ihnen auch Edita“, erwiderte Solo und wischte sich das Wasser aus dem Gesicht. Arbeiten? Tarzan? Was sollte das denn heißen?

Als die Tür zu ihrer Suite lautlos zur Seite glitt, fand sie Tarzan in Jogginghosen und labbrigem T-Shirt am kleinen Schreibtisch sitzend. Jay war nirgends zu sehen. Wahrscheinlich wieder auf der Suche nach ihrem Schwarm.

„Hi“. Sie warf die Jacke ins Bad und zog Schuhe und Socken aus. Interessiert beugte sie sich zu Tarzan. Der Schreibtisch war mit mehreren bedruckten Blättern bedeckt, auf dem Schirm des Laptops erkannte sie eine Art Landkarte. 1AVista Reisen. Zehn Tage Südfrankreich mit der MS Van Gogh.

„Hat dich der Kreuzfahrt-Virus schon befallen? Planst du schon die nächste Reise?“

Tarzan gab ihr etwas überrascht einen Kuss, als sie sich ihm näherte. Nanu? Solo in Schmuselaune? Tauten die Gletscher des Paläozoikums?

„Keine schlechte Idee. Aber ich versuche gerade diese Liste hier mit den Routen von Flusskreuzfahrtschiffen in Einklang zu bringen.“ Er deutete auf eines der Blätter. Ein gutes Dutzend Städtenamen waren darauf zu erkennen, zusammen mit Daten aus verschiedenen Jahren.

„Okay …“ Solo kapierte überhaupt nichts, „das heißt, du willst wissen, ob am 22.6.2014 ein Kreuzfahrtschiff in Lyon angelegt hat. Ich denke, das waren vielleicht sogar mehrere. Lyon ist eine touristisch attraktive Großstadt. Berechtigte Frage: Was soll das?“

Tarzan lehnte sich auf dem Stuhl zurück und schaute seine Frau mit leuchtenden Augen an.

„Da hat der Fliegende Holländer auch zugeschlagen. So nennen sie den Kerl, der seit einigen Jahren wahllos katholische Priester umbringt. Bluhm schreibt, die haben Anhaltspunkte …“ Weiter kam er nicht. Erschrocken registrierte er den kalten Zorn im Gesicht seiner Frau.

„Du!“ Ihre Stimme zitterte vor unterdrückter Wut, „du hockst dich hin und stellst Ermittlungen an zu irgendwelchen Mordfällen, die uns absolut nichts angehen? Es reicht dir nicht, dass Tote uns vor die Füße fallen? Es reicht dir nicht, dass ich vor kurzer Zeit beinahe draufgegangen wäre, bloß weil ich einen Marathon laufen wollte? Pass mal auf, mein Lieber“, sie klappte den Laptop zu, griff sich wahllos einige der Ausdrucke und zerknüllte sie bebend vor Zorn. Tarzan zuckte erschrocken zurück, als sie ihm das Knäuel direkt vors Gesicht hielt. Er befürchtete schon, sie würde es ihm gleich in den Rachen stopfen. Ihr Blick war dunkel vor Wut und Enttäuschung. Sie trat einen Schritt zurück, und musterte ihn wie ein ekliges Insekt.

„Ich dusche jetzt und wenn ich fertig bin, stehst du in dunkler Hose, anständigem Hemd und blank geputzten Schuhen vor mir. In einer halben Stunde beginnt der Salsa-Workshop. Wenn du den schmeißt, geh ich heute noch von Bord und fahr mit dem Zug nach Hause. Das verspreche ich dir!“ Sie warf die Papierkugel gegen die Wand, fegte den Rest der Papiere vom Schreibtisch und Tarzan hielt rasch den Laptop fest, sonst wäre der auch noch auf dem Teppichboden gelandet. Sauna und Massage gestrichen!

Der Salsa-Workshop. Ups! Verdrängt! Da hatte sein Unterbewusstsein ganze Arbeit geleistet.

Tarzan stopfte die Papiere in die Schreibtischschublade und öffnete den Kleiderschrank. Als er am Spiegel über der Waschnische vorbeikam, strich er sich übers Kinn. Rasieren wäre vielleicht auch angebracht. Solo war sauer. Richtig sauer! Da zählte jede Kleinigkeit!

Solo war nach zehn Minuten wortlos aus der Dusche gekommen, hatte sich angezogen, war schnell mit fünf Fingern durch ihre kurzen Haare gefahren und hatte die Suite immer noch schweigend verlassen. Türenknallen ging leider nicht. Tarzan hatte sich in seine, in letzter Zeit etwas eng gewordenen, schwarzen Jeans gezwängt. Wenigstens hatte er seine bequemen braunen Lederslipper eingepackt. Rasch noch ein kariertes Hemd übergeworfen, Deo links, Deo rechts und nichts wie hinterher.

Während sie auf den Beginn des Kurses warteten, saßen sie in lockeren Grüppchen im Salon und trieben höflichen Smalltalk mit den anderen Gästen. Solo gab sich herzlich und offen und Tarzan saß neben ihr wie ein braver Hund. Zuschauer gab es auch. Das schlechte Wetter draußen bot auch Tanzmuffeln eine willkommene Alternative zum Sonnendeck. Pünktlich zur angesagten Zeit erschien ein schlanker junger Herr in hautenger Hose, Schuhen mit Absätzen, weißem Hemd mit Puffärmeln wie in alten Piratenfilmen und einem seidig schimmernden Gilet. Er stellte sich als Leandro vor und tanzte normalerweise beim holländischen Nationalballett. Als gebürtiger Argentinier unterrichtete er neben seinem Beruf als Tänzer auch in verschiedenen Tanzschulen der Stadt lateinamerikanische Tänze. Er sprach ein sehr gutes Deutsch mit einer interessanten Färbung aus spanischem und niederländischem Akzent. Mit ein paar Scherzen brach er schnell das Eis, insbesondere bei den anwesenden Damen, und forderte die Kursteilnehmer dann auf, sich in zwei Reihen vor der großen Tanzfläche aufzustellen.

Es herrschte eine fröhliche Stimmung. Nun ja, bei den anderen zumindest. Solo war immer noch stinkig wegen seiner Recherchen. Dabei wollte er doch nur mal schauen, ob seine Idee …

„Der junge Herr im karierten Hemd: Ein winzig kleines Stückchen Aufmerksamkeit sollten Sie mir aber doch schenken. Bitte."

„Reiß dich zusammen, Mensch", zischte es wie von tausend Nattern, und Tarzan riss.

„Das andere Links, der Herr, das linke Links als ersten Schritt!"

Ein feister Glatzkopf, der die Stirn sogar auf dem Hinterkopf runzeln konnte, wiegte sich elegant in den Hüften und zwinkerte Tarzan verschwörerisch zu.

Tarzan hatte den Salsa-Lehrer im Verdacht, kein Hüftgelenk zu haben. Er aber hatte eines. Das konnte vor und zurück, um zum Beispiel nach einem Glas Bier zu angeln oder die Fernbedienung auf den Fernseher zu richten. Überhaupt konnte er mit der ganzen Arschwackelei nichts anfangen. Er hatte vor ihrer Hochzeit acht Privat-Stunden gebraucht, nur um den Grundschritt des langsamen Walzers einigermaßen hinzubekommen. Der damalige Tanzlehrer hatte gesagt, er hätte in den letzten dreißig Jahren erst zwei Leute zum Schachspielen geschickt. Tarzan hatte Glück gehabt. Er konnte nur Mühle.

Nach der Pause und zwei Bieren wurde Tarzan lockerer, und bis der Abendessen-Gong ertönte, hatte er mit Solo tatsächlich ein ganzes Lied durchgetanzt. Nicht immer im Takt, ab und zu mit dem falschen Links, aber immerhin ohne ihr auf die Füße zu treten. Einmal hatte sie sogar gelächelt. Alles gut! Alles gut, alles gut!

Als er eine Wechselfigur ganz ordentlich hinbekommen hatte, lächelte Solo ihn zum ersten Mal an diesem Nachmittag wieder an. Nach der Drehung erkannte er plötzlich Jay unter den Gästen im Salon. Sie hielt ihr Handy hoch und filmte wohl die Darbietung. Tarzan hoffte nur, dass „Balu und Kleopatra“ nicht sofort ins Internet gestellt wurde.

Beim Abendessen vermied Solo das Thema Ermittlungen penibel. Jay hatte diesmal auf Kaugummi verzichtet und sich offenbar mit Belgravia angefreundet, die mit Goldie den Platz getauscht hatte, um sich besser mit dem Mädchen unterhalten zu können. Aus aufgeschnappten Halbsätzen, dem Gekicher und kryptischen Frauenbegriffen, entnahm Tarzan, dass die beiden über ihre jeweilige Verwandtschaft ablästerten. Die spröde Belgravia taute förmlich auf und Solo deutete kurz mit den Augen zu ihr rüber und grinste Tarzan verschwörerisch zu. Alles wird gut! Alles wird gut!

Um 20:30 Uhr begann die beliebte Crew-Show. Sogar Jay kam mit. Sie verriet Tarzan, das Marco Sillmar die Conference übernehmen und auch einige Zaubertricks vorführen würde. Die drei amüsierten sich prächtig, Jay filmte jeden Auftritt Marcos mit dem Handy. Nach der Show schlenderten Tarzan und Solo noch auf einen Drink zum Sonnendeck. Das Wetter hatte sich gebessert und in der windgeschützten überdachten Lounge hinter dem Steuerhaus saßen noch einige Nachtschwärmer. Tarzan orderte zwei Bier und legte den Arm um Solo, die sich eng an ihn kuschelte. Alles wird gut! Ein warmes Gefühl breitete sich in ihm aus. Wie sehr hatte er die Nähe seiner Frau vermisst. Solo war auch ohne Ehekrise nicht gerade eine Schmusekatze, aber die letzten Wochen hatte sie sich mehr und mehr zurückgezogen. Im Stillen schalt er sich einen Narren wegen seiner Ermittlungen. Sie hatte ja so recht. Was ging ihn der tote Priester an? Okay, die Sache mit den Flussschiffen klang wirklich interessant und womöglich half diese Erkenntnis auch bei der Suche nach dem Täter. Aber das war Sache der Polizei. Er hatte seine Pflicht als Staatsbürger getan und einen eventuell wertvollen Hinweis gegeben. Punkt. Er würde diese Kreuzfahrt genießen und dafür Sorge tragen, dass Solo das auch konnte. Was Jay betraf, so war er froh, dass sie bei der Crew so herzlich willkommen war. Sie feierte mit denen, die an diesem Abend dienstfrei hatten, noch in der Crewmesse und auf dem kleinen Außendeck, direkt hinter der Küche, zu dem Passagiere normalerweise keinen Zutritt haben. Marco hatte ihm noch zugezwinkert, als er mit Jay und einigen Kolleginnen und Kollegen an ihnen vorbeigekommen war.

Solo holte ihn aus seinen Gedanken.

„Ich bin sehr froh, dass Jay hier Anschluss gefunden hat." Sieh an, es funktionierte wieder. Ihr Kopfradar, wie sie es immer genannt hatten. Es kam oft vor, dass sie zur gleichen Zeit den gleichen Gedankengängen folgten. Tarzan nahm einen tiefen Schluck, räusperte sich und sagte:

„Bei Marco ist sie gut aufgehoben. Hoffentlich macht sie keine Szene, wenn sie erfährt, dass er schwul ist."

„Ich glaube, sie wird schon kapieren, dass dies hier eine schöne kurze Reise ist und nicht mehr. Denk daran, mit wem sie ihr junges Leben bisher geteilt hat. Mit so einer Mama bist du einiges gewohnt. Glaub mir das." Tarzan wollte das Thema Mama nicht weiter vertiefen und winkte dem Kellner mit dem Bierglas.

Sie saßen noch eine ganze Weile auf dem offenen Deck. Drüben am Kreuzfahrt-Terminal wurde fleißig umgeparkt, als eines der Viking River Cruises-Schiffe ablegen wollte. Dieses, in der Fachsprache „Verholen" genannte Manöver, ist mittlerweile recht oft nötig, da mehr Schiffe die Kreuzfahrtmetropolen anlaufen, als es Anlegestellen gibt. Für die Passagiere ist das ziemlich interessant, da sie die neben ihnen liegenden Schiffe durchqueren müssen, um an Land bzw. wieder an Bord zu gelangen. Manch einem, der vom privaten Landausflug zurückkehrte, fuhr schon der Schreck in die Glieder, wenn er sein Schiff in einiger Entfernung vom Ufer treiben sah.

Gegen Mitternacht wurde noch ein kleines Spezialitäten-Buffet aufgebaut. Solo griff bei den Austern zu, Tarzan, der jegliches Seegetier außer Filet verabscheute, bediente sich an den Käseplatten. Der dazu genossene Wein und der abschließende Absacker sorgten für die nötige Bettschwere. Jay war wohl noch immer mit der Crew am Feiern, als sie in ihrer Suite ankamen. Tarzan fragte, wer zuerst in die Dusche wolle und Solo ließ ihm großzügig den Vortritt. Die Dusche war ein komplexes Instrumentarium, das er schon despektierlich als Mensch-Waschanlage, oder Mann-Kärcher bezeichnet hatte. So etwas hatte manche Villa an Land nicht zu bieten. Verschiedene Düsen an drei Wänden und der über die gesamte Decke der großen Duschkabine installierte Regenhimmel, durchsetzt mit Hunderten von LED-Leuchten, wurden per wasserdichtem Display gesteuert und verfügten im Automatikmodus über vierzig verschiedene Programme. Tarzan wählte Djungle-Fever und genoss die großen, pladdernden Regentropfen, die Geräuschkulisse des Regenwaldes und den moosig-erdigen Duft zusammen mit dem wechselnden grünen Licht, das die Illusion eines wogenden Blätterdaches perfekt machte. Gerade als er überlegte, wie weit oben auf der Dekadenz-Skala so etwas wohl angesiedelt werden musste, wurde die Glasschiebetür geöffnet und Solo huschte herein. Er musste sie wohl etwas belämmert angeschaut haben, denn sie lachte leise, legte den Kopf in den Nacken und breitete die Arme aus, um den warmen Regen auf ihrem immer noch äußerst ansehnlichen Körper zu verteilen. Tarzan verspürte ein erstes

Ziehen in seiner Leistengegend, da war sie auch schon bei ihm und schlang die Arme um seinen eingeseiften Körper. Ihre Lippen trafen sich und Tarzan schmeckte noch einen Hauch Martini, bevor seine Körpermitte das Kommando übernahm.

Kapitel 6

In dem ein älterer Mann sich unzüchtig zur Schau stellt, Tarzan trotz Verbot wieder ermittelt und von einer jungen Dame belehrt wird, dass man von Apfelweinschorle pupsen muss.

Mitten in der Nacht wachte Tarzan vom unterdrückten Brausen des Bugstrahlruders auf. Der Vorhang war nicht ganz geschlossen und so herrschte fahles Zwielicht in der Suite. Die Trennwand vor Jays Schlafbereich war geschlossen. Aha, die Nachtschwärmerin war also auch zurückgekehrt. Tarzan musste auf die Toilette und erhob sich vorsichtig. Solo drehte sich seufzend im Schlaf auf die Seite. Ihr linkes Bein schaute unter der Bettdecke hervor. Straffe, trainierte Schenkel ohne Besenreißer oder Krampfadern. Okay, sie könnte sie mal wieder rasieren, aber in einem Sexiest-Woman-Contest hätte sie immer noch Chancen, auf das Treppchen zu kommen. Als er aus dem Bad kam, schaute er auf die Uhr: Kurz vor fünf. Wieder hörte er das Geräusch der Manövrierdüse. Neugierig zog er den Vorhang ein Stück weit auf, spähte aus dem Fenster und blickte mitten in ein lächelndes Mondgesicht, das ihm freundlich zunickte.

Der Mond gehörte zu einem sehr beleibten älteren Herrn, dessen Frau, oder wer immer es war, neben ihm stand und ein Handy nach schräg vorne richtete. Die beiden trugen weiße Morgenmäntel mit dem Logo von Arosa. Als die Frau ihn erschrocken anblickte und dabei fast ihr Handy fallen ließ, wurde Tarzan klar, dass er in gottgegebener Nacktheit vor diesen Herrschaften stand. Er riss beinahe den Vorhang aus der Schiene, als er diesen voll panischem Entsetzen ruckartig zuzog. Dabei verlor er das Gleichgewicht und plumpste rückwärts auf das Bett.

„Was'n los?", brummte Solo, warf einen Blick auf die Leuchtziffern des Reiseweckers und rieb sich die Augen, „warum ist es draußen so hell?"

„Weil …", schnaufte Tarzan, „wir wohl gerade in einer Schleuse liegen und direkt neben uns ein anderer Kreuzfahrtpott. Dessen Kabinenbalkone sind auf exakt der gleichen Höhe wie unsere und ich habe den Vorhang aufgemacht, um zu schauen, was da los ist."

„Und? Was war los?"

„Nichts weiter. Zwei ältere Leute mit Handy haben das Manöver gefilmt, als ich unvermittelt die Bühne betreten habe."

„Nackisch?"

„Nackisch."

„Ha!" Solo griff sich die Bettdecke und hielt sie sich vor den Mund, um ihr Gelächter zu dämpfen. Als sie sich wieder beruhigt hatte, liefen ihr die Lachtränen übers Gesicht.

„Hast du …", wieder schüttelte sie sich vor Lachen, „hast du wenigstens den Bauch eingezogen? Damit die auch was zu sehen bekamen? Ha …!" Wieder musste die Bettdecke als Knebel herhalten.

Die Trennwand wurde ein Stück geöffnet, ein verquollenes Teenagergesicht erschien.

„He, seid ihr noch zu retten … iiiih!" Rums, war die Wand wieder zu.

Tarzans Hände zuckten zu seinem Unterleib.

„Ich empfehle einen Schlafanzug, mein Lieber“, flüsterte Solo, „das Kind bekommt sonst noch Angst vor dem Alter.“

Tarzans Bitte um absolute Diskretion wurde erbarmungslos abgeschmettert. Sein Auftritt als Chippendale-Double war DAS Tischgespräch beim Frühstück. Lediglich Jay zog ein Gesicht, als spräche die fröhliche Runde von der Fortpflanzungstechnik der großen roten Wegschnecken. Tarzan hatte die Ankündigung des Kreuzfahrtdirektors, das Schiff überquere nun eine Schnellstraße auf einer Brücke, zum willkommenen Anlass genommen, sich auf das Oberdeck zu verkrümeln. Zwei Croissants in den Händen, enteilte er dem kichernden und gackernden Weiberhaufen.

Er kam gerade noch rechtzeitig, um die *Stéphanie* beim Anlaufen der Überführung zu erleben. Es war tatsächlich eine Brücke für Schiffe, die hier, unmittelbar vor der kleinen Stadt Enkhuizen am Ijsselmeer, die Landstraße N302 überspannte. Diese Straße führte auf einem Damm, der das Marker- vom Ijsselmeer trennte, von Lelystad nach Enkhuizen. Die Sonne schien und im goldenen Morgenlicht wirkte die Szenerie unwirklich. Die Straße wurde in eine Unterführung geleitet, was aus der Ferne so aussehen musste, als kreuzten die Schiffe den Straßenverkehr. Zahlreiche weitere Passagiere hatten extra ihr Frühstück unterbrochen, um sich dieses Schauspiel nicht entgehen zu lassen. Enkhuizen war auch der Wendepunkt dieser Kreuzfahrt. Die

Stéphanie würde hier nur den Vormittag über liegen. Gegen 13:00 Uhr war die Abfahrt ins nahegelegene Hoorn geplant.

Solo wollte hier unbedingt eine Radtour machen und eventuell sogar bis nach Hoorn strampeln, um nachmittags dort wieder an Bord zu gehen. Das war Tarzan viel zu anstrengend. Auch war für den Nachmittag wieder Regen und Wind angesagt. Er würde vielleicht einen Bummel durch das hübsche Städtchen machen, eventuell das Zuiderseemuseum besuchen und das schlechte Wetter vom Panoramasalon aus ertragen. Bei Kaffee und Kuchen. Nicht pitschnass auf einem Hollandrad.

Jay hatte sich überraschenderweise auch ein Fahrrad reservieren lassen und hatte vor, Solo zu begleiten. Solo freute sich darüber. Langsam, ganz langsam schien sich der rotzige Teenie in ein junges Mädchen zu verwandeln. Solo würde sie dabei nach Kräften unterstützen. Sie hatte die kleine Kratzbürste in den letzten Tagen richtig lieb gewonnen. Manchmal erinnerte sie Jay an ihre eigene rebellische Jugendzeit. Das Mädchen schien sie endlich nicht als Gouvernante, sondern eher als eine Art mütterliche Freundin zu sehen.

Gegen halb zehn verabschiedeten sich die beiden von Tarzan. Die Sonne schien immer noch, obwohl am Horizont schon erste Wolken aufzogen. Solo hatte Jay im Bordshop eine wetterfeste Jacke mit dem Logo der *Stéphanie* gekauft. Sie selbst hatte ihre regen- und winddichte Laufjacke in den Rucksack gestopft. Gore-Tex. Sauteuer. In Köln gekauft. Tarzan hatte fast geheult. Selber schuld. Ihre alte Jacke hing zuhause im Schrank. Fröhlich winkend steuerten die beiden in Richtung Stadt. Jay zunächst noch etwas wackelig, aber schon bald bekam sie das himmelblaue Gazelle-Hollandrad in den Griff.

Tarzan ging in die Suite, um sich ein Sweatshirt anzuziehen. Es war zwar noch schön draußen, aber die Temperatur erinnerte an die nahe Nordsee.

Nachdenklich betrachtete er seinen Laptop, der auf dem Schreibtisch stand. Er könnte ja noch ein wenig … Aber er hatte sich doch vorgenommen, nicht mehr dran zu rühren. Hmm. Andererseits … Als Solo ihm gestern die Leviten gelesen hatte, war er gerade dabei gewesen, die Tatorte mit den Routen der verschiedenen Kreuzfahrtgesellschaften abzugleichen. Es begann vielversprechend. Er schaute auf die Uhr. Die *Stéphanie* würde frühestens um 15:00 Uhr Hoorn erreichen. Nur ein Stündchen! Er setzte sich und klappte den Laptop auf. Aus der Schublade holte er seine Aufzeichnungen und die Ausdrucke, die ihm Bluhm übermittelt hatte.

Das WLAN an Bord war ausgezeichnet, so konnte er sich relevante Tourdaten aus dem Internet holen. Er war sich natürlich darüber im Klaren, dass die verschiedenen Taten zum Teil viele Jahre auseinander lagen und er bestenfalls die aktuellen Fahrten in den Katalogen der Reedereien aufrufen konnte. Aber es musste ja nicht auf den Tag genau übereinstimmen. Er wollte einfach nur wissen, ob es generell möglich war, von Bord eines Flussschiffes aus die jeweiligen Tatorte innerhalb weniger Stunden zu erreichen und auch wieder zurück zu sein, wenn das Schiff ablegte. Natürlich konnte der Täter auch mit einem Frachtschiff reisen. Oder gar mit einer eigenen Yacht. Es machte also zunächst einmal Sinn, alle diese Orte in Bezug auf ihre Nähe zu schiffbaren Wasserstraßen zu checken.

Es dauerte dann doch fast drei Stunden, bis Tarzan ein erstes grobes Ergebnis vor sich liegen hatte.

Der Ausflug ins Städtchen war längst gecancelt. Zwischendurch war er mit seinem USB-Stick zweimal zur Rezeption gegangen, um sich eine Karte der europäischen Wasserstraßen ausdrucken zu lassen, auf die er dann die Daten und Orte übertrug.

Der Kabinenboden war voller zusammengeknüllter Papierknäuel, da Tarzan ständig seine Ergebnisse skizzierte, modifizierte und wieder verwarf. Er zielte zwar immer auf den Papierkorb in der Ecke, verfehlte ihn aber auch in schöner Regelmäßigkeit. Da war vor Solos Rückkehr Großreinemachen angesagt. Noch einmal wollte er ein solches Gewitter in dieser Suite nicht erleben. Zumal sie ja gerade wieder anfingen, sich wie ein Ehepaar zu verhalten. Ein melodischer Gong tönte durch die Gänge des Schiffes und eine sanfte Frauenstimme verkündete, dass die Türen des Restaurants nun zum Mittagessen geöffnet seien.

Hunger! Tarzan stapelte seine Notizen und begann rasch die herumliegenden Papierkugeln in den Papierkorb zu stopfen. Vorsichtshalber zerknüllte er noch die Feuilleton-Seiten der WELT, die er sich gestern im Amsterdamer Bahnhof gekauft hatte und legte sie zuoberst in den Behälter. Er klappte den Laptop zu und atmete tief ein und aus. Eine E-Mail an Bluhm hatte er versendet. Seine Ermittlungsarbeit war ein voller Erfolg. Sämtliche Taten hätten theoretisch von einem in oder mit der Schifffahrt beschäftigten Serienmörder begangen werden können. Er war selbst erstaunt darüber, wie engmaschig das europäische Wasserstraßennetz mit seinen Flüssen und Kanälen war. Vom Atlantik bis zum Schwarzen Meer, von der Nordsee bis zum Mittelmeer gab es fast nichts, was nicht per Schiff oder Boot erreichbar war.

Zufrieden begab er sich ins Restaurant und gönnte sich ein reichliches Mittagessen und als zusätzliche Belohnung ein noch reichlicheres Dessert. Die drei Damen lächelten ihm verschwörerisch zu. Mutti war nicht da.

Der Wetterbericht hatte recht gehabt. Mittlerweile waren regenschwere Wolken aufgezogen und ein kalter Wind pfiff vom IJsselmeer herein. Viel Spaß die Damen, wünschte Tarzan, als er an Solo und Jay dachte. Nein. Radfahren war noch nie sein Ding gewesen. Schon gar nicht auf so einem plumpen Hollandesel. E-Bike, das wäre eher was. Aber er hörte jetzt schon die spöttischen Bemerkungen. Ne. Wenn Motor, dann wenigstens mit 1200 Kubik.

Die *Stéphanie* schipperte in langsamer Fahrt die kurze Strecke durch das Markermeer in Richtung Hoorn. Tarzan unterhielt sich mit Tino Bergholz, dem Kreuzfahrtdirektor, über den Verlauf der Fahrt. Er machte eine Bemerkung über das wohl etwas übersteigerte Selbstbewusstsein der Holländer, wenn sie ein solches Nest, noch dazu an einem Binnenmeer gelegen, nach dem berüchtigten sturmumtosten Kap am Ende des südamerikanischen Kontinents benannten.

„Umgekehrt wird ein Schuh draus, Herr Zahn“, schmunzelte Bergholz, „Hoorn ist schon immer eine Wiege der

Seefahrt gewesen. Das Kap wurde nach dem Geburtsort des Entdeckers Willem Cornelisz Schouten benannt." Tarzan staunte und Bergholz fuhr fort, „Auch musikalisch hat diese Stadt allerhand zu bieten. Kennst du das Lied `Die kleine Kneipe in unserer Straße`?" Tarzan nickte. „Das hat Peter Alexander gesungen."

„Der auch, aber geschrieben hat es ein Holländer namens Pierre Kartner, besser bekannt als Vadder Abraham …"

„Der mit den Schlümpfen!"

„Genau der, und genau diese Kneipe, die er besungen hat, ist das `t Schippershuis´ und steht gerade mal dreihundert Meter von unserer Anlegestelle entfernt, hier in Hoorn am Hafen."

„Ha, da schleppe ich nachher Solo hin. Dann trinken wir einen auf den Schlümpfe-Vadder!"

„Macht das, ich muss jetzt noch schnell meine Planung für morgen machen. Schönen Tag und vielleicht sehen wir uns ja heute Abend beim Bingo."

Tarzan stieg hinauf auf das Oberdeck. Das Wetter war, wie so oft in Küstennähe, wieder umgeschwungen. Am Himmel türmten sich zwar immer noch graue Wolkenberge, aber dazwischen blitzten blaue Lücken und der Wind war auch eingeschlafen. Im Hafen von Hoorn lag bereits ein anderes Kreuzfahrtschiff. Kapitän Ratkovic steuerte geschickt den letzten freien Liegeplatz direkt dahinter an. Tarzan staunte, als er Solo und Jay mit ihren blauen Rädern am Kai stehen sah. Fröhlich winkten sie der *Stéphanie* zu und sahen kein bisschen durchnässt aus.

Es stellte sich heraus, dass die beiden mit dem Bus von Enkhuizen nach Hoorn gefahren waren, der selbstverständlich auch Fahrräder mitnahm, und den Regen im Schippershuis abgewartet hatten.

Danach waren sie kreuz und quer durch das malerische Städtchen gefahren und hatten drei Tüten voller Einkäufe mitgebracht. Klamotten. Klar. Schuhe. Logo.

„Stell dir vor, da wurde das Lied ...“, begann Solo und wurde von Tarzan unterbrochen:

„... von der kleinen Kneipe geschrieben. Das weiß doch jeder.“

„Angeber!“ Sie lieferten die Räder beim Maschinisten ab, der sie verstaute, und verkündeten, dass sie nun Appetit auf Kaffee und Kuchen hätten.

Jays Wangen glühten und sie hatte weder Drähte in den Ohren, noch fingerte sie auf ihrem Handy herum.

„Dir haben wir auch was mitgebracht“, lachte sie und deutete auf eine der Tüten. „Schlafanzüge! Damit nie wieder ein soooo peinliches Video auf Youtube hochgeladen wird!“

„Was zum Teufel ...!“ Tarzan lief puterrot an, wurde aber von Solo gleich wieder eingebremst: „Spaß, mein Bester. War nur Spaß. Niemand außer uns wird jemals den kleinen Tarzan sehen, und wir halten dicht!“ Die zwei kicherten wie Schulmädchen. Tarzans Gesichtsfarbe hielt sich hartnäckig.

An diesem Abend wurde im Salon Bingo angeboten, ohne das wohl keine Kreuzfahrt der Welt stattfindet. Ihre drei Tischdamen waren schon ganz aufgeregt und hatten sich fein gemacht. Belgravias Haar war auffällig tiefschwarz mit einer breiten silbernen Strähne darin. Sie erinnerte Tarzan an Glenn Close in „101 Dalmatiner“. Die

Gute hatte wohl den Tagesumsatz des Bordfriseurs gerettet. Das war übrigens kein Geringerer als Fabio von Santhoven, Star der Dokusoap „Mein wunderbarer Friseursalon“ auf VOX. Auch er war, genau wie Tristan Brandt, der Küchenchef, nur auf der Jungfernfahrt an Bord. Solo liebte die Friseursoap und schwärmte von dem blonden jungen Mann, der seine Kunden als Klienten bezeichnete und für sämtliche Leistungen die gleiche Preisauszeichnung verwendete: „Auf Anfrage“.

Tarzan und Solo verspürten keine große Lust auf Bingo und wollten den Abend im Spa-Bereich verbringen. Jay freute sich auf den Spiele-Abend. Auf Tarzans erstaunten Blick erklärte sie, dass sie die Zahlen ziehen durfte, während Marco den Spielleiter gab. Aha. Marco. Alles klar.

Pünktlich um 19:00 Uhr lösten die Matrosen die Festmacherleinen, Kapitän Ratkovic steuerte das Schiff rückwärts aus dem Hafen. Die Auslaufmelodie erklang und das Schiffshorn verabschiedete die kleine Stadt mit dem großen Namen. Elegant, und durch die neuen LNG-Maschinen beinahe lautlos, glitt die *Stéphanie de Beauharnais* durch die enge Hafeneinfahrt hinaus ins Markermeer. Die Route verlief diese Nacht an Amsterdam vorbei nonstop bis nach Nijmegen an der Waal, einem der Mündungsarme des Rheins. Geplante Ankunft dort um 07:00 Uhr morgens.

Kapitel 7

In dem ein Mörder baden geht, ein Teenager im siebten Himmel schwebt und die Passagiere ein ungewöhnliches nächtliches Unterhaltungsprogramm erleben.

5. Reisetag

Nijmegen/NL Dienstag, 21.06., 06:55 Uhr

Alle Liegeplätze waren bereits belegt, so dass die *Stéphanie de Beauharnais* in zweiter Reihe parken musste. Der Erste Offizier stand am Außensteuerstand auf der Steuerbordseite, während auf dem Rezeptionsdeck ein Matrose postiert war, der ihm genaue Anweisungen gab, damit die beiden Eingänge der Schiffe auf gleicher Höhe lagen. Als alles passte, wurden die beiden Schiffe fix miteinander vertäut, die Übergangsplattform mit dem Geländer und dem roten Teppich wurde angelegt und die Besatzung des Nachbarschiffes herzlich begrüßt. Es war die Heinrich Heine, die für den Kölner Reiseveranstalter 1AVista fuhr.

Die *Stéphanie* würde hier bis um 16:00 Uhr liegen. Genug Zeit für einen ausgiebigen Stadtrundgang. Jay kam mit, da Nijmegen eine größere Stadt mit zahlreichen Einkaufsmöglichkeiten war. Tarzan war klar, dieser Landgang würde wieder teuer werden. Zumal Jays Taschengeld rapide zur Neige ging und Solo ihr schon das ein oder andere Mal ein Oberteil oder ein paar Sneakers spendiert hatte. Eine typisch weibliche Solidargemeinschaft, dachte Tarzan, aber er war doch froh darüber, dass sich das Mädchen bei ihnen etwas eingelebt hatte und nicht mehr ständig seine Krallen ausfuhr.

Das Wetter passte auch, 21° Grad waren für den Mittag gemeldet, die Sonne schien und nur ein paar kleinere Wolken segelten über den Himmel.

„Was glaubt ihr denn, wer heute Abend im Salon auftritt?“, fragte Jay. Die Kreuzfahrtleitung gab sich recht geheimnisvoll und im Tagesprogramm stand nur, dass ein prominenter Stargast das Programm gestalten würde. Unterstrichen mit der Uraltfloskel: „Bekannt aus Funk und Fernsehen“.

„Helene Fischer?“, mutmaßte Solo lächelnd.

„Würde auf jeden Fall zu den alten Knackern passen, hier an Bord“, maulte Jay und Tarzan erwiderte: „Naja, für Justin Bieber oder deinen Moritz Dings müssten sie in der Küche ja noch Babynahrung aufwärmen“. Das brachte ihm einen giftigen Blick von Jay ein, den er mit lautem Lachen quittierte.

„Lou van Burg und Rudi Carrell sind tot, die können es also schon mal nicht sein. Peter Maffay vielleicht?“

„Ist der nicht auch schon tot?“, fragte das Mädchen und Solo belehrte sie: „Nein, der sieht nur so aus, der ist noch sehr lebendig. Nein, ich glaube nicht, dass Peter Maffay kommen wird. Dann eher schon Andrea Berg, Ina Müller, oder so in die Richtung.“

„Das sind doch Schlagertanten, oder?“

„Stimmt. Genau richtig für uns alte Knacker“, antwortete Tarzan und grinste.

„Wir werden ja sehen, wer nachher an Bord kommt.“ Damit war das Thema vorerst durch und die Aufmerksamkeit der Damen wurde von einem Schuh-Outlet gefesselt. Tarzan setzte sich in ein Straßencafé und ergab sich in sein Schicksal.

„Kein Schwein kommt …“, Jay hatte ihr Handy in der Hand und schaute mürrisch in die Lücke zwischen der Heinrich Heine und der *Stéphanie*. Auffallend viele Passagiere hielten sich am Nachmittag auf dem Sonnendeck auf, um einen Blick auf den anreisenden Stargast zu erhaschen. Als um 15:30 Uhr der letzte Einschiffungstermin verstrichen war und die Matrosen das Schiff zum Ablegen vorbereiteten, machte sich Ernüchterung breit.

„Wahrscheinlich tritt der Maschinist im Baströckchen auf und macht einen Hula-Hula-Workshop“, scherzte Tarzan und vertiefte sich wieder in seinen kiloschweren Stephen-King-Roman. Solo kicherte, als sie sich den ordentlich beleibten Maschinisten im Bastrock vorstellte.

Schließlich erfolgte die Durchsage der Kreuzfahrtleitung, dass die *Stéphanie* nun bereit zum Ablegen sei und das nächste Ziel Köln sei, wo sie am nächsten Morgen gegen 09:00 Uhr eintreffen würden. Die Auslaufmelodie ertönte und zu den Klängen von Adiemus vergrößerte sich langsam der Abstand zur Heinrich Heine.

Als Tino Bergholz auf dem Sonnendeck auftauchte, beeilte sich Tarzan, ihn auf den Vermissten anzusprechen: „Herr Bergholz, dieser geheimnisvolle Stargast heute Abend. Wir haben ihn gar nicht ankommen sehen.“ Einige umstehende Passagiere spitzten neugierig die Ohren, als Bergholz breit lächelte und verkündete: „Aber meine Herrschaften, unser Stargast ist schon die ganze Zeit an Bord. Wir halten ihn in der Arrestkabine, direkt hinter dem Maschinenraum gefangen, bis zu seinem Auftritt heute Abend.“ Im aufkommenden Gelächter wurde Bergholz rasch wieder ernst.

„War ein Scherz, wie Sie sich denken können. Nein, unser Promi kommt nach. Die Reederei hatte das Glück, ihn zwischen zwei Terminen noch buchen zu können. Ach ja, Sie müssen das Abendessen auch nicht hier draußen einnehmen. Wir erwarten seine Ankunft so gegen 20:00 Uhr.“

„Mit dem Hubschrauber, oder was?“, wollte ein rotgesichtiger Pfälzer Weinbaron wissen, der ein riesiges Rotweinglas in seinen ebenfalls nicht kleinen Händen hielt.

„Lassen Sie sich überraschen. Ich mache eine Durchsage, wenn es soweit ist.“ Mit einem wissenden Lächeln begab er sich an die Bar und bestellte sich ein Bier.

Das Abendessen war wieder vom Feinsten und selbst Tarzan, der sich selber als absoluten Pommes- und Schnitzelkopp beschrieb, schwärmte von den Kreationen, die Tristan Brandt auf den Tisch brachte:

APERITIF

KULINARISCHE EINSTIMMUNG

SÜSS • SAUER • SALZIG • SCHARF • UMAMI

AMUSE BOUCHE

TOMATE • MILCH • DASHI

SAIBLING • SCHNITTLAUCH • RADIESCHEN

SPARGEL • HONIG • ALGEN

HUHN • ERDNUSS • GURKE

SEPIA • KARTOFFEL • BRAUNE BUTTER

STEINBUTT • ERBSE • SHISO

MAIBOCK • ROTE BETE • MISPEL

TOMME FOUGERE • BLÄTTERTEIG •

JAPANISCHES BIER

KÄSE VON AFFINEUR WALTMANN

ERDBEERE • MISO • WALDMEISTER

SCHOKOLADE • BEEREN • OLIVE

PETITS FOURS

„Du hast recht“, sagte er, nachdem er das letzte Petit Fours verdrückt hatte, „traumhaft! Aber das will ich wirklich nicht bezahlen. Eure Einkäufe reichen mir völlig.“

„Im OPUS V kriegst du ein Dreigangmenü schon für 72 Euro“, entgegnete Solo, die ab und zu auch mal im Internet recherchierte.

„Schnäppchen“, antwortete Tarzan, „Wer will da noch ’ne Dose Ravioli aufmachen?“

Ein dezenter Gong ertönte und die Stimme des Kreuzfahrtleiters war zu hören:

„Meine sehr verehrten Gäste, ich darf Ihnen nun bekannt geben, dass in Kürze unser Stargast an Bord kommen wird. Wem es draußen zu frisch ist, der kann gerne noch etwas im Restaurant verweilen oder die Ankunft vom Panoramasalon aus verfolgen. Laut Kapitän Ratkovic ist unser Gast in etwa fünf Minuten hier. Die Kreuzfahrtleitung und die Crew der *Stéphanie de Beauharnais* wünschen Ihnen einen unvergesslichen Abend."

Tino Bergholz ahnte zu diesem Zeitpunkt noch nicht, wie unvergesslich dieser Abend und die folgende Nacht tatsächlich werden würde.

Trotz des kühlen Abends zog es fast alle Passagiere auf das Oberdeck, wo die wildesten Spekulationen ausgetauscht wurden. Alle Augen suchten den Himmel nach Hubschraubern ab, als in großer Entfernung ein sonorer Brummton zu hören war, der rasch anschwoll.

„Da hat es aber einer eilig", meinte Solo und deutete auf ein mit schäumender Bugwelle heranpreschendes Motorboot. Das Brummen wurde zu einem Röhren, als das fast wie ein Geschoß geformte Powerboat vorbeiflog. Flog traf es fast, denn man hatte den Eindruck, dass sich nur noch die Schiffsschrauben im Wasser befanden. Vier Personen saßen im Cockpit. Sie trugen Helme wie bei Offshore-Rennen und waren offenbar angeschnallt wie Formel-1-Fahrer. Ansonsten wären sie bei den Sprüngen, die das Boot machte, sicher in hohem Bogen herausgeschleudert worden. Dennoch winkte einer der Insassen übermütig zur gemütlich vor sich hin schippernden *Stéphanie* herüber. Rasch entfernte sich der Bolide stromabwärts.

„Eine Magnum Marine!“ Tino Bergholz gesellte sich zu Tarzan und Solo. Jay hatte mit ihrem Handy in der Rezeption Stellung bezogen. „Die braucht in einer Stunde so viel Sprit wie mein Mondeo in einem Jahr. Die wird gleich aufdrehen. Da, schauen Sie!“

Tarzan und Solo folgten dem Zeigefinger des Kreuzfahrtleiters und sahen, wie das Speedboat in einer gewaltigen Gischtwolke beinahe auf der Hinterhand kehrtmachte und zur *Stéphanie* zurückkehrte.

„Das ist …?“ Bergholz nickte. „Ich muss runter, unseren Gast empfangen.“ Rasch verkleinerte sich der Abstand zwischen den ungleichen Schiffen. Die gewaltige Bugwelle der Yacht fiel in sich zusammen und mit drohend brabbelndem Motor kam der Bolide längsseits. Die Insassen lösten ihre Gurte, bis auf den Mann am Steuer. Zwei mächtige verchromte Gashebel, ähnlich wie bei einem Flugzeug, ragten aus dem gepolsterten Mitteltunnel. Routiniert wurden die Leinen aufgefangen und belegt. Fender waren schon vor einigen Minuten ausgehängt worden. Neue. Weiße. Niemand wollte für schwarze Striemen an der edlen Bordwand des 1,5 Millionen-Bootes verantwortlich sein. Endlich nahm auch der Mann hinter dem Steuer den Helm ab, zog aus einer Ablage eine weiße Sportmütze, setzte sie auf sein dunkles Haar und winkte lächelnd den filmenden und fotografierenden Menschen auf dem Oberdeck zu.

„Mannem vorne!“, brüllte Tarzan und wurde mit erhobenem Daumen und breitem Grinsen belohnt.

Xavier Naidoo rückte seine Sonnenbrille zurecht und kletterte ohne auf die hilfreich hingestreckten Hände seiner Begleiter zu achten auf die *Stéphanie*, wo bereits Kapitän

Stojan Ratkovic in feinster Paradeuniform auf ihn wartete. Vor den Absperrbändern, die eine Gasse für die Gäste bildeten, standen die Offiziere und Angestellten der Reederei Spalier. Breit grinsend umarmte Naidoo den Kapitän. „Stojan, alter Käpt'n Iglo, gratuliere zu deinem neuen Kommando!“ Danach folgte ein freundliches Händeschütteln und Schulterklopfen.

„Die Dinger räumt ihr jetzt aber ab“, sagte Xavier Naidoo und deutete auf die Absperrbänder, hinter denen sich die Passagiere drängten. „Das sind fast alles Monnemer, vor denen habe ich keine Angst. Geht's euch gut, Monnemer?“ Ein begeistertes Johlen war die Antwort, das Tarzan diesen feinen älteren Herrschaften gar nicht zugetraut hätte. „Alla hopp, fort dodemit!“, wies der Sänger eines der Crewmitglieder in breitestem Mannemerisch an. „Wir wollen doch heute Abend Spaß miteinander haben und auf dieses schöne Schiff hier anstoßen. Stojan, hast du auch keine Kratzer reingefahren?“ Die anfängliche Zurückhaltung löste sich in befreiendem Lachen auf. Stojan Ratkovic war schon seit vielen Jahren eng mit Michael Herberger befreundet und dadurch auch mit Xavier und den anderen Söhnen Mannheims bestens bekannt. Mit Xavier waren zwei seiner Begleiter an Bord gekommen. Schweigsame Männer, die ihre Augen beständig durch den Raum schweifen ließen. Der dritte startete gerade wieder die beiden mächtigen Diesel der Magnum. Gurgelnd und blubbernd entfernte sich das Speedboat wieder von der *Stéphanie*. Zweifellos hatte der Mann Anweisung, einen bedeutend defensiveren Fahrstil zu pflegen, als Xavier.

„Wer drückt den da den Altersdurchschnitt durch den Boden?“, lachte der Sänger, als ihn Jay um ein Selfie bat. Das Unmögliche geschah: Der obercoole Teenie wurde knallrot und stammelte verlegen: „Äh, ich bin Jay, äh Charish, Herr Naidoo, wenn Sie so …“

„Ich bin Xavier, „Herr Naidoo“ macht mich nur alt. Schön, dich kennenzulernen, Lady Jay. Ach, komm her!“ Er beugte sich zu dem Mädchen, legte ihr den Arm um die Schulter und strahlte mit ihr zusammen in die Handylinse.

Während das Konzert mit dem Lied „Dieser Weg“ einem seiner ersten Höhepunkt zustrebte, schwärmte die Housekeeping-Brigade aus. Wie an jedem Abend wurden die Suiten nach einem festen Plan für die Nacht vorbereitet. Vorhänge wurden zugezogen, Staub gewischt, die Mülleimer geleert, selbst wenn nur ein einzelnes Bonbonpapier darin lag, und die Betten einladend aufgedeckt. Die obligaten Betthupferl aus feinster belgischer Schokolade wurden auf die Kopfkissen gelegt. Die Bäder wurden erneut auf Hochglanz poliert und die Nespresso-Maschinen gereinigt, mit frischem Wasser befüllt und die verbrauchten Kapseln ersetzt. Die Suiten-Teams waren immer zu zweit und teilten sich die Arbeit so auf, dass keiner dem anderen in die Quere kam. Das Ganze dauerte nicht länger als maximal fünfzehn Minuten. Danach besichtigte der Chefsteward noch einmal sämtliche Räume und checkte die Arbeit der ihm unterstellten Männer und Frauen.

Marco Sillmar war ein guter Chef. Beliebt bei der Hotelleitung wegen seiner offenen Art und seiner Kompetenz. Geschätzt von seinen Leuten, weil er eventuelle Fehler nie vor versammelter Mannschaft zur Sprache brachte und niemals persönlich wurde.

Er selbst war stolz auf seine Leute. Hier auf der *Stéphanie de Beauharnais* hatten sie alle miteinander bei null angefangen. Für alle hier war es das erste Mal, dass sie zusammenarbeiteten. Trotzdem lief der Laden bereits bei den umfangreichen Trainings an Land wie am Schnürchen. Marco wusste natürlich, dass die Reederei nur die absolute Creme der Bewerber für dieses Schiff eingestellt hatte, aber auch die besten Profis waren letztendlich nur Menschen. So wie er auch. Wahrscheinlich war es die besondere Atmosphäre auf diesem Schiff. Vielleicht war es auch die natürliche Autorität des integren Kapitäns, der seinen unteren Chargen nicht grundlos in ihre Arbeit reinredete. Noch nicht einmal die auf Schiffen häufig auftretenden kleinen Animositäten zwischen der nautischen Crew und den Hotelangestellten hatte er hier beobachtet.

Er hatte eine Top-Mannschaft. Jeden Tag beglückwünschte er sich aufs Neue dazu. Die *Stéphanie de Beauharnais* würde ein weiterer Baustein auf seinem Weg nach oben sein.

Er betrat die vorletzte Suite auf seiner Runde. Miro und Jana waren für sie zuständig. Er öffnete die Tür mit seinem Daumenabdruck, streifte die weißen Baumwollhandschuhe über und betrat den Raum. Wie gewohnt sah alles aus wie aus dem Lehrbuch für Housekeeping. Sogar die Zahnbürsten standen penibel nach rechts ausgerichtet in den Gläsern. Zwiesel. Dies war schließlich nicht irgendein Ausflugsdampfer. Als er das Bad verließ, summte sein Handy. Er griff in die Tasche seines Sakkos, doch durch den Handschuh bekam er das Gerät nicht richtig zu fassen und es fiel auf den dicken Teppich. Er ging in die Hocke, um es aufzuheben. Aus den Augenwinkeln erhaschte er einen Blick unter die kleine Couch vor dem Fenster. Etwas Weißes lag darunter. Er ließ sich auf die Knie sinken und schaute kurz auf das Display des immer noch summenden Handys. Sein Ex. Ne, mein Lieber, heute nicht, dachte er und drückte den Anruf weg. Ein Stück Papier unter einer Couch war ihm wichtiger als die Entschuldigungen und Treueschwüre seines ehemaligen Verlobten. So viel zur Liebe meines Lebens, du armer Tropf, dachte er wehmütig und streckte den Arm aus, um das Knäuel des Anstoßes zu greifen. Weder Miro noch Jana würde er deswegen einen Vorwurf machen. Wenn die Paxe sich gegenseitig mit Papierkugeln bewarfen, sollten sie das gerne tun. Aber er würde nicht verlangen, dass der Kabinenservice nun auf allen Vieren stattzufinden hatte.

Er erwischte einen Zipfel und zog das Papier hervor. Er stand auf, wischte sich imaginäre Flusen von der Anzughose und warf einen Blick auf sein Fundstück. Es war nur grob zerknüllt worden und er erkannte handschriftliche Notizen darauf. Unter anderem ein Datum, das der Schreiber unterstrichen hatte: 12.07.2014.

Marco Sillmar schaute ungläubig auf das Stück Papier. Die Ziffern verschwammen kurz vor seinen Augen, dann wurden sie wieder klar. Aber es blieben die gleichen. Das konnte nicht sein! Solche Zufälle gibt es nicht. Nicht in diesem Universum! Mit zitternden Händen schob er den Schreibtischstuhl zurück und ließ sich schwer hineinfallen. Sein Herz klopfte, so dass er es bis in die Halsschlagader spürte, als er den Zettel einigermaßen glatt strich. Eine Liste. Daten, Orte, Namen von Schiffen: 08.06.2012, Passau, MS Anesha, 30.04.2013, Basel, MS Douce France, 12.07.2014, Lyon, A-Rosa Luna …

Erst als er den Schmerz spürte, hörte er auf in seinen Handballen zu beißen. Mit fliegenden Fingern öffnete er die Schubladen im Schreibtisch. In der mittleren auf der linken Seite wurde er fündig. Er holte einen ganzen Stapel voller Notizen und Kritzeleien hervor. Darunter auch einige Computerausdrucke. Er überflog sie mit flackerndem Blick. Mein Gott! Es war vorbei! Spätestens in Köln standen sie auf dem Kai. Ausgerechnet in Köln. Aus! Aber war es nicht das, was er sich tief in seinem Herzen immer gewünscht hatte? Nein! Er hatte immer gewollt, dass es vorbei sein würde. Dieses Verlangen, dieses Brennen, dieses Bohren und Wühlen und Pulsieren, bis wieder einer von ihnen tot war. Im Gefängnis würde er zugrunde gehen.

Er musste weg! Sofort! Dieser Zahn und seine Frau waren ihm auf den Fersen. Im Leben waren die nicht verheiratet. Das hatte er gleich beim ersten Gespräch mit ihnen bemerkt. Entweder hing bei denen gewaltig etwas schief in den Angeln oder das Ehepaar samt dem verzogenen Gör war eine Tarnexistenz.

Zielfahnder. BKA. Es war klar, dass sie irgendwann einmal die Geduld verlieren würden. Ergebnisse sehen wollten.

Weg! Flucht! Das war es dann mit der Karriere. Doch nun zählt nur noch das nackte Leben. Das würde er so teuer wie möglich verkaufen.

Dieses Rennboot, mit dem Xavier Naidoo hier angerast kam … Marco verwarf diesen Gedanken. Dieses Boot war erstens viel zu auffällig und zweitens in der Hand von garantiert bestens ausgebildeten Personenschützern. Naidoo war ja nun mal nicht Everybody's Darling. Der würde sich nicht mit Amateuren umgeben.

Er zückte sein Handy und machte sich daran, die Dokumente zu fotografieren. Die Suite hatte er gesperrt, wenn wirklich einer der Bewohner hier rein wollte, würde er lächelnd ein Problem mit der Steuerung der Dusche angeben. Technik die begeistert … Sie kennen das ja sicher, meine Herrschaften.

Toll. Sehr cool. „Herr Sillmar, Sie sehen aber gar nicht gut aus. Sind Sie krank? Sie sehen aus, als wären Sie einem Gespenst begegnet." Oder so. Er war tatsächlich einem Gespenst begegnet. Es war sieben Quadratmeter groß und hatte ein Klo und ein Waschbecken aus Edelstahl.

Als er alle Seiten fotografiert hatte, packte er sie wieder sorgfältig in die Schublade. Den zuerst gefundenen Zettel zerknüllte er wieder und warf ihn unter die Couch. Er erhob sich. Das Hemd klebte ihm am Körper, er roch nach Angst und Panik. Er überzeugte sich, dass alles in der Suite so aussah, wie er es vorgefunden hatte und entsperrte die Tür. Lautlos fuhr sie zur Seite. Vor ihm stand der Kerl mit der Schiebermütze und dem Kurpfälzer Dialekt: „Herr Sillmar? Sie sind vorläufig festgenommen, bitte machen Sie kein Aufsehen und …“ Der Zielfahnder verschwamm und Miro stand mit weit aufgerissenen Augen vor ihm.

„Äh, Cheffe, ich habe Sie gesucht. Die Passagierin aus der Suite Speyer hat ein Problem mit ihrer Dusche.“

„Ich kümmere mich gleich darum, Miro. Danke.“ Er wunderte sich selbst, wie professionell diese Worte aus seinem Mund kamen. Miro verschwand dankbar und Sillmar ging nach hinten zu Suite Speyer. Er fand die neunundsiebzigjährige Arianna Dombrowski-Seeger splitternackt in der Dusche, erklärte ihr nun schon zum dritten Mal auf dieser Reise, wie das Display zu bedienen war, wehrte ihre eindeutigen Avancen mit professioneller Höflichkeit ab und sah zu, dass er in den Crewbereich kam, in dem seine Kabine lag. Als Chefsteward genoss er den Vorteil einer Einzelkabine. Was gerade jetzt von elementarer Wichtigkeit für ihn war. Er musste zur Ruhe kommen. Seine Flucht planen.

Xavier Naidoo war nun nicht wirklich ein Idol für die meisten der alten Kurpfälzer Geldsäcke, die auf dieser Fahrt den Großteil der Passagiere stellten. Einige kannten ihn nur vom Radio, aus den Tageszeitungen und durch ihre Enkel. Trotzdem hatte der charismatische Sänger es geschafft, seine Zuschauer einzufangen und bei seinen größten Hits sangen beinahe alle zumindest den Refrain mit einer Begeisterung mit, als wären sie kreischende Teenager bei einem Beatles Konzert in den Sechzigern. Erst nach drei Zugaben flaute der Applaus auf ein normales Maß ab und Naidoo verschwand im Spa-Bereich, der in dieser Zeit abgesperrt wurde, um zu duschen und sich umzuziehen. Nach zwanzig Minuten erschien er erholt und bestens gelaunt in der Bar und verkündete, dass heute Nacht alles auf ihn gehe. Alle lachten. Als ihn ein Mannheimer Frachtschiffreeder darauf aufmerksam machte, dass es hier sehr wohl Whiskysorten und Weine gebe, die nicht unter das All-inklusive-Konzept fielen und locker dreistellige Beträge kosteten, zuckte der Sänger grinsend mit den Schultern.

„Wenn ich sage, alles auf mich, dann heißt das auch alles. Wem ich die Spesenrechnung auf den Tisch lege, spielt hier keine Rolle."

Jay, die eher auf Blutengel, Sisters of Mercy oder The Cure stand, himmelte Naidoo unentwegt an und sang mit ihm ein kurzes, schrecklich schräges Duett von „Ich kenne nichts", das von den bereits beträchtlich angeheiterten Gästen frenetisch beklatscht wurde. Sämtliche Einladungen zu Bier, Ramazzotti oder Whisky lehnte Xavier rigide ab.

„Ich muss noch fahren Leute, den Spaß lass ich mir nicht nehmen!" Das Powerboat war eine Leihgabe der Reederei und der Sänger hatte vor einigen Tagen sogar Fahrstunden nehmen müssen, ehe man ihm gestattete, den Boliden auch selbst zu steuern.

Kurz vor Mitternacht legte die Magnum wieder an der *Stéphanie* an und Naidoo verabschiedete sich. Er übernahm wieder das Steuer, legte vorsichtig ab, um schließlich mit brüllendem Motor rechtschaffene Menschen in den umliegenden niederrheinischen Städtchen aus dem Schlaf zu reißen.

Jay verabschiedete sich ebenfalls von der fröhlichen Runde in der Bar. Sie brannte darauf, die Filme und Fotos auf ihrem Handy zu bearbeiten und ins Internet zu stellen.

„Darf ich deinen Laptop benutzen? Der hat das größere Display. Bittöööö!“ Tarzan tat genervt, stellte sein Bierglas ab und nickte.

„Von mir aus. Der hat einen Gastzugang. Schieß ihn aber nicht ab.“

„Danke, bist ein Lieber!“ Sie gab ihm einen Kuss auf die Stirn und verschwand.

„Ein Lieber! Hört, hört!“, mokierte sich Solo. „Kein Krasser oder Cooler oder sonst was. Ein Lieber. Die kleine Jay wird doch nicht erwachsen werden wollen?“

In seiner Kabine angekommen, packte Marco Sillmar einen Satz Kleidung samt Sneakers, zwei Handtücher und seine persönlichen Dokumente, unter denen sich auch zwei professionell gefälschte Pässe befanden, in einen Müllsack, faltete und rollte das offene Ende wasserdicht zusammen und fixierte es mit Klebeband. Das Ganze verstaute er in seiner Sporttasche. Er klappte die Matratze seines Bettes hoch. An einem Ende hatte er die Naht aufgetrennt und Klettband eingenäht. Aus dem Inneren der Matratze holte er eine flache, olivgrüne Kunststoffbox. Sie war absolut staub- und wasserdicht. Er öffnete sie und strich mit den Fingern über die merkwürdig geformte Pistole, die in exakt angepasste Schaumstoffpolster eingebettet war. Irgendwie sah die Waffe aus wie eine einfache Luftpistole oder ein Spielzeug. Es war eine britische Welrod. Während des Zweiten Weltkrieges von der Station IX in Welwyn mit integriertem Schalldämpfer entwickelt, wurde sie auch die lautlose Pistole genannt. Sie verschoss 9 Millimeter Parabellum-Munition und war bis auf 12 – 15 Meter treffsicher. Bei einem Nahschuss und Umgebungsgeräuschen war sie so gut wie unhörbar. Die Welrod war bis in die Neuzeit unter anderem im Falklandkrieg noch regulär verwendet worden und war daher auch auf dem Schwarzmarkt relativ leicht zu bekommen. Marco Sillmar schloss die Box sorgfältig und packte sie in den präparierten Zwischenboden seiner Tasche.

Geld und Kreditkarten kamen in einen Gürtel, den er noch aus seiner Zeit als DLRG-Rettungsschwimmer besaß. Er zog seine Stewarduniform aus, schlüpfte in eine Badehose und streifte eine kurze Sporthose und ein T-Shirt über. An den Füßen trug er Turnschuhe. Wenn ihm auf dem Flur jemand begegnete, sah es so aus, als wäre er auf dem Weg in den Fitnessbereich. Erschöpft setzte er sich auf das Klappbett. Er trank noch eine halbe Flasche Wasser leer, worauf es ihm etwas besser ging und sein Atem sich beruhigte. Nach kurzer Überlegung verstaute er noch zwei Halbliterflaschen Wasser in der Sporttasche. Er schaltete den Fernseher ein und wählte den Bordkanal. Er wechselte auf den Menüpunkt Schiffsstandort, worauf eine farbige Karte des Niederrheins auf dem Schirm erschien. Die *Stéphanie* passierte gerade die Autobahnbrücke der A42 und die parallel verlaufende alte Eisenbahnbrücke mit ihren Gitterbögen. Er schaute auf die Uhr: Zwanzig vor eins. Wieder beobachtete er das animierte Schaubild mit dem blinkenden grünen

Schiffchen, welches ihren Standort markierte. In wenigen Minuten würden sie die Ruhrmündung erreichen. Hier machte der Rhein in Fahrtrichtung der *Stéphanie* eine sanfte Linkskurve, um danach wieder einen Bogen nach rechts einzuschlagen. Jeweils an der Kurveninnenseite, dem sogenannten Gleitufer, befanden sich Kribben. Die oft auch als Buhnen bezeichneten kleinen Dämme dienten hauptsächlich der Fahrrinnenvertiefung und dem Uferschutz. Er würde an Backbord aussteigen müssen. Irgendwo auf der Höhe von Duisburg-Rheinhausen. Ziemlich genau bei Kilometer 774. Die Strömung würde ihn in Richtung Ufer treiben. Dort befand sich ein Ausflugsrestaurant mit Straßenanbindung. Um diese Zeit so gut wie menschenleer. Dumm nur, dass sich seine Kabine auf der Steuerbordseite befand. Die Fenster im jetzt sicherlich verwaisten Spa-Bereich, unten auf dem Hauptdeck, ließen sich nicht öffnen. Die hintere Plattform? Ein Ausstieg über das Heck verbot sich aus zwei Gründen: Zum einen hielten sich dort gerne Crewmitglieder auf, um eine zu rauchen, zum anderen würde auch der beste Schwimmer es nicht schaffen, dem Sog der Schraube zu entkommen. Die *Stéphanie* fuhr stromaufwärts. Zu Berg, wie es in der Fachsprache hieß. Das Kielwasser schäumte und die beiden LNG-Maschinen liefen auf 75 Prozent Maximallast. Nur ein Selbstmörder würde sich hier hineinstürzen. Sein Handy zirpte. Er schaute auf das Display: eine SMS. Von Jay. „habe megabilder von xavier und mir. auch videos. bist noch wach? komm rüber, die oldtimer sind noch am bechern. xD J.“ Er drückte die Nachricht weg. Die Göre war mit Sicherheit gar nicht über ihre Tarnfunktion informiert. Das einzig Vernünftige bei diesem abgedrehten vierzehnjährigen Kind. Jay … sie wird sicher enttäuscht sein, wenn er nicht mehr da wäre. Armes Kind. Sie tat ihm beinahe leid, als er plötzlich hochfuhr: Die Xanten-Suite! Die lag auf der Backbordseite. Das Beste aber: Er hatte gerade eine Lebensversicherung abgeschlossen! Sie hatte ihm sogar eine SMS geschickt.

Hastig aktivierte er wieder sein Handy, rief die letzte Nachricht auf und schrieb eine Antwort: „hi jay. komme kurz vorbei. gruss m.“ Er drückte auf Senden, überzeugte sich, dass die Nachricht abgeschickt worden war, öffnete das Schiebefenster und warf das Gerät in den Rhein. Er nutzte eh nur Billighandys. Morgen würde er sich in einem Elektronikmarkt ein neues kaufen. Prepaid. Er verließ seine Kabine und stieg die Treppe hinauf zum Oberdeck. Alex hatte Nachtdienst an der Rezeption. Er saß im angrenzenden Büro und schaute auf seinen Computermonitor. Er bemerkte ihn gar nicht. Aus der Bar oben drang gerade wieder ein Schwall von schwerzüngigem Gelächter. Xavier war schon lange wieder weg und die Paxe zeigten einander wohl voller Stolz ihre Fotos mit dem Star. Niemand war auf dem eleganten Flur zu den Suiten unterwegs. Er klopfte kurz und wartete, bis Jay in der Suite die Tür entsperrte.

Sie saß vor einem aufgeklappten Laptop und strahlte ihn an.

„Hi Marco, super, dass du noch gekommen bist. Hier, das musst du dir unbedingt reinziehen!“ Dann sah sie seine Tasche und hob die Augenbrauen.

„Kommst gerade vom Sport? Siehst ziemlich mitgenommen aus. Wenn du willst, kannst du hier duschen …“ Ihr Blick sprach Bände und in einer anderen Situation hätte Marco dieses Angebot augenblicklich zurückgewiesen.

„Ich dachte eher an baden, Jay …“

„Du kannst natürlich auch baden, aber ich verklicker den beiden Oldies nicht, was der Chefsteward im Whirlpool gerade repariert, wenn die dann hier reinplatzen.“

„Niemand platzt hier rein.“ Sillmar sperrte den Türmechanismus und registrierte zufrieden die leuchtenden Augen des jungen Mädchens. Schade um das kleine Ding, dacht er. Aber in einer solchen Situation muss man Prioritäten setzen.

„Was hältst du davon, wenn wir zwei uns von hier verdrücken?“ Er stellte die Tasche auf den Boden. Jay erhob sich und stand nun unmittelbar vor ihm.

„In die Bar, oder was?“ Sie war vierzehn. Das merkte er nun einmal mehr.

„In ein neues Leben. Oder gefalle ich dir etwa nicht?“

„Alter …“, sehr gedehnt, leise und beinahe ehrfürchtig, „Das meinst du jetzt nicht ernst, oder?“

„So ernst wie das hier …“ Er nahm sie in die Arme und küsste sie. Da musste er jetzt nun mal durch. Er dachte dabei an seinen Ex, aber das ungestüme wilde Gezüngel des Mädchens erstickte jede Illusion sofort im Keim. Aber es hatte sich gelohnt. Keuchend stand sie vor ihm, als sie voneinander abließen. Ihre Augen strahlten wie Leuchtfeuer, ihre kleinen Brüste hoben und senkten sich.

„Wo immer du mit mir hinwillst! Ich schenk dir mein Leben, Marco! Ich schenke es dir!“

Ganz sicher tust du das … dachte er und hoffte, dass nicht ausgerechnet jetzt dieser Zahn und seine angebliche Frau hier aufkreuzten.

„Wie gut kannst du schwimmen?“

„Ich war Jahrgangsmeisterin an meiner Schule. Ich war schon auf Hawaii surfen. Hey, sie nannten mich das Delphin-Girl!“ Die Kleine platzte fast vor eifriger Erwartung.

Das wurde ja immer besser! Im Stillen beglückwünschte er sich zu seinem Entschluss. Die meisten jungen Leute waren miserable Schwimmer, wohl weil es dafür keine App gab, oder so.

„Okay. Hier, zieh das über!“ Er reichte ihr die Rettungsweste. Ihr Trägerhemdchen und ihre kurzen Hosen würden sie im Wasser nicht zu sehr beeinträchtigen. Er hatte noch eine der großen blauen Mülltüten mitgebracht, die er aus einem Reinigungswagen vom Housekeeping genommen hatte.

„Da packst du ein paar Klamotten rein. Beeil dich.“

Gehorsam stopfte sie Schuhe und Kleidung in die Tüte, warf dann noch ihre Umhängetasche dazu und Marco verschloss sie wieder mit Klebeband.

„Dein Handy“, forderte er Jay auf.

„Was willst du mit meinem Handy?“

„Gib's mir, ich kauf dir ein neues iPhone 7.“

„Echt?“

„Ja, gib schon her!“

„Cool Mann, hier.“ Sie reichte ihm das Gerät und er öffnete es, entnahm die Speicherkarte und reichte sie ihr. Das Handy legte er in eine der Schreibtischschubladen.

„Sonst orten die uns und nehmen uns hops. Meins ist auch schon weg. Sind gefährlich, wenn man untertauchen will.“

„Wo gehen wir hin, Marco? Mensch, ich glaub's nicht! Das ist so geil! Mega-geil!“

„In Mannheim steigen wir in einen Privatjet. Der Pilot ist ein Freund von mir. Der nimmt uns morgen früh mit nach Nizza. Dort liegt die Yacht von seinem Chef, einem arabischen Diplomaten. Auf der habe ich schon gearbeitet.“ Er bremste sich. Die Geschichte schrie förmlich nach Märchen. Beruhigt stellte er fest, dass die Kleine ihm den ganzen Schmarrn abkaufte.

„Und warum müssen wir dann mitten in der Nacht in den Rhein springen? Das Wasser ist doch saukalt.“ Okay, sie war erst vierzehn. Aber nicht blöd.

„Deswegen!“ Er deutete auf die Tasche. „Ich habe da etwas drin, auf einem USB-Stick, den ich einem der reichen Säcke hier geklaut habe. Der hat es gerne mit kleinen Buben. Auf dem Stick sind Videos und Bilder. Den lassen wir bluten. Wir haben dann ausgesorgt. Für immer.“

– Du zumindest –, dachte er im Stillen und beglückwünschte sich zu seinem Improvisationstalent.

„So ein Schwein! Geschieht ihm ganz recht. Mensch ist das cool!“

„Moment noch …“ Sillmar öffnete den Schrank und zog zwei Gürtel aus Tarzans Hosen. Dann entfernte er noch den Schulterriemen von Tarzans Reisetasche und band alles mit den Schnürsenkeln von Solos Laufschuhen zusammen. Er frohlockte, als er auch noch ein ordentliches Stück Wäscheleine fand. Waren wohl erfahrene Reisende, die beiden Zielfahnder. Er band Jay ein Stück der Wäscheleine um die Taille, zog sein T-Shirt und seine Sporthose aus und machte bei sich das Gleiche. Dann befestigte er die Schleppleine aus Gürteln und Trageriemen an den Wäscheleinen.

„Damit wir nicht wegtreiben. Ich bin ausgebildeter Rettungsschwimmer. Du siehst nur zu, dass du ungefähr die Richtung hältst und wenn du außer Puste bist, lässt du dich einfach treiben. Die Weste hält automatisch deinen Kopf über Wasser. Ich zieh dich hinter mir her.“ Er umarmte sie, als er bemerkte, dass sie immer blasser geworden war und ängstlich auf das schwarze Wasser draußen schaute. „Hab keine Angst. Vertrau mir einfach.“

„Augenblick noch …“ Er trat an den Schreibtisch, rief auf dem Laptop die Notizfunktion auf und tippte ein paar Sätze ein.

„Was machst du da, Marco?“ Jay stand an der Balkontür und zitterte im kühlen Fahrtwind.

„Nur ein kleiner Gruß und eine falsche Fährte, damit wir eine Weile Ruhe haben.“

Der Chefsteward trat zu Jay in die Tür des französischen Balkons. Das niedrige Geländer würde sie nicht weiter aufhalten. Sie waren beide jung und sportlich.

„Iiiiiich kenne nichts, iiiich kenne nichts, das so schön ist wie duuuuhuuhu!“ Tarzans lallender Bariton dröhnte durch den Flur und Solo zischte: „Mensch, gröl hier nicht so rum, manche Leute schlafen schon!“

„Iiiiiich …“ Verwundert hielt Tarzan inne, als er seinen Daumen auf das Lesefeld drückte und die Tür geschlossen blieb.

„Lass mich mal!“ Auch Solos Versuch blieb erfolglos.

„Die hat die Sperre zu und kauft im Internet auf unseren Namen für zehntausend Euro Klamotten!“, lallte Tarzan und Solo klopfte energisch.

„Jay? Mach bitte die Tür auf. Jay?“ Alles blieb ruhig.

„Wahrscheinlich hat sie heimlich Secco gebechert und träumt jetzt von einem Auftritt in ‚Sing meinen Song‘.“

„Du spinnst doch. Die wird einfach nur müde sein.“

„Aber drinnen ist sie, sonst ginge die Tür auf.“

„Technik, die begeistert.“ Solo klopfte noch einmal gegen die Tür und wandte sich an ihren Mann: „Du bleibst hier, falls sie doch noch aufmacht. Ich gehe an die Rezeption. Die können die Tür auch manuell öffnen.“

Kurz darauf kam sie in Begleitung von Alex zurück. Der hielt einen Transponder an das Lesefeld und die Tür glitt auf. Drei Augenpaare starrten erstaunt auf die offen stehende Außentür, die wehenden Vorhänge und die Unordnung in der Suite. Die Kleiderschränke standen offen, Solos Laufschuhe lagen mitten im Raum, ohne Schnürsenkel, wie sie sofort mit Verwunderung feststellte. Auf dem Bildschirm des Laptops kreiselten bunte Muster.

„Was, verdammt noch mal, ist hier los!“ Tarzans Stimme klang plötzlich stocknüchtern. Er stürzte zum Schreibtisch und drückte die Leertaste. Alex und Solo kamen langsam hinterher.

Tarzan stand vor dem Schreibtisch. Sein Mund stand offen, die Augen waren starr auf die drei Zeilen gerichtet, die auf dem Schirm zu sehen waren.

„In sechs Tagen habt ihr sie wieder. Gesund, wenn ihr mich in Ruhe lasst. Tot, wenn ich auch nur den Verdacht haben sollte, dass mir jemand folgt. Ihr bekommt eine

Nachricht, wo ihr sie findet, wenn ich in Sicherheit bin. MS"

„Zwei der Rettungswesten fehlen." Alex deutete auf die oberen Fächer in den Schränken. Tarzan erwachte aus seiner Schockstarre.

„Heißt das, die sind über Bord gesprungen? Sag mal, bist du noch ganz dicht?"

Der Rezeptionist ließ sich nicht aus der Ruhe bringen.

„Ja, genau das heißt es. Die Türsperre wurde manuell aktiviert. Das geht nur von innen. Da sie immer noch geschlossen war, als wir ankamen, gibt es nur diese Möglichkeit."

Solo sank auf das Bett. Tränen liefen ihr über die Wangen, sie schlug die Hände vors Gesicht, ihre Schultern zuckten. Tarzan setzte sich neben sie und nahm sie in den Arm. Auch ihm schnürte es die Kehle zu. Jay entführt. Von diesem Marco … diesem … diesem … Mit der Wucht eines Kinnhakens traf ihn die Erkenntnis: Marco Sillmar war der fliegende Holländer … Er war die ganze Zeit hier gewesen. Mit ihnen auf dem gleichen Schiff. Der Priestermord in Köln war sein Werk.

Alex hatte den Hörer des Kabinentelefons in der Hand und sprach ruhig hinein.

„Hier ist Alex. Suite Xanten. Wir haben einen Code 21, wiederhole: Code 21."

Sekunden später erklang die Stimme des Ersten Offiziers über die Bordlautsprecher: „Achtung, dies ist eine Durchsage für die Besatzung. Attention, this is a crew-message. Clear for code 21. Klar bei Code 21. Ich wiederhole: Code 21."

Ein dreimaliger Klingelton ertönte und ein Zittern ging durch den Rumpf der *Stéphanie*, als Kapitän Ratkovic die Maschinen stoppte und dann rückwärts laufen ließ. Die wenigen Passagiere auf dem Sonnendeck bemerkten verwundert, dass das Schiff vor der erleuchteten Industriekulisse Duisburgs drehte und in Gegenrichtung wieder langsame Fahrt aufnahm. Die starken LED-Scheinwerfer auf dem Vorschiff und neben dem Steuerhaus flammten auf, Matrosen bezogen Posten und die Kreuzfahrtleitung beruhigte die Passagiere, die nun zum Teil sogar aus ihren Suiten an Deck kamen, aufgeweckt von der ungewöhnlichen nächtlichen Aktivität. Eine Übung. Routine. Nichts passiert, gehen Sie wieder schlafen.

Doch der Buschfunk funktioniert auch auf Schiffen. Besonders auf so kleinen wie der *Stéphanie de Beauharnais*. Ein ehemaliger Frachterkapitän wusste, was Code 21 bedeutete: „Mann über Bord", heutzutage im Zeitalter des Genderwahns zu „Person über Bord" modifiziert. Er verbreitete die Kunde unter den Passagieren, wo sie sich wie ein Lauffeuer verbreitete. Die Kreuzfahrtleitung revidierte ihre Aussage nach wenigen Minuten und bat sämtliche Crewmitglieder, die nicht direkt im Einsatz waren, und alle Passagiere, sich in der Musterstation, dem Salon, einzufinden. Stewards gingen von Tür zu Tür und kontrollierten, ob auch jeder die Aufforderung gehört hatte.

Am Heck der *Stéphanie* machten zwei Matrosen zusammen mit dem Maschinisten das Rettungsboot klar, das über einen starken Außenbordmotor verfügte und mit Rettungsgeräten ausgestattet war. Mit einem Elektrokran wurde es über Bord geschwenkt und zu Wasser gelassen.

Zwei speziell für die Wasserrettung ausgebildete Matrosen in Schwimmwesten und Neoprenanzügen kletterten hinein und starteten den Motor.

Längst hatte der Kapitän die zuständige Revierzentrale in Duisburg informiert. Das war eine Koordinationsstelle, quasi der Tower für die Schifffahrt. Die Revierzentrale setzte ein oft geprobtes Szenario in Gang, alarmierte Polizei, Feuerwehr, THW und die Rettungsleitstelle. Bald hallten die Sondersignale der Einsatzfahrzeuge durch die Duisburger Vororte und beiderseits des Rheins. Flackernde Blaulichter zuckten auf den Brücken und mit schäumender Bugwelle drehte der Polizeikreuzer 1WSP der Wache Duisburg aus dem Vinckekanal in die Fahrrinne des Rheins.

Kapitän Stojan Ratkovic nahm die Meldung des Kreuzfahrtleiters mit unbewegter Miene entgegen.

„Marco Sillmar …“, er schüttelte verwundert den Kopf. „Wie ist die Stimmung unter unseren Passagieren?“ Tino Bergholz, der auch eines der Walkie-Talkies am Gürtel trug, mit denen sich die Besatzung während ihres Einsatzes verständigte, zuckte die Schultern.

„Die meisten nehmen es als spannende Abwechslung. Du siehst ja selber, was hier oben los ist.“ Der Kapitän ließ seinen Blick über das belebte Sonnendeck schweifen. Das Hotelmanagement hatte kurzerhand die Bar geöffnet und aus der Küche wurden Schnittchen gereicht. Ratkovic sah es mit gemischten Gefühlen. Einerseits konnten sie die Paxe ja schlecht in ihren Suiten einsperren, andererseits kam er sich vor wie einer, der Gaffer an einer Unfallstelle mit Häppchen und Bier versorgt.

„Hätt'ste eben weiter Container fahren sollen", brummelte er halblaut vor sich hin. Dann griff er wieder nach dem Fernglas, um das im Mondlicht glitzernde Wasser abzusuchen. Die *Stéphanie* lief in Schleichfahrt. Die Wasserschutzpolizei hielt bereits über Funk Kontakt mit ihnen.

Ungut war, dass das Zeitfenster, in dem die beiden von Bord gegangen waren, so groß war wie ein Scheunentor. Laut Aussage des Ehepaares Zahn hatte sich das minderjährige Mädchen unmittelbar nachdem Xavier Naidoo die *Stéphanie* verlassen hatte, bei ihnen abgemeldet, um in der Suite Bilder auf den Laptop zu ziehen. Der ebenfalls vermisste Chefsteward war von Miro Stanislawski beim Verlassen der Suite Xanten gesehen worden. Das war gegen 21:20 Uhr, da war das Konzert im Panoramasalon noch im Gange. Es blieb also fast eine volle Stunde. Das bedeutete zwischen zehn und zwölf Rheinkilometer. Die berüchtigte Stecknadel im Heuhaufen wäre das eindeutig lohnendere Ziel.

Der Kapitän als oberste Instanz auf Schiffen war praktisch auch der verlängerte Arm des Gesetzes. Er hatte das Kommando gleich nach dem Alarm an seinen Ersten Offizier übergeben und sich eingehend mit Bertha Solomon-Zahn und Lothar Zahn unterhalten. In Anwesenheit des Hotelmanagers wurden vorläufige Protokolle angefertigt. Auch der diensthabende Rezeptionist, Alexander Roskow, wurde befragt. Die Suite Xanten wurde gesichert und das Ehepaar in eine freie Crewkabine umquartiert. Der Kapitän hatte für Straftaten an Bord genaue, von der Reederei vorgegebene Direktiven, an die er sich zu halten hatte.

Suite Xanten war ein Tatort. Solo und Tarzan durften nicht einmal ihre Zahnbürsten mitnehmen. Sie erhielten Hygieneartikel aus den Beständen der Spa-Abteilung, frische Bademäntel und Crew-T-Shirts, sowie Badeschlappen und Hosen aus der Bordwäscherei, die immer Arbeitskleidung in Reserve hielt.

Tino Bergholz kümmerte sich persönlich um das Wohlergehen von Solo und Tarzan. Solo hatte von Alex, der ausgebildeter Rettungssanitäter war, ein leichtes Beruhigungsmittel erhalten. Mittlerweile hatten sich die beiden wieder einigermaßen gefangen.

Sehr skeptisch hatte der Kapitän die Aussage Zahns aufgenommen, Sillmar sei womöglich der Mörder des Priesters im Kölner Dom. Er hatte keinen Kommentar dazu abgegeben, den Hotelmanager nochmals eindringlich an seine Schweigepflicht erinnert und es zu Protokoll genommen. Sollte sich die Polizei darum kümmern. Er als Kapitän hatte absolut kein Interesse daran, seine Passagiere mit einer derartigen Räuberpistole zu ängstigen.

Der Erste Offizier gab ihm ein Zeichen und betrat das Steuerhaus.

„Die Polizei kommt in drei Minuten auf Seite. Sie bitten uns, im Parallelhafen anzulegen, da die Kripo an Bord Spuren sichern muss."

„Okay, Jeroen, wenn die auf Seite sind, nimmst du Kurs auf den Parallelhafen."

Solo und Tarzan hielt nichts in der spartanischen Crewkabine. Sie standen auf dem Sonnendeck direkt hinter der Glasscheibe, die den Dienstbereich rund um das Steuerhaus absperrte, und schauten wie fast alle anderen auf die dunkle Wasserfläche. Immer noch waren die Sondersignale der verschiedenen Einsatzkräfte zu hören, die festgelegte Punkte am Ufer und an Brückenrampen ansteuerten. Das Duisburger Feuerlöschboot 1 kreuzte mit flackernden Blaulichtern und über das Wasser wischenden Scheinwerfern vor ihnen. Am Ro-Ro-Terminal in Rheinhausen wurden zwei kleine Rettungsboote der Feuerwehr zu Wasser gelassen und auch der Ortsverband der DLRG hatte ein leistungsfähiges Flachboden-Rettungsboot geschickt.

Ein Raunen ging durch die Menschen, die das Sonnendeck bevölkerten, als ein Polizeihubschrauber im Tiefflug über die *Stéphanie* hinweg donnerte. Man spürte sogar den Luftzug des Rotors. Solo und Tarzan waren nun ganz nach hinten gegangen. Hier waren keine Gaffer mehr. Alles drängte sich in Fahrtrichtung.

Sie hielten sich schweigend im Arm. Es gab nichts zu sagen. Jay war fort. Sie würden ihrer Mutter erklären müssen, dass die Kleine praktisch unter ihren Augen über Bord geworfen wurde. Solo konnte nicht glauben, dass das Mädchen freiwillig in diese finsteren, kalten Fluten gesprungen war. Nun war sie weg. Womöglich bereits tot. Wenn nicht, dann in den Händen eines pathologischen Serienkillers. Konnte jemand kläglicher versagen als sie beide?

Sie beobachteten, wie das Polizeiboot längsseits kam und zwei uniformierte Beamte leichtfüßig auf die *Stéphanie* wechselten.

„Komm, die werden mit uns sprechen wollen“, sagte Tarzan mit belegter Stimme und zog die Nase hoch. Was für eine Reise … Dabei wollten sie doch nur die Ruhe und die luxuriöse Gemächlichkeit einer Flusskreuzfahrt genießen.

Es war ihnen wohl nicht vergönnt. Ständig schlitterten sie in kriminelle Machenschaften. Ein Scheißleben war das. Zum Kotzen!

Eine Stunde zuvor erreichte Marco Sillmar das rechtsrheinische Ufer in Höhe der alten Eisenbahnbrücke. Das Mädchen hatte sich bewundernswert gehalten, obwohl sie laut gequiekt hatte, als sie in das kalte Wasser des Rheins geglitten war. Sillmar blieb fast das Herz stehen, doch die Fenster der Suiten waren allesamt dunkel. Seine größte Sorge war gewesen, dass jemand auf dem Balkon noch eine illegale Zigarette paffte und ihren Abgang mitbekam. Er hatte dem Mädchen eingeschärft, sofort so kräftig sie konnte vom Schiffsrumpf wegzuschwimmen. Das hatten sie auch geschafft, obwohl sie erbärmlich hustete und Wasser spuckte, als sie von der Heckwelle kurzzeitig überspült wurde. Die Blinkleuchten an den Westen hatte er vorsorglich noch in der Kabine entfernt und die reflektierenden Streifen mit seinem Panzerband abgeklebt. Seine Berechnungen gingen auf. Die Strömung drückte sie in Richtung rechtsrheinisches Ufer. Am Zug des Schleppseils merkte er, dass die Kleine am Ende ihrer Kräfte war. Er legte eine letzte Krauletappe ein und spürte schon bald den kiesigen Boden unter seinen Füßen. Die Reisetasche hatte er sich wie einen Rucksack umgehängt. Die hatte sich vollgesogen und behinderte ihn ziemlich, aber er war gut trainiert und sehr ausdauernd. Hauptsache, die Plastiktüten hielten dicht.

Erschöpft lagen sie einige Minuten am Kiesstrand, fast direkt unter der Eisenbahnbrücke, und pumpten wie die

Maikäfer. Es war eine laue Nacht, doch sie klapperten mit den Zähnen vor Kälte. Als sein Atem sich wieder beruhigt hatte, löste er ihre Verbindung aus Gürteln und dem Tragriemen und scheuchte das Mädchen weiter das Ufer hinauf unter die Brücke.

Hier zogen sie ohne ein Wort zu verlieren die nassen Sachen aus. Nackte Mädchen interessierten ihn sowieso nicht und Jay war viel zu sehr mit Zähneklappern und Abtrocknen beschäftigt, als dass ihr irgendetwas peinlich gewesen wäre. Die Plastiktüten hatten dicht gehalten und in der trockenen Kleidung erwachten auch gleich wieder die Lebensgeister.

„Und? Wie geht es jetzt weiter? Hast du ein Taxi bestellt?“, fragte sie und ihre Augen blitzten schon wieder. Was für ein Abenteuer!

„Wir besorgen uns eine Karre. Da vorne ist ein Strandcafé. Garantiert stehen da auch noch ein oder zwei Autos rum.“

„In denen die Schlüssel stecken, oder was?“ Schau an, sie wird schon wieder frech, die Süße.

„Ich brauch keine Schlüssel, um mit einem Auto zu fahren. Es darf nur nicht zu modern sein.“ Er grinste, als er den erschrockenen Blick des Mädchens bemerkte.

„Bist scheinbar doch nicht so cool, wie du immer tust. Kleine Spießerin, was?“

„Bin ich doch!“ Fast erwartete er, dass sie zornig mit dem Fuß aufstampfte.

„Na dann. Gehen wir.“

Das Gebäude war dunkel und still. Alle Läden waren heruntergelassen. Hier schien auch niemand zu wohnen.

Auf dem Parkplatz stand ein moderner Lieferwagen und … Marcos Herz machte einen Sprung … ein altes BMW Cabrio. 320i. Frühe neunziger Jahre. Keine Alarmanlage, keine Wegfahrsperre. Der hatte sogar noch Nummernschilder ohne Europazeichen. Das Faltdach war verschlissen und über der Beifahrertür mit Klebeband notdürftig geflickt. Er konnte bequem mit der Hand hineingreifen und die Tür öffnen. Er ging um den Wagen herum, kniete sich auf den Boden neben das Auto, riss die Verkleidung der Lenksäule ab und warf sie auf den Rücksitz. Im Schein seiner Mini-LED-Taschenlampe, die er aus seinem wasserdichten Gürtel holte, fand er zielsicher die richtigen Kabel. Nach drei Versuchen sprang der Motor an, stieß eine blaue Abgaswolke aus und schepperte, als wolle er sich gleich auflösen.

„Voilá, Madame, ihr Shuttle nach Nizza, Etappe eins!"

Er warf die triefende Sporttasche auf den Rücksitz und stellte den Fahrersitz zurück. Die Karre gehörte wohl einem Hobbit, der in zehn Zentimetern Abstand hinter dem Lenkrad klebte.

Der Uferbereich war erst vor kurzer Zeit von einer Industriebrache in ein Naherholungsgebiet umgewandelt worden. Sie unterquerten die Bahnlinie und erreichten nach etwa zwei Kilometern die Paul-Esch-Straße. Sillmar fuhr einfach drauflos, immer in Richtung Stadt. Es herrschte kaum Verkehr. Zweimal begneten ihnen Fahrzeuge mit flackernden Blaulichtern. Einmal ein Rettungswagen und einmal ein Streifenwagen, der unmittelbar vor ihnen bei Rot über die Kreuzung fuhr. Nach fünf Minuten sah er die ersten Hinweisschilder auf die Autobahn. Bei der Anschlussstelle Duisburg-Wedau bog der BMW auf die A3 ein. Er schaute kurz zu Jay, der die Anstrengung und der Stress der letzten Stunde deutlich anzusehen waren.

„Hey, Jay. Warum klappst du nicht deinen Sitz zurück und versuchst ein wenig zu pennen? Es sind noch fast drei Stunden bis Mannheim."

„Du bist doch auch müde. Ich erzähl mit dir, dann schläfst du nicht ein", antwortete sie.

„Ich bin überhaupt nicht müde, ich bin Nacht- und Schichtdienst gewohnt. Und ein guter Fahrer!", fügte er hinzu und lächelte sie an.

„Wenn du meinst …", sie glubschte ihn mit ihren Kuhaugen an. Mach was ich sage, oder ich scheuer dir eine, Drecksbalg! hätte er am liebsten gebrüllt, aber solange sie nichts schnallte, wollte er diese kindische Bonnie und Clyde-Nummer durchziehen. War einfacher, wenn sie freiwillig mitkam. Wenn die Beute selber läuft, brauchst du sie nicht tragen. Alte Jägerweisheit.

Endlich senkte sie die Rückenlehne ab und rollte sich zur Seite. Angeschnallt hatte sie sich eh nicht.

Noch vor dem Autobahnkreuz Breitscheid entnahm er ihren regelmäßigen, tiefen Atemzügen, dass sie eingeschlafen war. Sehr gut. Ein schäbiger BMW mit nur einer Person besetzt. Kein Grund für eine Autobahnstreife, sie anzuhalten. Die Frontscheibe der Karre war voller Staub und Vogelkot gewesen. Das Wischerwasser war leer, und so hatte er fluchend eines der nassen Handtücher aus der Tasche geholt, damit er überhaupt etwas sehen konnte. Offensichtlich war das Auto schon lange nicht mehr benutzt worden. Er hatte also gute Chancen, dass, wenn überhaupt, frühestens in ein paar Stunden der Diebstahl entdeckt werden würde. Jetzt, da die Maschine sich warmgelaufen hatte, lief sie auch bedeutend ruhiger. Marco war ziemlich sicher, dass der Dreier schon ewig nicht mehr gefahren worden war. Wenigstens war der Tank noch etwas mehr als halbvoll. Das würde reichen bis nach Mannheim. Nicht zum City-Airport. Schon gar nicht zu einem Privatjet. Nein! Sein wahres Ziel lag im Mannheimer Norden. Er musste nur zusehen, dass es noch einigermaßen dunkel war, wenn er dort ankam. Er wechselte auf die äußerste linke Spur und gab Gas. Nur wenige Pkw waren um diese Zeit unterwegs. Dafür donnerten auf der rechten Spur wahre Kolonnen von Schwerlastern. Viele Holländer, der gesamte Ostblock und einige deutsche. Das verlotterte Verdeck flatterte und pfiff und Marco war froh, dass er eines seiner Hoodies eingepackt hatte. Er hatte die Kapuze tief in die Stirn gezogen, um so der ärgsten Zugluft zu entrinnen. Neben ihm schlief Jay, zusammengerollt wie ein kleines Tier.

Kurz vor Wiesbaden erwachte sie und musste pinkeln. Marco fuhr den nächsten Parkplatz an und quetschte den BMW zwischen zwei Laster, deren Fahrer hinter zugezogenen Vorhängen schliefen. Sie hockte sich neben den Wagen und quengelte nach Zigaretten. Marco war auch ausgestiegen und streckte sich. Die Sitze in dem Wrack waren völlig durchgesessen. Er seufzte. Das fehlte noch, dass sie jetzt wegen der verdammten Kippen noch in eine hell erleuchtete Autobahntanke einliefen. Kam schon mal überhaupt nicht in die Tüte. Zu viele Kameras. Geschultes Personal.

Haben Sie diesen Mann schon einmal gesehen? Oder dieses Mädchen? Ist Ihnen ein solches Fahrzeug heute Nacht aufgefallen? Danke, das brauchte er nicht wirklich.

„In Mannheim kriegst du Kippen, halt jetzt den Rand und mach. Wir müssen weiter.“ Vielleicht zu ärgerlich. Er musste sich mehr zusammennehmen.

„Marco?“

„Ja, Süße?“

„Wir sind nicht unterwegs nach Nizza, oder?“

„Hallo? Wir sind unterwegs in unser neues Leben. Nizza ist nur der Anfang, wir werden …“

Sie stand jetzt neben dem Auto und schaute ihn über das Stoffdach hinweg an. Trotz der Dunkelheit spürte er ihren brennenden Blick.

„Du hast diesen Pfarrer getötet. In Köln. Habe ich recht?“

Die Räder des alten Cabrios knirschten auf dem rissigen Beton vor der heruntergekommenen Werkhalle. Der Motor knisterte und knackte, nachdem er ihn abgestellt hatte. Es war halb fünf Uhr morgens. Um diese Jahreszeit schon recht hell. Eigentlich zu hell für sein Vorhaben. Aber er hatte Glück. In der Nacht hatte es kräftig geregnet. Dichter Nebel stieg aus den feuchten Niederungen. In der Nähe keckerte eine Elster wie ein Maschinengewehr. Krähen krächzten wie in einem billigen Gruselfilm. Sillmar öffnete den Kofferraum und schaute auf den dünnen, verrenkten Körper. Sie hatten recht mit ihrem blöden Spruch. Das Leben war tatsächlich kein Ponyhof.

Kapitel 8

In dem ein Italiener ungewohnt leise telefoniert, Fußballfans in einem Bus „Party" machen und ein Mannheimer Türke im siebten Autohimmel schwebt.

Polizeipräsidium Mannheim L6, 1
Mittwoch 22.06., 08:30 Uhr

„Fahrt nach Hause, ihr seht scheiße aus." Bluhm schüttelte den Kopf und stellte zwei Tassen Kaffee auf den Schreibtisch, vor dem Tarzan saß. Solo wanderte ruhelos im Dienstzimmer des Kommissars auf und ab. Sie fuhr herum, als sie Bluhms Worte hörte.

„Glaubst du, Jay sieht besser aus? Zeig mir, dass sie friedlich in einem sauberen Bett liegt und schläft, oder an einem schön gedeckten Tisch sitzt und frühstückt. Dann gehen wir nach Hause. Dann legen wir uns hin und träumen was Schönes. Bist du noch ganz sauber? Habt ihr die Mutter schon erreicht? Die Handy-Nummer funktioniert nicht, die Jay uns gegeben hat."

„Wir sind dran. Da drüben ist es noch mitten in der Nacht. Aber wir sind jetzt in Kontakt mit den dortigen Behörden. Das ist aber momentan unsere kleinste Sorge."

Tarzan nickte. „Mir ist es egal, ob der Kerl heute oder in einem Jahr gefasst wird. Wenn nur Jay nichts passiert ist. Scheiße, sie ist erst vierzehn." Solo stand am Fenster und schaute in den grauen Großstadtmorgen. Auf der Bismarckstraße wuselten Studenten auf Fahrrädern durch den dahinkriechenden Verkehr. Paketautos und Verteiler-Lkw blockierten ganze Fahrspuren und Straßenbahnen verscheuchten mit ihrem Gong oder der grellen Klingel allzu sture Verkehrsteilnehmer.

„Und ihr seid sicher, dass Sillmar der Pfarrermörder ist?“, fragte Tarzan und das nicht zum ersten Mal. Bluhm verstand seinen alten Schulfreund nur zu gut und fasste das, was sie bis jetzt hatten, erneut geduldig zusammen:

„Dein Puzzlespiel hat den Ausschlag gegeben, Tarzan. Wir haben mit den zuständigen Behörden sofort Kontakt aufgenommen. Bei vier Tatorten ist zweifelsfrei erwiesen, dass Marco Sillmar zur gleichen Zeit dort gewesen sein könnte. Ich betone: könnte. Er war jedenfalls immer auf einem Kreuzfahrtschiff, welches dort angelegt hatte, und konnte den jeweiligen Tatort innerhalb der Liegezeit problemlos erreichen und auch wieder zurück an Bord kommen. Das haben wir im Sack für Lyon, für Mannheim, für Passau und für Basel. In Passau wurden auch minimale Spuren von holländischer Frittensauce sichergestellt. Die liebt er wohl und die schleppt er wohl ab und zu an seiner Kleidung mit sich herum, ohne es zu ahnen. Selbstverständlich gilt er bis zur Feststellung seiner Schuld durch ein ordentliches Gericht lediglich als Verdächtiger. Wenn du mich fragst, dann füge ich dem guten Gewissens ein ‚dringend‘ hinzu. Wir ermitteln gemeinsam mit den Kölner Kollegen. Die Fahndung wird von hier aus koordiniert. Es wird alles getan, was getan werden kann. Ich halte euch auf dem Laufenden. Geht nach Hause. Es tut mir sehr leid für das Mädchen. Wir finden sie. Versprochen.“

„Tot oder lebendig …“, flüsterte Solo. Bluhm schluckte schwer und schaute sie bittend an.

Die Tür ging auf und ein spiegelnder Glatzkopf erschien.

„Än Monnemer Buu, Blummepeter! Dess is än Monnemer Buu, dä Sillmar!“

Alle fuhren herum und starrten den feisten Beamten an, der Bluhm einen dünnen Pappordner auf den Schreibtisch legte.

„Ähm, isch wees net …“, begann er und warf einen Blick auf Bluhms Besucher.

„Das sind Freunde von mir und wichtige Zeugen in dem Fall. Lothar Zahn und seine Frau Sol… äh Bertha. Das ist Hauptkommissar Hartmut Mair ohne ‚e‘. Spuck's aus Mair.“

„Na dann …“ Mair ohne ‚e‘ bemühte sich, hochdeutsch zu sprechen, sang aber die Worte weiterhin mit der typisch kurpfälzischen Färbung.

„Unsere Ermittlungen haben ergeben (hawwe ergewwe), dass Sillmar bis zu seinem 15. Lebensjahr in der Max-Planck-Straße 105 bei seiner Mutter gelebt hat. Der Vater war Eisenbahner und ist drei Jahre nach Marcos Geburt bei einem Rangierunfall tödlich verletzt worden. In dem Haus lebten damals noch die Großeltern Adam und Elfriede Guntram, beide inzwischen verstorben. Das Haus wurde nach einem Brand im Jahr 2011 abgerissen. Die Mutter von Sillmar liegt seit einem Schlaganfall vor zwei Jahren im Wachkoma in einem Pflegeheim in Worms. Sillmar hat als Meldeadresse ein Zimmer in einem Wohnprojekt für Binnenschiffer in Karlsruhe, lebt aber wohl die meiste Zeit auf Schiffen.“

Tarzan fiel Bluhms Kollegen ins Wort: „Die Max-Planck-Straße ist doch auf der Friesenheimer Insel, wenn ich recht weiß."

Der Glatzkopf nickte, „Jottwedee. Draußen, wo's Tierheim ist. An der Altrheinfähre."

„Beim Dehus", ergänzte Solo, „da waren wir auch schon essen."

Er fuhr den Wagen zwischen die Werkhalle und einen Wellblechschuppen, von dem die Farbe abblätterte, und entfernte die Nummernschilder. Der Karren war mittlerweile gefährlich geworden. Auch wenn sein Besitzer ihn schon lange nicht mehr gefahren hatte, wenn das Auto nicht mehr am gewohnten Platz stand, würde das mit Sicherheit bemerkt werden. Gestrüpp wucherte in der engen Gasse, in der leere Ölfässer und ein ausgebrannter Müllcontainer standen. Der BMW passte wunderbar ins Gesamtbild. Sillmar fand noch eine schmuddelige alte Plane, die er über das Heck des Autos legte und streute nasse Erde über die Heckscheibe. Nachdem er den Ast einer schwindsüchtigen Birke, den er bei der Einfahrt abgeknickt hatte, wieder quer über der Zufahrt drapiert hatte, trat er drei Schritte zurück und betrachtete das Arrangement. Es sah aus, als stünde hier schon seit Monaten ein Schrottfahrzeug. Er lauschte in den nebligen Morgen. Weit entfernt tuckerte ein Trecker. Die Elster war nicht mehr zu hören, dafür die Krähen. Er warf die Nummernschilder in das ölschillernde, brackige Wasser im Inneren des Müllcontainers, verließ den trostlosen Hof und erreichte das aus den Schienen gesprungene, rostige Einfahrtstor. Überall Gestrüpp und wild entsorgter Müll. Er sicherte vorsichtig nach beiden Seiten. Um diese Zeit war in dieser Gegend niemand unterwegs. Er wandte sich nach rechts und folgte dem schmalen, asphaltierten Wirtschaftsweg. Es war frisch, deshalb hatte er die Hände in die Fronttasche seines Hoodies gesteckt. Die Kapuze hatte er sich tief ins Gesicht gezogen. Er brauchte unbedingt andere Klamotten und eine leichte Tasche. Geld war kein Problem. Sein Gürtel war gut gepolstert. Er hatte stets darauf geachtet, so selten wie möglich mit EC- oder gar Kreditkarte zu zahlen. Bargeld lacht, war schon immer sein Grundsatz gewesen. 85 Euro hatte er in einer der Beintaschen, knapp zweitausend in seinem Gürtel.

In 1500 Metern Entfernung gab es eine Straßenbahnhaltestelle. Er kannte sich hier aus. Zufälle und überstürzte Handlungen überließ er gerne Dilettanten. Er hatte einen Plan. Den hatte er sich nicht erst gestern zurechtgelegt. Er war gerne auf alles vorbereitet. Auch auf das hier. Nun war er auf der Flucht. Die Polizei war ihm auf den Fersen und über Kurz oder Lang würde überall sein Bild auftauchen. Also machte er sich auf den Weg. Nicht nach Nizza, wie er diesem dummen Kind weisgemacht hatte. Nach Odessa ging die Reise. Andrij hatte ihm sein Ferienhaus schon oft angeboten. Sie hatten sich auf der „Rousse Prestige“ kennengelernt und hatten auch eine kurze stürmische Beziehung gepflegt. Freunde waren sie noch immer, obwohl Andrij mittlerweile einen festen Partner hatte.

„Flucht der kurzen Wege“ nannte Marco sein Prinzip. Die Fahrt mit dem gestohlenen BMW war eigentlich schon viel zu lang gewesen. Aber es galt, das Zeitfenster zu nutzen, das ihm seine außergewöhnliche Art, ein Schiff zu verlassen, eingebracht hatte. Aus Erfahrung wusste er, dass die unmittelbare Suche bis zum Morgengrauen fortgesetzt werden würde. Nun hatte er ein ordentliches Zeitpolster und er war endlich allein. Er schaute sich kurz um. Die mächtigen Pappeln am Eingang zu dem alten Werk waren im sich nun langsam auflösenden Nebel gerade noch zu erkennen. Tschüss, kleine Jay. Nun würde er sich in Etappen bis in die Ukraine durchschlagen. Als Erstes musste er in die Innenstadt. Er würde sich einen Platz in einem der modernen Fernreisebusse kaufen und zunächst in Richtung Osten fahren. Maximal bis Nürnberg. Dort würde er sich neu einkleiden und dann mit einem anderen Bus bis nach Wien weiterfahren. Zug oder gar Flugzeug kamen nicht infrage. Zwar befanden sich auch in den Busbahnhöfen Überwachungskameras, aber es patrouillierten dort deutlich weniger Securities oder Bundesbullen. In Fernbussen, die gerne von Studenten und anderen kostenbewussten jungen Leuten genutzt wurden, fiel er auch weniger auf, als in einem ICE voller Business-Spacken und 4711-Omis.

Bluhm ließ es sich nicht nehmen, Solo und Tarzan persönlich zum Parkplatz des Hotels Speicher Sieben zu fahren. Nachdem sie noch in der Nacht bei der Duisburger Polizei ihre Aussage gemacht hatten, waren sie mit der Bahn zurück nach Mannheim gefahren und direkt ins Präsidium gelaufen, das unweit des Hauptbahnhofs an der Bismarckstraße lag. Die Müdigkeit machte sich zwar bei beiden bemerkbar, doch die Sorge um Jay hielt sie wach. Doch nachdem sie wieder in Lampertheim auf ihrem Wohnschiff waren, sich geduscht und umgezogen hatten, forderte die Natur ihre Rechte ein. Innerhalb von Minuten waren beide fest eingeschlafen.

Das Summen und Zirpen ihrer Handys, die auf dem Wohnzimmertisch lagen, drang nicht zu ihnen durch. Erst das an der Wand befestigte Festnetztelefon, Solos Flohmarktfundstück aus schwarzem Bakelit mit Wählscheibe, riss sie mit seinem gellenden mechanischen Läutwerk aus dem traumlosen Erschöpfungsschlaf. Sie schaute auf die Uhr: gleich Mittag.

„Zahn …“ Obwohl Solo auf dem Standesamt auf den Doppelnamen Solomon-Zahn bestanden hatte, verwendete sie meist nur die Hälfte davon.

„Was?“

Tarzan kämpfte mit dem Schlaf und rieb sich die Augen, war aber hellwach, als Solos erstaunte Frage in Baustellenlautstärke durch das geräumige Wohnzimmer hallte.

„Wir kommen sofort! Doch, es ist nötig! Versuch, uns daran zu hindern! Versuch es!“ Sie knallte den Hörer auf die Gabel und schaute Tarzan aus weit aufgerissenen Augen an.

„Sie haben ihn …“

Dario Troncone saß im Frühstücksraum des Heidelberger IBIS-Hotels unmittelbar neben dem Hauptbahnhof und überlegte, ob er sich noch ein drittes Nutella-Brötchen schmieren sollte, oder nicht. An der Wand hing ein riesiges Fernsehgerät. N24, wie fast überall. Ohne Ton, wie immer.

Er schaute auf die Uhr. Er hatte noch eine Viertelstunde. Für das letzte Brötchen im Korb war es das Todesurteil. Auf dem Bildschirm erschien das Bild eines Mädchens. Mürrisch, bunte Zottelhaare und mit Plakafarben geschminkt. Schade, dachte Troncone, wenn man das alles abkratzte, die Haare schön machte und ihr den bemüht coolen Schlafzimmerblick abgewöhnte, wäre sie direkt hübsch. Das Bild wechselte. Es zeigte einen gut aussehenden jungen Mann mit gewinnendem Lächeln und perfekt gestylter Frisur. Schwul, dachte Troncone und biss in seine fingerdick mit Nutella bestrichene Brötchenhälfte. Der Italiener hatte nichts gegen Schwule. Jeder wie er will, sagte er sich immer. Blieben mehr Mädels für ihn übrig. Gut ist.

Die Bildunterschriften erklärten, dass der junge Mann Marco Sillmar hieß und wegen mehrfachen Mordes und Entführung des vorher gezeigten Mädchens mit internationalem Haftbefehl gesucht wird.

Schlimmer Finger, dachte Dario und hätte leise durch die Zähne gepfiffen, wenn er nicht den Mund voller süßer Pampe gehabt hätte.

„Für Hinweise, die zur Ergreifung …", der übliche Sermon „… oder die nächste Polizeidienststelle."

15.000 Euro …

Dario spülte den letzten Bissen mit einem kräftigen Schluck Kaffee hinunter und schürzte die Lippen, als er die Höhe der ausgelobten Belohnung sah. Ein Schiff war nun auf dem Schirm zu sehen. Schönes Teil. Schick. Richtig was für alte Fürze mit Kleingeld. Ein Bulle wurde interviewt. Viele Sterne, mächtige Mütze mit dem Landeswappen von Nordrhein-Westfalen über der Goldkordel. Kantiges Kinn, stahlblauer Blick. Sieht aus wie der Kommandant aus Police-Academy, dachte Dario. Der Oberbulle bewegte lautlos die Lippen. Charish Velten hieß das coole Mädel. Vierzehn Jahre alt, verkündete die Laufschrift. Scheiße, so jung.

Der Moderator war nun zu sehen. Berufsbetroffen schaute er auf die Frühstücksgäste herab. Noch einmal wurde das Bild des Gesuchten gezeigt. Dario schaute genauer hin. Immerhin. 15.000 Mücken …

Das Bild wechselte. Deutschland trifft im Zuge der EM auf die Slowakei. Troncone trank den Rest Kaffee aus, sehnte sich nach richtig gutem Espresso und wischte sich den Mund mit der Serviette ab. Zeit zu gehen. Er zog das Gestänge aus seinem Pilotenkoffer und machte sich auf den Weg zum Ausgang. Ausgecheckt hatte er schon vor dem Frühstück. Er winkte der Rezeptionistin mit den Plastikbrüsten lächelnd zu und trat auf den Willy-Brandt-Platz hinaus.

Nach fünf Minuten rollte der grüne Fernbus heran. Zischend öffneten sich die Türen. Ismail Kaya wartete, bis die Blackbox seine Fahrerkarte ausspie, verstaute sie sorgfältig in seiner Geldbörse, griff nach seinem Rucksack und erhob sich. Ismail war bekennender Hesse aus Viernheim im Kreis Bergstraße und hatte den singenden Dialekt besser drauf als mancher Ureinwohner.

„Morsche, Dario. Lass die Finger von den Ladies am Mittelausstieg, die sind unterwegs zu einer Tagung über sexuelle Gewalt im Alltag. Nix Bunga-Bunga! Der Fahrgast in Reihe 9 hat bis Nürnberg gebucht. Pennt wie'n Toter, den musst du wahrscheinlich raustragen. Ansonsten lief alles glatt. Keiner hat gekotzt und die Toilette ist nicht voller Always Ultra. Gute Fahrt, mein Freund, man sieht sich."

Die Ablösung verlief herzlich, aber systembedingt recht kurz. Dario stellte Sitz und Spiegel ein, fütterte den digitalen Tachographen mit seiner eigenen Fahrerkarte und trug manuell seine Ruhezeit nach. Danach stieg er wieder aus, half einigen Fahrgästen, ihr Gepäck zu verstauen und unterzog den modernen Setra-Bus einer äußeren Sichtprüfung. Er betrat den Bus durch den Mitteleinstieg, nickte den Fahrgästen freundlich zu und streifte kurz den schlafenden Mann im Kapuzenpulli. Gepflegter Typ, kein Alkoholgeruch. Im Geist setzte er auch bei diesem Reisenden ein grünes Häkchen. Die Uhr auf dem großen Display im vorderen Bereich zeigte 08:15 Uhr. Er setzte sich auf den Komfortsitz, schnallte sich an und ließ einen Rundblick über Spiegel und den Heckmonitor schweifen. Keine Fahrgäste, die schreiend und winkend angelaufen kamen. Er schloss die Türen und setzte den linken Blinker. Er löste die Bremse und ließ den Bus im Standgas bis an die Haltelinie an der Ausfahrt rollen. Troncone legte großen Wert auf einen sanften Fahrstil. Schließlich klimperte es im Trinkgeldkörbchen viel häufiger, als wenn die Paxe mit blauen Flecken und grünen Gesichtern aus der Tür wankten.

Dario bog an der nächsten Ampel auf die Speyerer Straße ein und steuerte den Setra-Hochdecker in Richtung Autobahn. Der nächste Halt war für Heilbronn/Neckarsulm vorgesehen. Routiniert ließ er den Blick ab und zu in den großen Innenspiegel wandern, der den Fahrgastbereich zeigte. Sein Bus war zu gut zwei Dritteln besetzt. Der Mann in Reihe 9 hatte seine Position verändert. Die Kapuze war ihm vom Kopf gerutscht. Er schien immer noch zu schlafen.

Irgendwie kam ihm der Mann bekannt vor. Nicht wirklich persönlich, aber das Gesicht hatte er schon einmal gesehen. Vielleicht sah er aus wie ein Schauspieler? Ne. Ein Fußballer? Auch nicht. Ein Bild in der Zeitung …? Schon wärmer.

Der Spurhalteassistent warnte mit einem vibrierenden Brummton und Dario zog den Bus wieder in die Mitte der Spur. Ne, oder? Trotz der kühlen Brise aus den Lüftungsgittern begann der Fahrer zu schwitzen. Er wusste, wo er dieses Gesicht schon einmal gesehen hatte. Er konzentrierte sich auf die Fahrbahn vor ihm. Wenig Verkehr. Weit voraus das Heck eines Siloaufliegers. Der Tempomat hielt konstant die erlaubten 100 Kilometer pro Stunde. Die Fugen der Betonfahrbahn pochten ihren eintönigen Beat. Dario Troncone schaute wieder in den Innenspiegel. Nein. Kein Zweifel. Er war es. Über die Tasten im Lenkrad aktivierte er das Telefon. Cool bleiben! Er hatte einen europaweit gesuchten Serienkiller in seinem Bus sitzen. Tolle Wurst …

„Polizeinotruf, was kann ich für Sie tun?“

Dario sprach leise, fast flüsternd. Zwar konnte ihn der Mann in der Reihe 9 nicht hören, aber die Passagiere auf den vorderen Sitzen mussten das, was er zu sagen hatte, ja auch nicht unbedingt mitbekommen.

„Mein Name ist Dario Troncone – ich bin Busfahrer der Greenbus-Line und auf der A5 kurz vor Walldorf/Wiesloch in Fahrtrichtung Süden unterwegs. In meinem Bus sitzt Marco Sillmar, ein gesuchter Mörder.“

„Könnten Sie den Namen wiederholen? Es sind Störgeräusche in der Leitung.“ Dario wiederholte den Namen und buchstabierte ihn mit dem korrekten Funkalphabet: „Martha-Anton-Richard-Cäsar-Otto, neues Wort, Siegfried-Ida …“

„Bleiben Sie in der Leitung, ich verbinde. Legen Sie bitte nicht auf!“ Die Stimme klang immer noch professionell ruhig, aber der Busfahrer konnte eine unterschwellige Erregung darin hören.

Nach einer halben Minute knackte es in der Leitung und eine weibliche Stimme war zu hören:

„Kriminalhauptkommmissarin Beate Koschinski, können Sie frei sprechen?“ Die Stimme klang jung, aber energisch, mit einem leicht rauchigen Touch.

„Ich sitze hinter dem Steuer und spreche über ein Headset mit Ihnen. Ich muss leise sein, denn ich habe in der Nähe Fahrgäste sitzen.“

„Wo befindet sich Ihr nächster planmäßiger Halt?“ Die Stimme der Frau beruhigte ihn. Sie klang nach jemand, der es gewohnt war, klare Anweisungen zu erteilen. Das war mit Sicherheit keine Knöllchentante am anderen Ende der Leitung.

„Neckarsulm, Bahnhof Kanalstraße“, Dario schaute auf sein Navi, „so gegen 10:10 Uhr werde ich dort eintreffen. Danach fahre ich zum Hauptbahnhof Heilbronn.“

„Okay, hören Sie mir bitte genau zu.“ Dario entspannte sich etwas. Die Kommissarin klang entschlossen und kein bisschen unsicher. Dario war froh, dass die unbekannte Beamtin nun die Fäden zog.

„Sie fahren die Haltestelle an wie immer. Dort werden fünf oder sechs junge Männer zusteigen, die keine Fahrkarten haben. SEK. Keine Sorge, wir machen das verdeckt und unauffällig. Die Männer tragen Zivil, sind jedoch bewaffnet. Wenn alles glatt geht, sind Sie diesen Fahrgast an der nächsten Haltestelle schon wieder los. Beschreiben Sie mir jetzt seinen genauen Sitzplatz."

„Reihe 9, linke Seite, Fensterplatz. Er sieht erschöpft aus. Schläft, seit er eingestiegen ist. Nur Handgepäck, eine Kuriertasche. Die hat er umgehängt und unter den Arm geklemmt."

Dario hörte, wie während des Gespräches eine Computertastatur klapperte. Eine kurze Pause entstand, in der die Frau ein paar nicht zu verstehende Worte mit jemandem wechselte. Sie hielt wohl die Hand auf dem Hörer. Dario atmete tief und kontrolliert ein und aus. Er konzentrierte sich auf die Strecke. Nur jetzt keinen Zwischenfall! Er schielte in den Innenspiegel. Der mutmaßliche Mörder schlief immer noch. Wie die meisten seiner Fahrgäste. Busfahren macht müdc.

Dann hörte er wieder die Stimme der Kommissarin: „Herr Troncone, Sie machen das sehr gut. Machen Sie sich keine Sorgen. Unsere Leute sind speziell für solche Zugriffe ausgebildet. Es wird nichts passieren, das Sie oder Ihre Fahrgäste in Gefahr bringt."

Von ihrem letzten Satz glaubte Dario ihr kein einziges Wort. Doch da musste er jetzt durch. Er schwitzte wieder. Wischte sich die Hände an den Hosenbeinen ab. Der grüne Setra-Hochdecker zog unbeirrt seine Bahn.

„Herr Troncone, ich beende jetzt dieses Gespräch. Bewahren Sie Ruhe, zwei zivile Polizeifahrzeuge sind in Kürze bei Ihnen. Lassen Sie sich nichts anmerken, die Kollegen sind lediglich zur Beobachtung eingesetzt. Herr Troncone, ich danke Ihnen.“

Während des Gesprächs hatte der Bus das Walldorfer Kreuz erreicht. Fast automatisch steuerte Dario das schwere Fahrzeug auf die Parallelfahrbahn und nahm dann die Schleife zur A6 in Richtung Heilbronn-Stuttgart. Die Automatik schaltete butterweich und Troncone aktivierte den Tempomat. Kraftvoll zog der Bus aus der Einfädelspur. Navi und Radio meldeten freie Fahrt bis kurz vor Bretzfeld. Der Fahrer atmete auf. Das Gezuckel im Stau hätte ihm gerade noch gefehlt. Etwa sechs Kilometer vor der Anschlussstelle Sinsheim hatten sie ihn.

Dario fuhr mit den erlaubten 100 Kilometer pro Stunde auf der Mittelspur. Rechts eine endlose Kolonne Lkw. Ein silberner A6 mit regulärem KA-Nummernschild und zweitem Innenspiegel fuhr flott vorbei. Der Beifahrer schaute kurz zu ihm rüber. Auch Dario warf einen Blick in das Auto. Auf der Mittelkonsole waren ein paar Knöpfe, die offensichtlich nicht von den Ingolstädter Designern entworfen worden waren. Die kurze Hochleistungsantenne auf dem Dach sah auch nicht wirklich nach Großserie aus. Der Audi passierte noch zwei Pkw vor ihm und scherte dann wieder ein.

In den Außenspiegeln sah er einen dunklen Passat, der ihm in großem Abstand hinterherfuhr. Bei dem war er sich nicht sicher, aber er vermutete, dass es Polizei war. Alle anderen nachfolgenden Pkw zogen irgendwann an dem Bus vorbei. Der schwarze Passat hielt die Position.

Der grüne Omnibus passierte die Raststätte Kraichgau. Links das Technik-Museum mit der Concorde und der Tupolew auf dem Dach, rechts die Rhein-Neckar-Arena und dahinter die Thermen- und Badewelt. Hier war in den vergangenen Jahren kein Stein auf dem anderen geblieben. Dario hatte heute keinen Blick dafür. Immer wieder wanderten seine Augen zu dem Fahrgast in Reihe 9. Ob er wohl bewaffnet war? Möglich. Wahrscheinlich sogar. Wenn in Neckarsulm auch nur die kleinste Kleinigkeit schief lief, würde das hier enden wie München '72. Troncone leckte sich die trockenen Lippen, griff nach der Wasserflasche in der Türablage und nahm ein paar große Schlucke. Schon besser. Sinsheim-Steinsfurt. Noch 21 Kilometer bis zur Ausfahrt Heilbronn/Untereisesheim. Die Haltestelle am Bahnhof lag nur wenige Kilometer von der Autobahn entfernt. Das Navi zeigte ihm die Ankunftszeit: 10:08 Uhr. Normalerweise stiegen hier nur wenige Fahrgäste zu. Die Fahrtzeit von dort zum Heilbronner Hauptbahnhof betrug bei normaler Verkehrsdichte rund fünfzehn Minuten. Das waren dann wohl seine fünfzehn Minuten Berühmtheit.

„Merda …“, zischte er. Da konnte er locker drauf verzichten.

Die Haltestelle für Fernbusse lag verkehrstechnisch ideal kurz hinter der Neckarbrücke, die hier direkt über ein Wehr geführt wurde. Drei junge Frauen mit Rucksäcken, ein verdrahteter Smombie, der nicht einmal beim Einsteigen den Blick vom Smartphone nehmen konnte, und fünf junge Männer mit Sporttaschen und Fußball-Nationaltrikots stiegen ein. Die jungen Frauen ließen sich von Dario beim Verstauen ihrer Mount-Everest-Erstbesteigungsrucksäcke im Kofferraum helfen, die Fußballfreunde, sogar Bierdosen hatten sie in den Händen, behielten ihre Taschen bei sich. Der Mann in Reihe 9 war bereits aufgewacht, als der Bus die Autobahn verließ, und schaute sich verschlafen um.

„Moin, Alter. Neckarsulm sind wir hier! Bin der Stefan, Schlaaaand!", begrüßte ihn einer der Fußballtruppe, prostete ihm zu und ließ sich auf dem Nebensitz nieder.

„Schlaaaand!", grölte es von den anderen her. Dario Troncone schüttelte den Kopf. Heute spielte Italien gegen Irland, „Schland" war erst wieder am Sonntag dran. Der Mörder, wenn es denn wirklich einer war, lehnte genervt den Kopf ans Fenster und schloss die Augen. So. Die Rucksäcke waren verstaut, der verträumte Smombie hatte ihm doch noch sein digitales Ticket gezeigt und die Türen waren zu. „Schland" hatte sich im Bus verteilt. Einer saß direkt am Mittelausstieg, einer auf der rechten Seite der Reihe 9, einer ganz hinten in der Mitte und einer in Reihe 2 neben einer Vollblutveganerin im Strickjöppchen mit Jutetasche, die sichtlich angewidert den angebotenen Schluck aus der Bierdose abgelehnt hatte.

Gute Show, lediglich die Tatsache, dass die jungen „Fußballfans" sich im Bus verteilt hatten, mutete seltsam an. Dario griff wieder zur Wasserflasche. Verdammt trockene Luft. Er schaute in den Innenspiegel. Einer der Fußballfreunde schaute ihm direkt in die Augen und zwinkerte ihm beruhigend zu. Sein Blick war glasklar. Der hatte garantiert nicht einen einzigen Tropfen Alkohol intus. Dario schluckte, holte tief Luft und löste die Handbremse. Die würden das schon richten. Auch wenn sie das falsche Trikot anhatten.

„Ey, aufwachen, Kumpel!“ Der Mann am Fenster in der Reihe 9 hatte nicht geschlafen. Seine rechte Hand zuckte zu seiner Tasche und fand sich augenblicklich in einem eisenharten Klammergriff wieder. Leise, aber äußerst eindringlich wisperte ihm der massige Kerl im Nationaltrikot ins Ohr:

„Danke, ich brauche kein Taschentuch. Bucher, SEK. Sie sind vorläufig festgenommen. Mordverdacht in mehreren Fällen, Kindesentführung. Das Harte an meinem Gürtel ist kein Handy. Wir sind hier zu fünft im Bus. Vorschlag: Wir können es sauber und leise machen und steigen alle zusammen am Hauptbahnhof aus. Oder Sie leisten Widerstand, dann wird's blöd und macht aua. Nicken Sie, wenn Sie mit Vorschlag eins einverstanden sind. Wenn Sie die zweite Version wählen, breche ich Ihnen zuerst das Handgelenk.“

Der Mann am Fenster, mein Gott, der ist ja fast noch ein Junge, dachte Bucher, war blass geworden. Sein Atem ging stoßweise und der SEK-Mann spürte das Trommeln der Pulsschläge unter seinem eisernen Griff. Mechanisch nickte der junge Mann.

„Okay, ich merke, Sie sind ein vernünftiger Kerl. Ich lasse Ihre Hand jetzt los und Sie streifen den Riemen Ihrer Tasche ab. Ich werde diese dann an meinen Kollegen weitergeben. Haben Sie mich verstanden?“ Wieder nickte der Mann. Er zitterte nun am ganzen Körper. Fast hätte der Bursche dem SEK-Mann leidgetan.

Dann passierte das, wovor die Männer vom Spezialeinsatzkommando immer die größte Angst hatten: Einmischung von außen.

Eine der Rucksacktanten saß in der Reihe schräg gegenüber und hatte gerade mitbekommen, wie Bucher seinem Kollegen die Umhängetasche des jungen Mannes übergab. Sie sprang auf und begann zu kreischen:

„Hallo, Fahrer! Hallo! Hier wird gerade jemand überfallen! Diese Kerle rauben den armen Mann aus! Hallo! Sofort anhalten! Polizei! Ich rufe die Polizei!"

Augenblicklich brach in dem Reisebus die Hölle los. Das Strickjöppchen versuchte den getarnten Beamten neben ihr vom Sitz zu drängen und ignorierte den gezückten Dienstausweis und die Beteuerungen, er sei die Polizei, die Rucksacktanten lieferten sich eine Rangelei mit zwei angeblichen Fußballspacken, die sich verzweifelt bemühten, die streitbaren Damen nicht zu verletzen. Drei junge Männer riefen mit angstvoll aufgerissenen Augen immer wieder „Anhalten! Sofort anhalten! Wir wollen raus!", und drängten sich im hinteren Bereich, wo der dort sitzende Beamte vergeblich mit dem Dienstausweis in der Hand mit Engelszungen aber vehement auf sie einredete. Eine der Rucksackfrauen bekam die Tasche zu fassen, die Klappe ging auf und eine seltsam geformte Pistole fiel heraus. Die Frau ließ die Tasche sofort fallen und kreischte, während Dario Troncone schweißgebadet den Bus in eine Stadtbushaltestelle am Europaplatz steuerte und mit einem Ruck zum Stehen brachte, so dass einige Fahrgäste, darunter auch zwei Polizisten, das Gleichgewicht verloren und unfreiwillig komisch wie im Slapstick übereinanderstürzten.

Es herrschte ein unglaublicher Tumult, in dem Marco Sillmar seine Chance witterte. Er stieß den vom Durcheinander kurz abgelenkten Stefan Bucher nach vorne in den Gang und stürzte sich in den Schacht, der zum Mitteleinstieg führte. Geistesgegenwärtig sperrte der Fahrer die manuelle Türöffnung, worauf der junge Mann von dem nach ihm hechtenden Bucher beinahe zerquetscht wurde. Bis auf die fünf Polizisten drängten alle Fahrgäste panisch wie eine durchgehende Rinderherde nach vorne, wo die Tür offen stand. Von allen Seiten waren nun Martinshörner zu hören, die ersten Streifenwagen kamen mit blockierten Rädern zum Stehen. Die Szene hatte etwas von einem Wimmelbild: Uniformierte Polizisten und Polizistinnen stürmten auf den Bus zu, zum Teil mit gezogener Dienstwaffe, andere sperrten den Platz weiträumig ab und geleiteten Passanten aus der Gefahrenzone. Überall standen Autos mit offenen Türen herum, deren Insassen zu Fuß in heller Panik geflohen waren, weil sie einen Terroranschlag vermuteten. Immer noch trafen weitere Einsatzkräfte ein, darunter auch Rettungswagen. Es sah grotesk aus, wie die SEK-Männer in ihren bunten Trikots den eintreffenden Schutzpolizisten wortreich ihren Spezial-Einsatz erläuterten und ihnen die Ausweise unter die Nasen hielten. Stefan Bucher begleitete den hinkenden und den linken Arm an sich pressenden Marco Sillmar zu einem Rettungswagen der Johanniter, die den jungen Verdächtigen erst einmal auf die Rollliege betteten. Drei weitere SEK-Männer sicherten die surreale Szenerie.

„Ausgeschlossen!“ Bluhm schüttelte sein graues Haupt, dass die Hängebacken wackelten. „Außenstehende sind bei Befragungen von Verdächtigen nicht zugelassen, ihr wisst ganz genau …“

„Außenstehende?“ Solo funkelte ihn an, als wolle sie ihm gleich an die Kehle gehen, „Ein Kind ist entführt worden und vielleicht schon tot, für das wir die Verantwortung haben! Sag’ mir, was daran außenstehend ist! Sag’s mir Bluhm! Sag’s mir ins Gesicht!“

„Solo, bitte beruhige dich, du …“ Tarzan versuchte seine Frau in den Arm zu nehmen, wurde aber rüde fortgestoßen.

„Ich will mich nicht beruhigen! Ich will dem Mörder von Jay ins Gesicht sehen! Ich will ihm in die Augen schauen, während ich ihm die Halsschlagader zerfetze, ich …“ Weinend brach sie zusammen. Tarzan konnte sie gerade noch davor bewahren, auf den behördengrünen Boden zu sinken.

„Einen Arzt!“, rief der Kommissar in Richtung der Köpfe, die neugierig aus den Türen der Dienstzimmer schauten. „Los, einen Arzt, Kreislaufkollaps!“

„Ich brauch’ keinen Doktor“, Solos Stimme war leise. Sie saß auf einer der Besucherbänke, trank Wasser und nahm dankbar das Papiertaschentuch aus Tarzans Hand.

„Ich brauch’ keinen Scheißarzt, ich brauch Jay. Lass’ gut sein, Peter. Entschuldige, ich bin ausgetickt, ich … Mein Gott, Jay …“

„Passt mal auf, ihr zwei“, Bluhm winkte den Zuschauern beruhigend zu, die wieder in ihren Büros verschwanden. „Ich setz’ euch in die Kantine, gebe euch meine Karte und ihr könnt euch Kaffee, Kuchen oder sonst was holen und erfahrt aus erster Hand, nämlich von Onkel Peter, was wir aus dem Burschen rausgekriegt haben. Die Kollegen aus Heilbronn sagen, er wäre ein Schlappschwanz. Eine Heulsuse. Der wird hier singen wie eine Amsel auf Brautschau. Wir kriegen das hin. Solo?“

„Hm?“

„Bist du okay? Kannst du gehen?“

„Saublöde Frage!“

„Ich ordne das unter „ja“ ein. Auf geht’s. Der wird in ungefähr zehn Minuten hier eintreffen. Mit Eskorte wie Hannibal Lecter. In spätestens einer Stunde habt ihr die Kleine wieder an der Backe.“

Hier lag der Kommissar mit der legendären Spürnase daneben. Aber so was von …

„Er hat gestanden? Na, das ging ja schnell. Da komm ich ja doch noch rechtzeitig zum Empfang.“ Barbara Kirchwald stellte ihre abgewetzte Aktentasche auf einen freien Stuhl und strahlte Hans-Peter Bluhm gut gelaunt an. Die Oberstaatsanwältin war eine attraktive Endfünfzigerin, die im Gerichtssaal genauso gefürchtet war wie auf dem Hockenheimring, wo sie mit ihrem 450 PS-starken BMW M4 regelmäßig die jungen Heißsporne mit ihren Porsches und AMG-Benzen auf die Plätze verwies.

„Ihr habt ihn aber nicht ins Gesicht geschlagen, oder? Denkt an die Presse!“ Auch der Humor der Staatsanwältin hatte etwas Spezielles.

„Er ist drüben im Zimmer von Horst. Der hat Urlaub. Zwei Kollegen von der Schutzpolizei sind bei ihm.“

„Ist sein Anwalt bei ihm?“ Ihr Blick wurde lauernd.

„Er will keinen. Wir haben aber einen Pflichtverteidiger benachrichtigt. Der müsste gleich hier sein“, antwortete Astrid Gläser.

Es klopfte und fast gleichzeitig wurde die Tür aufgerissen. Eine weitere abgewetzte Aktentasche, allerdings eine Valextra, landete neben der von Kirchwald.

„Schau an, welch entzückender Anblick versüßt mir diesen arbeitssamen Tag. Sei gedrückt, meine Liebe!“ Der stämmige Mann im Maßanzug mit der Pferdeschwanzfrisur, rosa Hemd und Fliege herzte die Staatsanwältin, rückte seine modische Brille mit dem Holzrahmen zurecht und klatschte in die Hände, als gelte es, ein besonders üppiges Buffet zu eröffnen.

„Meine Damen und Herren, Kling, Steffen Kling. Man hat mir die Verteidigung eines gewissen Marco Sillmar angetragen, ich …“

„Man hat dir gar nichts! Du hast das an dich gerissen!“ Barbara Kirchwald tat empört, war aber insgeheim froh darüber, dass der bekannte Strafverteidiger den Verdächtigen vertrat. Ein Profi, auch wenn er die Gegenseite vertrat. Die Gefechte der beiden am Landgericht Mannheim waren Legende. Privat schätzte und respektierte man sich, beruflich flogen schon mal die Fetzen.

„Wo ist mein Mandant?“, fragte Kling und Hofen machte eine einladende Handbewegung. Gemeinsam gingen sie die paar Meter bis zu Horst Schippskies Dienstzimmer, vor dem ein uniformierter Beamter stand. Die im Fernsehen so gerne gezeigten Vernehmungsräume gab es in Mannheim nicht. Befragungen fanden in ganz normalen Dienstzimmern oder sogar in Großraumbüros statt. Waren sie beendet, konnten die Befragten, abhängig vom Verlauf des Gespräches, wieder gehen, entweder durch den Ausgang im Erdgeschoss in die Freiheit oder durch den im Untergeschoß, wo sich die Arrestzellen befanden.

Wenn die Staatsanwältin einen reuigen und durch das Chaos bei der Festnahme verunsicherten Verdächtigen erwartet hatte, wurde sie enttäuscht. Auf einem Besucherstuhl saß ein entspannt wirkender junger Mann, einen Kaffeebecher in der Hand, der den Ankömmlingen freundlich entgegenlächelte.

Bluhm stellte die Staatsanwältin und den Verteidiger vor, der sogleich das Wort ergriff:

„Meine Damen und Herren …“, Klings Stimme bekam einen amtlichen Ton, „… ich würde gerne mit meinem Mandanten für ein paar Minuten alleine sprechen. Wenn Sie die Freundlichkeit hätten …“ Er hielt den teils mürrisch, teils verständnisvoll reagierenden Beamtinnen und Beamten die Tür auf und schloss sie nachdrücklich.

„Ich brauche Sie nicht“, erklärte ihm Sillmar sofort unmissverständlich, „das habe ich den Polizisten auch schon gesagt. Ich komme alleine klar.“

„Alleine kommen Sie mit Sicherheit als Mann in den sogenannten besten Jahren aus dem Knast. Meine Aufgabe ist es, diese Zeit so kurz wie möglich zu halten.“

Kling stellte seine Tasche auf den Boden und ließ sich auf den Schreibtischstuhl sinken. Er faltete die Hände auf der Tischplatte und schaute seinen widerspenstigen Mandanten ruhig an.

„Sie haben das Geständnis, von dem mir Hauptkommissar Bluhm berichtet hat, noch nicht zu Protokoll gegeben. Das widerrufen Sie natürlich, ich werde …“

„Gar nichts werden Sie!“ Der junge Mann starrte den Verteidiger mit harten Augen an. Kling lehnte sich überrascht zurück.

„Ich habe nicht vor, hier länger als unbedingt nötig zu bleiben. Ich habe diese Priester getötet. Das stimmt. Ich bin der fliegende Holländer. Lächerliche Bezeichnung, aber ich sollte mir wahrscheinlich eine andere Lieblingsspeise suchen als Pommes mit Frittesaus. Ich habe dieses Mädchen entführt. Ich habe es an einen Ort gebracht, an dem es innerhalb der nächsten …“, er schaute auf seine Uhr, „… 26 – 28 Stunden sterben wird. Durch einen bereits laufenden Prozess, den nur ich stoppen kann.“

Der Verteidiger setzte sein Pokerface auf. Neunzig Prozent aller Verhafteten blufften. Machten einen auf dicke Hose, bevor sie erkannten, dass ihnen das alles nichts nutzen würde. Dann versuchen sie meistens, einen Deal herauszuschlagen, nicht wissend, dass es so etwas nur im Fernsehen gab. Wenn ihnen dies die vernehmenden Beamten deutlich gemacht hatten und sie eventuell noch eine Nacht auf einer unbequemen säuerlich riechenden Pritsche verbracht hatten, wurden sie fast alle hemmungslos kooperativ.

Sillmar nicht. Klings Erfolge beruhten zum großen Teil auf seiner Menschenkenntnis und seinem großen Interesse für die Psychologie von Intensivtätern. Die Kirchwald hatte recht. Er hatte sich dieses Mandat unter den Nagel gerissen, sobald sein famoses Netzwerk ihm die Festnahme in

Heilbronn gemeldet hatte. Kling liebte spektakuläre Fälle. Er war nicht einer der besten Strafverteidiger der Republik geworden, weil er gerne Eierdiebe vertrat. Ein Bonmot am Rande stellte der Umstand dar, dass der vor ihm sitzende Mordverdächtige genau auf jenem Schiff gearbeitet hatte, welches er in seiner Eigenschaft als Kommandant des Mannheimer Traditionskorps vor einigen Tagen erst am Rheinkai festlich verabschiedet hatte. Die Welt bestand aus Kreisen. Dieser hier war kurz davor sich zu schließen. Wobei Schließen für den vor ihm Sitzenden, jetzt noch so selbstgefällig grinsenden jungen Kerl, bald eine elementare Bedeutung erlangen würde.

„Sie glauben allen Ernstes, dass die Polizei Sie hier einfach so gehen lässt und darauf vertraut, dass Sie vielleicht irgendwann einmal anrufen und mitteilen, wo das Mädchen zu finden ist?“

Ja, das glaubte er. Kling sah es in seinen Augen. Er sah aber auch die Entschlossenheit, die sich aus Verzweiflung und Todessehnsucht speiste. Da hatte einer nichts mehr zu verlieren.

„Ich sag Ihnen was: Sie täuschen sich, wenn Sie glauben, Sie könnten mit den Leuten hier Spielchen spielen. Die haben Sie im Sack. Keine Polizei der Welt lässt so einen wie Sie wieder gehen. Die werden …“

„Dann wird das Mädchen sterben. Dann haben die Bullen sie umgebracht!“

Kling unterbrach ihn rüde: „Dann stirbt sie. Dann ist das eben so. Aber nicht die Beamten tragen die Schuld daran, sondern Sie. Bringt Ihnen dann wahrscheinlich die Sicherheitsverwahrung als Bonus-Topping. Kennen Sie das erste Polizeigesetz?“

Sillmar schüttelte den Kopf. Kling erkannte erste Anzeichen von Unsicherheit. Er lehnte sich zurück und faltete die Hände vor seinem rosa Hemd.

„Mit Straftätern wird nicht verhandelt. NIE-MALS!“ Er erhob sich und griff nach seiner Tasche. Fast verächtlich ließ er seine Visitenkarte auf den Tisch flattern.

„Es ist vorbei. Sehen Sie das ein und kooperieren Sie mit mir und mit der Staatsanwaltschaft. Glauben Sie mir, wenn das Mädchen stirbt, werden Sie um jeden Tag betteln, den Sie weniger unter ihren liebenswerten Mitgefangenen verbringen müssen. Sie werden im Knast der Letzte in der Hackordnung sein. Machen Sie reinen Tisch und ich sorge dafür, dass Sie in einer psychiatrischen Klinik eine Therapie bewilligt kriegen. Glauben Sie mir, das ist wie Urlaub, wenn Sie es mit dem Café Landes hier in Mannheim vergleichen. Schönen Tag noch.“

Bluhm, Hofen, die Staatsanwältin und Astrid Gläser betraten den Raum. Bluhm hatte die Veränderung sofort nach ihrem Eintreten bemerkt.

„Herr Sillmar“, Bluhm schaute den Verdächtigen ernst an, „wir geben Ihnen jetzt eine letzte Chance: Führen Sie uns zu Charish Velten und übergeben Sie uns das Mädchen gesund und unversehrt. Sie haben Glück, Kling ist einer der besten Strafverteidiger, die wir haben. Nutzen Sie die Gunst der Stunde.“

Der junge Mann schaute von einem zum anderen. Den Blickkontakt zur Staatsanwältin hielt er eine Sekunde länger. Die dunkelhaarige Frau im Business-Kostüm hatte ihre Arme verschränkt und sah ihn kühl an. Taxierte ihn. Diese Frau will mich hinter Gittern sehen, dachte er. Lebenslang.

„Ich führe Sie zu Charish Velten.“ Unruhe entstand, Füße scharrten und Bluhm machte bereits den Mund auf, um etwas zu sagen, als Hofens unverwechselbare Stimme erklang. Der baumlange Kriminalrat schwäbelte stark und verwendete merkwürdige Betonungen, so dass viele sich an Winfried Kretschmann, den Ministerpräsidenten von Baden-Württemberg, erinnert fühlten.

„Gar nichts werdet Sie!“, fuhr er den Verdächtigen an, „Sie saget uns klipp un klar, wo des Mädle isch, ond wir befreiet se. So wird g'spielt ond net annersch!“

„Dann tut es mir leid. Ihre Leute werden nicht in der Lage sein, das Mädchen zu befreien. Ich habe Vorkehrungen getroffen. Sie gefährden nicht nur das Leben des Mädchens, sondern auch das Ihrer Leute. Ich führe Sie dorthin. Ich werde den Prozess stoppen und ich werde Ihnen Charish Velten unversehrt übergeben. Wenn Sie darauf nicht eingehen, bin ich gerne bereit, mich abführen zu lassen.“

Hofen gab nicht auf. „Sie erkläret ons jetzat, wie des gehe soll, mit däre Todesfalle oder was des sonscht no sei soll. SIE ganget hier net naus. Im Läbe net!“

„Da gibt es nichts zu erklären. Ich muss persönlich vor Ort sein. Alles andere funktioniert nicht.“

„Herr Hofen …“, die Staatsanwältin flüsterte kurz mit dem Kriminalrat, worauf beide den Raum verließen.

„Du sagst uns nicht alles, Peter", Solos Stimme klang resigniert. Bluhm war zu ihnen in die Kantine gekommen und hatte ihnen berichtet, der Verdächtige sei nun in der Obhut der Staatsanwaltschaft. Zum Aufenthaltsort von Jay schweige er aber hartnäckig.

„Natürlich sage ich euch nicht alles!" Der Kommissar klang verärgert, hatte sich aber gleich wieder in der Gewalt, „Was glaubt ihr denn? Ich krieg schon Mecker, wenn Friedhof mich hier mit euch zusammen sieht. Sauschwob. Aber irgendwie ist er ja ganz in Ordnung."

Er sah Tarzan schulterzuckend an. „Ich ruf' euch an, wenn es was Neues gibt. Geht nach Hause, ruht euch aus. Wir haben den Kerl und über kurz oder lang wird er uns verraten, wo er Charish versteckt hat. Die Kleine lebt. Soviel sag ich euch einfach mal auf meine eigene Verantwortung." Bluhm war richtig gut im Lügen. Das brachte schon sein Beruf mit sich. Aber gegenüber Solo und Tarzan fühlte er sich wie ein Primaner vor dem Direx. Tarzan sah erleichtert aus, Solo schaute ihn prüfend an. Nein, Solo kannst du nix vormachen, Alter.

„Wo fährst du denn jetzt hin?" Tarzan wunderte sich, als Solo von der Diffenéstraße nach links in die Max-Planck-Straße einbog. Sein Blick streifte das Schild „Dehus – Restaurant – Montag und Dienstag Ruhetag".

„Hast du Hunger? Keine schlechte Idee."

„Ich krieg nichts runter. Ich will mir den Ort anschauen, wo das Schwein gelebt hat, als er selber noch so alt wie Jay war.“

„Die Burg ist vor Jahren abgebrannt.“

„Kannst ja fressen und saufen gehen, ich will mich jedenfalls da umsehen, ob dir das passt oder nicht!“ Das war heftig. Solo bedauerte ihren Ausbruch, als sie Tarzans erschrockene Miene bemerkte.

„Sorry, Kerl, aber ich bin etwas aus dem Gleis.“

„Schon gut. Geht mir nicht anders. Lass uns die Gegend mal in Augenschein nehmen. Danach können wir immer noch auf ein Bier oder so zum Dehus.“

„Oder auf einen Fisch“, Solo grinste schief. „Der Dehus“ war bekannt für seine frischen Fischgerichte. Der Wetzels-Schorsch hatte das urige Lokal mit dem authentischen Siebziger-Jahre-Interieur mit seinen gutbürgerlichen, stets frisch zubereiteten Speisen bis weit über die Grenzen Mannheims hinaus bekannt gemacht.

Die Friesenheimer Insel, an deren nordwestlichem Ende das Mannheimer Tierheim, die Altrheinfähre und das besagte Restaurant lagen, war ein merkwürdiges Eiland. Umrahmt vom Sandhofer Altrhein, dem Bonadieshafen und dem Rhein beherbergte es auf etwa zwei Drittel seiner Fläche Industrie- und Gewerbebetriebe, sowie das weithin sichtbare Müllheizkraftwerk der MVV mit seinen dominanten Kaminen. Auch die BASF hatte hier im Badischen einen Standort, zu dem auch ein Ölhafen gehörte. Immerhin war der Chemiekonzern ja 1865 im Mannheimer Stadtteil Jungbusch gegründet worden.

Die Max-Planck-Straße glich hier draußen eher einer Landstraße in der ehemaligen DDR. Altmodische Peitschenmastlampen flankierten die wellige und oftmals geflickte Fahrbahn. Rechts hinter der wild wuchernden Vegetation aus Büschen und Bäumen befand sich das Gelände der BASF, links Felder, die landwirtschaftlich genutzt wurden. Bis zum Dehus waren es gute drei Kilometer. Nach der Hälfte machte die Straße einen Rechtsknick und verlief nun auf einem der Hochwasserdeiche. Der Blick schweifte ungehindert zum nahen Rhein und der dahinter aufragenden pittoresken Kulisse der „Anilin", wie viele Kurpfälzer auch heute noch die BASF nennen. Petrochemische Anlagen, Kraftwerke, Schiffsentladestationen, Kräne, Siloanlagen und Tanklager bildeten ein faszinierendes, beinahe angsteinflößendes Szenario. Solo erinnerte der Anblick, besonders am Abend oder in der Nacht, an Fritz Langs Metropolis oder an Saurons Reich in Tolkiens Herr der Ringe. Ab und zu drang das Klagen einer Sirene herüber oder Sprachfetzen aus Lautsprecherdurchsagen waren zu hören. Im Hintergrund loderte eine Gasfackel und überall zischte und dampfte es. Mordor war in der Realität Jobmaschine und Zukunftsmotor in einem. Der weltgrößte Industriecluster erstreckte sich auf einer Länge von sechs Kilometern entlang des Rheins. Heute hatten weder Solo noch Tarzan einen Blick dafür übrig. Zu sehr nagte die Sorge um Jay in ihnen. Solo wusste selber nicht, was sie dazu bewogen hatte, hier heraus zu fahren. Sie wusste wohl, dass es das Haus, in dem der Mörder seine Kindheit und Jugend verbracht hatte, längst nicht mehr gab. Trotzdem. Sie wollte dorthin.

Wollte da stehen, wo er gestanden hatte. Dort gehen, wo er gegangen war. Sehen, was er gesehen hatte.

Nach einer weiteren Rechtskurve unterquerten sie eine Rohrbrücke und fuhren nun direkt in Richtung Altrheinufer. Das Restaurant Dehus lag links auf der Ecke. Rechts stand der Bauwagen, der als Fährbüro diente. Die Straße bog nun links ab und führte noch ein kleines Stück entlang des Altrheinufers, bevor sie an einem kleinen Parkplatz endete. Zwischen dem Gasthaus und dem Tierheim stand noch ein kleines Wohnhaus. Das Grundstück daneben war völlig verwildert. Nicht einmal Mauerreste waren zu sehen. Solo stoppte vor einem rostigen Maschendrahtzaun. Ein metallenes Einfahrtstor war fast völlig unter wildem Knöterich begraben und hing schief in den rostigen Angeln.

Solo und Tarzan stiegen aus und sahen sich um.

Auf dem Altrheinarm trainierten einige Wassersportler. Am gegenüberliegenden Ufer gammelte die vor sieben Jahren pleite gegangene Hallberg-Werft vor sich hin. Die Rampe, welche ursprünglich zur Slipanlage gehörte, diente der Altrheinfähre, die sich tuckernd an einer auf dem Grund liegenden Kette über die Wasserfläche zog, als Anleger.

„Gibt nicht wirklich viel her“, bemerkte Tarzan und Solo nickte resigniert. Sie wusste auch nicht, was sie hier eigentlich zu finden gehofft hatte.

„Lass uns was trinken gehen, ich muss einfach versuchen mal abzuschalten.“ Solo setzte das Auto die paar Meter zum Parkplatz des Restaurants zurück.

„Schau, da ist der Wolfgang“, Tarzan winkte dem Kellner, der gerade vor die Tür getreten war.

„Wird auch Zeit, dass ihr euch mal wieder bei uns sehen lasst, ihr treulosen Tomaten!“, begrüßte er sie in seiner trockenen Art.

„Bloß was trinken, wir sind einigermaßen kaputt. Aber demnächst will ich wieder euren legendären Zander futtern. Schorsch auch da?“

„Sitzt auf der hinteren Terrasse, aber er macht euch gerne was für den kleinen Hunger.“ Wolfgang war hier schon jahrelang tätig und mit seiner geradlinigen direkten Art kein stromlinienförmiger Dienstleister, dafür aber einer, der seinen Beruf mit Leidenschaft und ganz viel Herz ausübte.

Tarzan und Solo setzten sich an einen Tisch am Fenster, wo sie das Treiben rund um die Fähre und die alte Werft verfolgen konnten.

Als Wolfgang mit einem Weizenbier und einem Kaffee für Solo zurückkam, fiel Tarzan etwas ein.

„Sag mal, Wolfgang, kanntest du noch die Leute, die in der Nummer 105 gelebt haben?“

„Die alten Guntrams und ihre Tochter mit ihrem Jungen. Klar kannte ich die. Ab und zu kamen die auch mal zum Essen her, aber nicht regelmäßig. Der Junge, Martin oder Mike, oder wie der hieß …“

„Marco“, half Tarzan und der Kellner nickte. „Richtig, Marco. Der fuhr in seiner Freizeit gerne mit der Fähre mit. In den Ferien hat er sich drüben auf der Werft regelmäßig etwas dazu verdient. War ganz verrückt nach Booten und Schiffen.“

Solo blickte Tarzan scharf an, doch der hatte nicht vorgehabt, Wolfgang die Geschichte zu erzählen. Später vielleicht. Wenn alles (hoffentlich!) gut ausgegangen war.

Eine halbe Stunde später standen Solo und Tarzan an der Hochwasserschutzmauer vor dem Restaurant und schauten zu der malerischen Ruine der ehemaligen Werft hinüber. Auf einem rostigen Ponton saßen drei Kormorane und trockneten ihre Flügel. Die schwarzen Vögle hatten für Tarzan etwas Unheimliches an sich. Todesboten … so wie Krähen oder Eulen …, er hütete sich, etwas davon laut auszusprechen und schoss ein paar Fotos mit dem Handy. Solo machte sich immer noch Vorwürfe, nicht besser auf Jay aufgepasst zu haben. Bluhms Leute versuchten, die Mutter des Mädchens in den USA zu erreichen, was wohl gar nicht so einfach zu sein schien. Jay … es verging keine Minute, in der er nicht an das muntere Mädchen mit den bunten Haaren und dem frechen Mundwerk dachte. Wenn er jemals eine Tochter gehabt hätte, wäre sie wohl nicht viel anders geworden. Er hatte gerade damit angefangen, das Mädchen so richtig zu mögen, da passierte die Katastrophe. Wenn ihr auch nur das Geringste zugestoßen sein sollte, dann … dann …

„Hey“, Tarzan schrak aus seinen trüben Gedanken. Solo hatte sich ihm zugewandt und schaute ihn mit großen feuchten Augen an, „Komm her, Mensch. Es wird alles gut, hörst du? Alles wird gut.“ Sie nahm ihn in die Arme und Tarzan schämte sich nicht seiner Tränen.

„Da vorne links und dann durch den Tunnel“, Marco Sillmar saß in Handschellen im Fond des Streifenwagens, eingerahmt von zwei Polizeibeamten. Bluhm hatte sich auf den Beifahrersitz geschwungen, ein weiterer Schutzpolizist steuerte den Wagen. Hinter ihnen fuhr der BMW mit der Staatsanwältin und Kriminalrat Hofen, gefolgt von einem zivilen Passat mit vier Kriminalbeamten.

„Sag uns doch einfach, wo du hin willst.“ Bluhm scherte sich einen Dreck um Höflichkeitsfloskeln. Dieser junge Kerl dahinten war ein mehrfacher Mörder und ein Kidnapper. Der bekam von ihm kein Sie. Sillmar schwieg. Bluhm glaubte bemerkt zu haben, dass der Mann ständig damit rechnete, von ihm, dem bulligen Kommissar angegriffen zu werden. Zugegeben. Die Fäuste juckten schon manchmal. Aber erstens hatte er Arthrose in den Fingergelenken, und wenn er diesem arroganten Arsch eine schepperte, täte es ihm wahrscheinlich mehr weh als dem. Zweitens steckte ihm, wie beinahe jedem Kriminalbeamten, der Fall des entführten Jakob von Metzler immer noch in den Knochen. Damals ordnete der Frankfurter Polizeivizepräsident Wolfgang Daschner an, durch Gewaltandrohung die aus seiner Sicht möglicherweise lebensrettende Aussage zum Aufenthaltsort des Elfjährigen zu erzwingen. Gäfgen machte daraufhin zutreffende Angaben, sodass die Polizei die Leiche des Entführungsopfers finden konnte. Für diese Gewaltandrohung musste sich Daschner später im Daschner-Prozess strafrechtlich verantworten.

Der kleine Konvoi fuhr durch den Fahrlachtunnel. Die Ampel kurz nach der Tunnelausfahrt schaltete auf Grün. Ein Betonmischer fuhr gemächlich an. Die drei Wagen wechselten auf die linke Spur. 50 – Straßenschäden, gebot ein Schild und das Führungsfahrzeug hielt sich auch daran. Nach wenigen hundert Metern waren 70 Kilometer pro Stunde erlaubt und die Kolonne passte ihr Tempo an.

„Bleiben Sie links“, sagte Sillmar und Bluhm fühlte sich an die seelenlose Stimme seines alten Navis erinnert.

„Da vorne links, Richtung Schwetzingen.“ Hier mussten die Wagen an der roten Ampel warten. Niemand sprach. Die Stimmung war geladen. Bluhm hatte längst die Hoffnung fahren lassen, Sillmar sei ein reuiger Sünder, der sie zum Versteck seiner Geisel führte, um sich ein paar Jahre zu ersparen. Wurden sie hier gerade verarscht? Aber wie sollte das gehen? Sillmar trug Handschellen und neun Beamte, zehn, wenn man die Staatsanwältin mitzählte, waren zu seiner Sicherung in unmittelbarer Nähe. Wenn der sich bloß einen blöden Spaß erlaubte, dann konnte es durchaus passieren, dass Bluhm mindestens einen Treffer landete, bevor ihn die Kollegen ruhigstellen konnten. Arthrose hin oder her.

Sie erreichten die B36. Links das markante Ufo der SAP-Arena, vor ihnen die imposante Kulisse des Grosskraftwerks Mannheim, aus dessen Kaminen gewaltige, schneeweiße Dampfwolken aufstiegen. In Bluhm keimte ein Verdacht auf. Der wollte doch nicht etwa ins GKM? Blödsinn. Der sogenannte Rhein-Neckar-Schnellweg endete zwar direkt vor dem monumentalen Kesselhaus des neuen Block 9, aber dies war auch gleichzeitig die Zufahrt zur Rhenaniastraße mit ihren Industrie- und Logistikbetrieben und zum weitläufigen Rheinauhafen. Nicht zu vergessen, das Gewerbegebiet Mallau, an dessen Zufahrt sie aber soeben vorbeirauschten.

Das Grosskraftwerk lag Bluhm immer noch im Magen (Solo & Tarzan 5, Kohlemord, 2012).

„Links halten und im Kreisverkehr gleich rechts“, murmelte Sillmar. Mit tickendem Blinker folgte der Fahrer der Anweisung. Okay, dachte Bluhm, bleiben die Rhenaniastraße und das GKM.

Er schaute an Sillmars Gesicht vorbei nach hinten. Die anderen Autos folgten ihnen wie an der Schnur gezogen. Der auffällige BMW der Staatsanwältin wirkte wie ein Schwan zwischen zwei Blässhühnern. Hatte wohl ein massives Ego-Problem, die Gute.

Nach fünf Minuten Fahrt bestätigte sich Bluhms Anfangsverdacht, als die kleine Kolonne vor dem Schlagbaum des Kraftwerks in der Plinaustraße stoppte.

Der Pförtner in seinem modernen Pavillon schaute neugierig zu ihnen herüber. Gerade als Bluhm aussteigen wollte, stieg Hofen aus dem BMW und kam zu ihm nach vorn.

„Ond nun, Herr Sillmar? Sie habet net zufällig oine Zugangsberäschtigung, oder?“

„Sie machen das schon, Herr Hofen“, antwortete der Gefesselte. „Ihre Zugangsberechtigung in Form Ihres Dienstausweises wird uns diese Schranke sicher öffnen. Ich bin sicher, Sie schaffen das.“

Bluhm sah, wie an Hofens Schläfe eine Ader pochte. Der Chef hatte sich bewundernswert im Griff. Mittlerweile war auch die Staatsanwältin ausgestiegen. Gemeinsam gingen sie in Richtung Empfangsbau.

Barbara Kirchwald kam nach etwa fünf Minuten zurück und steuerte auf den ersten Wagen vor der Schranke zu. Bluhm ließ die Scheibe herunter.

„Wir sollen hinter der Schranke rechts ran fahren. Ein Herr Meinhardt ist unterwegs und wird uns begleiten. Fünf Minuten …“, sagte sie zu dem im Fond sitzenden Mörder. Sillmar nickte, als hätte sie gefragt, ob er einen Begrüßungssekt möchte. Die Staatsanwältin wandte sich ab und stöckelte auf ihren JACQ-Pumps zu ihrem BMW zurück. Bluhm fragte sich, ob sie die Dinger auszog, bevor sie die Pedalerie des Sportcoupes bediente. Wahrscheinlich eh ein Automatik. Weiberauto. Bluhm war einer der letzten noch nicht am Marterpfahl der Emanzipation gegrillten Chauvinisten.

Nun kam auch Kriminalrat Hofen aus dem Pförtnergebäude. Der sonst so ruhige Beamte wirkte angestrengt beherrscht. Bluhm kannte den Zorn seines Chefs zur Genüge. Wenigstens war er diesmal nicht der Auslöser der Wut.

Der Schlagbaum öffnete sich und die Kolonne fuhr auf den angewiesenen Platz. Bluhm, Hofen und die Staatsanwältin stiegen aus. Das Bühnenbild dieser kriminalistischen Seifenoper hätte sich kein Theaterregisseur eindrucksvoller wünschen können: Unmittelbar neben ihnen türmte sich das klotzige Betongebirge von Block 7 in den Himmel, gekrönt von dem mächtigen, fast 200 Meter hohen Kamin. In direkter Nachbarschaft, nur wenige hundert Meter entfernt, bildete Block 9, das neueste und effizienteste Steinkohlekraftwerk Europas, den Endpunkt dieser monumentalen, bis weit über die Grenzen der Kurpfalz hinaus sichtbaren Skyline.

Ein Astra ohne Nummernschilder näherte sich, drehte kurz vor der Ausfahrt und stoppte neben dem ersten Fahrzeug. Ein Mann im Anzug stieg aus und stellte sich als Robert Meinhardt, Sprecher des GKM und Leiter Öffentlichkeitsarbeit vor.

Barbara Kirchwald erläuterte dem sichtlich erstaunten Herrn den Grund ihres Hierseins.

„Wir haben Grund zu der Annahme, dass Herr Sillmar auf dem Gelände ihres Werkes eine Geisel gefangen hält. Er hat zugesagt, uns zu der Stelle zu führen, deshalb sind wir hier. Herr Sillmar trägt Handschließen und wird von mehreren bewaffneten Beamten gesichert. Es besteht kein Grund …“

Robert Meinhardt unterbrach die Staatsanwältin: „Sie können doch nicht mit einer halben Armee unter Waffen auf dem Kraftwerksgelände spazieren fahren. Frau Kirchwald, wie stellen Sie sich das vor? Sollen wir die Blocks herunterfahren und die Belegschaft evakuieren? Das ist eine absurde Situation. Außerdem ist es gar nicht möglich, ins Werk ungesehen einzudringen, geschweige denn mit einer Geisel …“

„Frau Staatsanwalt!“ Einer der Beamten, die neben Sillmar saßen, hatte die Tür geöffnet und lehnte sich heraus. „Herr Sillmar möchte mit dem Herrn sprechen.“

„Der bleibt aber drinnen und Sie auch! Herr Meinhardt, wenn Sie mir bitte folgen wollen?“

Robert Meinhardt trat an den Kripo-Passat und schaute gespannt hinein. Ein Mörder und Entführer!

Er musste zugeben, dass er enttäuscht war. Der blasse junge Mann mit der modischen Frisur sah aus wie ein Jungbanker oder ein Vermögensberater, dem die alten Damen reihenweise ihre Unterschriften aufdrängten. Was hatte er denn erwartet, schalt er sich in Gedanken. Einen Glatzkopf mit irrem Blick und ledernem Beißkorb?

„Ich würde meine Begleiter gerne zum Werk Fritz führen.“ Robert Meinhardt wurde hellhörig. Das Werk Fritz war die leergeräumte Ruine eines in den letzten Kriegsjahren gebauten, unter den Kohlehalden versteckten Bunker-Kraftwerks samt Kesselhaus und Turbosatz. (Siehe auch Solo & Tarzan 5, Kohlemord, 2012).

„Sie – “, Meinhardt räusperte sich, „Sie wollen mir erzählen, Sie hätten in den Kellern von Werk Fritz jemanden eingesperrt? Wie soll das denn vor sich gegangen sein?“ Alle spitzten jetzt die Ohren. Auch die Beamten, die aus dem Streifenwagen ausgestiegen waren, scharten sich um den BMW der Staatsanwältin.

„Ich habe das Werk Fritz schon mehrmals erkundet. Bevor ich bei der Personenschifffahrt anfing, war ich Matrose auf verschiedenen Frachtern. Unter anderem habe ich hier mehrmals Kohle geleichtert. Wussten Sie, dass es auf der Wasserseite einen Zugang gibt?“

„Der ist vergittert und auf der Werksseite zugeschüttet.“

„Sagen Sie!“

Meinhardt wurde unsicher. Tatsächlich war er nach den Ereignissen von damals nie wieder in den Kellerm und Gängen des Bunkerkraftwerkes gewesen.

„Das Gitter unten an der Kaimauer ist nur bei Niedrigwasser sichtbar. Normalerweise ist der Zugang geflutet. Das Gitter ist rostzerfressen und lediglich mit einem billigen Vorhängeschloss gesichert. Ihre Leute haben den werksseitigen Zugang mit drei, vier Schubkarren Bauschutt gefüllt. Ein Kleinkind mit seinem Sandschippchen ist da in fünf Minuten durch."

„Das reicht jetzt! Herr Meinhardt, führen Sie uns in dieses Werk Fritz!" Der Staatsanwältin reichte es langsam. Sillmar zuckte die Achseln und legte den Kopf schief. Er lächelte und Bluhm lief es eiskalt den Rücken hinunter. War dies einer von den Typen, die es genossen, den Ermittlern grausam zerstückelte Leichen vorzuführen? Was würden sie da unten in den staubigen Katakomben finden? Er begegnete dem Blick der Staatsanwältin und erkannte, dass ihr ganz ähnliche Gedanken durch den Kopf gingen.

„Bringen wir's zu Ende, Herr Sillmar?"

Jay tauchte ihre linke Hand ins Wasser. Es brannte, da wo die Haut aufgeplatzt war. Aber es tat auch gut. Längst hatte sie damit aufgehört, an die stählernen Wände zu trommeln. Hatte aufgehört, sich heiser zu schreien oder in der schmierigen Brühe am Boden nach Gegenständen zu suchen, mit denen sie Lärm machen konnte. Sie wusste nicht mehr, wie sie hierher gelangt war. Ihr rechter Arm tat weh, so als sei sie draufgefallen. Ihre Knie waren aufgeschürft und sie hatte enorme Kopfschmerzen. Das Letzte, an das sie sich erinnerte, waren Marcos Augen. Diese wunderschönen braunen Moritz-Garth-Augen, die plötzlich so dunkel und so kalt wirkten. In denen sie nur noch Zorn und Verachtung las. Dann fiel sie. Endlos. In einen Schacht, dessen Grund sie nie erreichte. Aufgewacht war sie hier in diesem lichtlosen Gefängnis. Es roch alt. Uralt. Nach rostzerfressenem Eisen, nach Öl und Schimmel. Wenigstens schien es hier keine Ratten oder sonstiges Ungeziefer zu geben. Sie hatte jegliches Zeitgefühl verloren. Wusste nicht, ob es Stunden oder gar Tage her war, als sie mit Marco diesen absolut krassen, tollkühnen Abgang von diesem Spießerschiff gemacht hatte. Er musste ihr was gegeben haben. Sie hatte noch immer tief in ihrem Rachen einen schwachen chemischen Geschmack. Marco … Sie war einem Mörder hinterhergelaufen. Naiv wie ein Baby. Nun würde sie hier sterben. Sie hockte sich auf einen Vorsprung, der aus der Wand ragte, und heulte wie ein kleines Kind.

Der Konvoi aus nunmehr vier Fahrzeugen folgte der Werkstraße entlang den Kraftwerksblöcken und bog nach kurzer Fahrt links ab. Nach etwa hundert Metern erreichten sie die Kaianlagen. Ein langer Koppelverband hatte hier festgemacht. Der Wagen, den Robert Meinhardt steuerte, bog wieder rechts ab, direkt unter einem der riesigen Kräne durch, welche hier die großen Kohlefrachter entluden. Meinhardt stoppte sein Fahrzeug, stieg aus und öffnete den Kofferraum. Auch aus den anderen Fahrzeugen stiegen die Insassen aus. Sillmar wurde von den beiden kräftigen Beamten in die Mitte genommen.

Meinhardt verteilte grüne Schutzhelme an alle.

„Die setzen Sie bitte alle auf, sonst dürfen Sie sich nicht hier aufhalten“, sagte er und mit Blick auf die Schuhe der Staatsanwältin: „Weiterhin möchte ich Sie darüber informieren, dass Sie sich hier auf eigene Gefahr bewegen. Herr Hofen hat mit seinem Hinweis auf polizeiliche Ermittlungen und auf Gefahr im Verzug die Werksvorschriften außer Kraft gesetzt. Dem habe ich mich zu beugen, möchte es aber noch einmal gesagt haben."

„Auf geht's, dä Härr", drängte Hofen und die kleine Gruppe folgte dem gefesselten Mörder, den seine Bewacher fest an beiden Armen gepackt hielten.

Links von ihnen ragten die schwarzen Berge der Kohlehalden auf. Der Boden bestand aus rissigen Betonplatten. Überall schwarzer Kohlestaub. An den Seiten wucherte Buschwerk und vor ihnen befand sich eine massive Betonmauer. Daneben ein Backsteingebäude, das eindeutig älter war als die übrigen Kraftwerksgebäude. Zwischen dem Zweckbau und der Betonmauer führte eine Treppe nach unten, wo eine nietenbesetzte Stahltür offenstand.

„Nehmet Se ihm die Handschellen ab, damit er sich selbst feschthalde ko", befahl Hofen. Einer der beiden Beamten nahm dem Mörder die Fesseln ab. Hofen wandte sich an Sillmar:

„Machet Se bloß koi Dummheide, die zwoi Härre habet Se im Blick!" Die beiden Beamten, die Sillmar bisher geführt hatten, knöpften ihre Pistolenhalfter auf.

„Sie und Ihr Kolleg sichern die Dür, die ondere kummet mit", wies Hofen zwei Schutzpolizisten an.

Hinter der Stahltür führte eine steile Metalltreppe weiter nach unten. Meinhardt betätigte einen modern aussehenden Lichtschalter und eine Reihe von Korbleuchten erhellte den Abstieg. Die Treppe endete etwa sechs Meter weiter unten in einer nahezu runden Halle. In der Mitte führte ein durch

Geländer gesicherter Schacht weiter in die Tiefe. An einer Seite ging es durch eine offen stehende Stahltür weiter in einen Gang, der jedoch nicht beleuchtet war. Daneben befand sich eine rostfleckige Tür mit der Aufschrift FARB-LAGER in Schablonenschrift, die durch einen nachträglich angebrachten schweren Eisenriegel gesichert war.

Die Treppe war schmal, so dass lediglich zwei Personen nebeneinander gehen konnten. Der GKM-Sprecher ging voraus. Dahinter folgten Hofen, Bluhm und die Staatsanwältin. Danach kam Sillmar, den ein Polizist am rechten Oberarm gefasst hatte, während er sich mit der linken Hand am Geländer festhielt. Der zweite Beamte ging dicht hinter ihm. In einigem Abstand bildeten die beiden Streifenbeamten, deren Kollegen die Eingangstür bewachten, den Schluss.

Es geschah kurz vor dem Ende der Treppe. Robert Meinhardt und Hofen hatten den Boden der Halle bereits erreicht. Sillmar rutschte auf den schmierigen Metallstufen aus, strauchelte und klammerte sich haltsuchend an den Beamten, der ihn führte. Dieser wurde von dem Ereignis so überrascht, dass auch er das Gleichgewicht verlor und zusammen mit Sillmar stürzte. Der zweite Beamte versuchte, gezielt die letzten drei Stufen zu überspringen, prallte aber mit dem herbeistürzenden Bluhm zusammen. Alle vier wälzten sich auf dem staubigen Boden der Halle.

„Koiner rührt sich! Koiner rührt sich!“ Die Stimme von Kriminalrat Hofen klang ungewohnt schrill. Auf dem mittleren Treppenpodest standen die beiden Polizisten mit gezückten Dienstwaffen, während das Knäuel aus sich windenden Leibern sich schnaufend und stöhnend langsam entwirrte. Der Beamte der gesprungen war, lag benommen am Boden und blutete aus einer Platzwunde am Kopf. Ein heller Schrei beendete den Lärm wie ein Signal.

„Lassen Sie mich sofort los! Lassen Sie mich …!“ Der Ruf der Staatsanwältin endete mit einem erstickten Laut, als sich der Druck an ihrem Kehlkopf verstärkte.

„Wie Herr Hofen schon sagte: Keiner rührt sich!“ Sillmar schaute mit flackernden Augen in die Runde. Bluhm kannte diesen Blick: Ein in die Enge getriebenes Raubtier.

Alles erstarrte. Es sah aus wie eine Szene in einem Panoptikum. Nur, dass das hier keine Wachsfiguren waren. Der Beamte am Boden hatte sich aufgesetzt, betrachtete ungläubig seine blutverschmierte Hand und das leere Pistolenhalfter.

Sillmar hatte der Staatsanwältin von hinten den Unterarm um den Hals gelegt und hielt ihr die Dienstwaffe des Polizisten an den Kopf.

„Herr Meinhardt, öffnen Sie die Tür da hinten!“

„Die ist verschlossen, ich kann nicht einfach …“ Der Schuss hallte in der Halle, als sei eine Kanone abgefeuert worden, alle duckten sich, als ein schrilles Pfeifen den Raum erfüllte und den Schrei der Staatsanwältin fast übertönte.

„Netter Versuch. Wenn ich Frau Kirchwald erschieße, brauchen Sie keine Angst vor Querschlägern zu haben. Denken sie an das Mädchen. Wenn Sie mich erschießen, ist sie auch tot. Sie da! Werfen Sie Ihre Waffen in den Schacht!“

Die beiden Beamten auf der Treppe suchten den Blickkontakt mit Bluhm. Ihre Kollegen, die die Tür sichern sollten, waren, nachdem der Schuss gefallen war, hereingestürzt und standen hinter ihnen, ebenfalls mit gezogenen Pistolen.

„Machet Se, was er seggd!“, rief Hofen. Scheppernd verschwanden die Waffen in der Tiefe, wo sie kurz darauf aufschlugen.

„Sie auch. Beide! Hopp!“

„I han koi Waffe, i bin nimmi im Außedinschd!“ Hofen öffnete mit vorsichtigen Bewegungen sein Jackett.

Bluhm seufzte und fischte seine Pistole aus dem Schulterhalfter.

„Brauchen Sie eine extra Einladung?“ Die Staatsanwältin jappste, als der Geiselnehmer härter zudrückte. Bluhm schleuderte seine alte P5 in den Schacht.

„Domit kommet Se nit dursch, Sillmar!“ Hofens Stimme klang heiser.

„SIE! Kommt nicht durch, wenn Sie hier mit mir diskutieren wollen“, zu Meinhardt gewandt:

„Tür! Auf!“ Diesmal ließ sich der Pressesprecher auf keine Diskussion ein.

„Rein da! Alle!“ Sillmar zerrte die Staatsanwältin mit sich zurück bis zur Wand, damit ihnen niemand zu nahe kam.

Der Farbraum war ziemlich klein und mit Regalen vollgestellt. Bluhm witterte eine Chance. Wenn Sillmar die Tür schließen wollte, musste er zwangsläufig in Reichweite kommen. Vielleicht könnte er … Der Kommissar versuchte es so einzurichten, dass er sich als Letzter in das Kabuff quetschte.

„Herr Meinhardt!“ Bluhms Hoffnung zerstob. „Sie bleiben vor der Tür stehen und lassen sich von einem der Freunde und Helfer ein Paar Handschellen geben. Dann schließen Sie die Tür, wenn die Herrschaften alle drin sind.“

Der Kerl dachte an alles. Bluhm sah, dass die Tür innen keinen Knauf hatte. Wenn der Riegel vorgeschoben war, konnte sie nur noch von außen geöffnet werden. Resigniert wurde ihm bewusst, dass moderne Sicherheitsvorschriften in einem Bunkerkraftwerk aus den letzten Kriegsjahren nicht sehr verbreitet waren.

Es war grotesk. Der kleine Lagerraum war vollgestopft mit Menschen mit und ohne Uniform und ähnelte einer überfüllten Liftkabine.

„Machen Sie sich keine Sorgen wegen der Atemluft. Es wird Ihnen ein wenig warm werden, aber ersticken müssen Sie nicht. Ich werde in einer Viertelstunde in der Verwaltung anrufen, damit man Sie befreit. Entschuldigen Sie bitte die Unannehmlichkeiten, aber ich muss nun zuerst an mich selber denken. Leben Sie wohl.“

Mit einem Knall schloss sich die Tür. Knirschend schob sich der massive Riegel durch den Stahlbügel. In Bluhm bohrte ein Verdacht. War dies alles hier Teil eines Plans? War dieses hübsche Bürschlein, das aussah wie der Traum jeder Schwiegermutter, so eiskalt? Dass hier, oder auf dem restlichen Kraftwerksgelände, auch nur ein Haar des entführten Mädchens zu finden war, hatte er längst aus seinen Gedanken verbannt. Sie waren allesamt diesem Kerl auf den Leim gegangen. Robert Meinhardt drehte sich um. Schweiß stand ihm auf der Stirn, die Krawatte war verrutscht, seine Hände waren schmutzig von der staubigen

Tür und dem öligen Riegel. In der linken Hand hielt er die silbernen Handschellen, die ihm einer der Schutzpolizisten gegeben hatte.

„Rüber an den Schacht!“ befahl der Mörder. Meinhardt gehorchte.

„Schließen Sie sich an das Geländer an. Wenn Sie das tief genug machen, können Sie sich sogar setzen.“ Der GKM-Mitarbeiter tat wie ihm geheißen, blieb aber stehen.

„Lassen Sie die Frau gehen, nehmen Sie mich mit!“, schlug er vor.

„Huch ein Held!“ Sillmar, tat, als sei er tief beeindruckt. „Lassen Sie es gut sein. Frau Kirchwald hat es gehört und wird ihr selbstloses Angebot nicht mehr vergessen. Aber Sie sind nicht mein Gegner. Sie sind Angestellter des GKM. Wenn es hart auf hart kommt, töte ich lieber die Frau, die mich ein Leben lang wegsperren will.“

Meinhardt wurde blass. Er wusste, dass dieser junge Mann es ernst meinte.

„Frau Kirchwald, ich lasse Sie jetzt los. Wenn Sie schreien oder laufen, sind Sie tot. Wir gehen jetzt rauf zu Ihrem Wagen. Sie setzen sich ans Steuer, ich sitze hinten. Die dunklen Scheiben sehen nicht nur schick aus, die sind ausgesprochen praktisch.“

Die Staatsanwältin nickte und Sillmars Unterarm gab sie frei.

Der weiße M4 hielt vor der Schranke an der Hauptpforte. Der Pförtner winkte grüßend herüber und die Schranke hob sich.

„Wenn Sie hier Mätzchen machen, erschieße ich Sie durch den Sitz hindurch, werfe Sie aus dem Wagen und fahre alleine weiter.“ Barbara Kirchwald war nicht Oberstaatsanwältin geworden, weil sie so gutgläubig war. An dieser gezischten kurzen Rede glaubte sie jedes Wort. Der Mann hinter ihr hatte eine Grenze überschritten. Er würde kämpfen bis zum bitteren Ende. Sillmar war genau der Typ Straftäter, der in einen Blutrausch geraten konnte und der so viele Menschen wie möglich mit sich in den Untergang reißen würde. Erst sie … dann die Pförtner … Der Lkw-Fahrer, der gerade in die Einfahrt einbog … Die Frau mit dem Kinderwagen gegenüber auf dem Bürgersteig … Sie gab behutsam Gas und verließ das Kraftwerksgelände.

„Links.“ Ruhig. Wie ein Fahrlehrer. Sie ließ den Silo-Lkw passieren und bog in die Plinaustraße ein. Rechts die hässliche Mauer der Firma ISO-Draht, links die Blöcke des GKM. Über ihnen Freileitungen an ihren stählernen Masten.

„Nächste rechts.“ Entspannt. Fast erwartete sie das phlegmatische „… und wiiiir blinkeeeen ….“ ihres längst verstorbenen Fahrlehrers. Sie folgten nun der Angelstraße. Rechts befanden sich die komplett mit Efeu eingehüllten Gebäude der alten Seilerei.

Sillmar schaute auf seine Uhr. Vier Minuten. Er gab sich noch weitere vier oder fünf Minuten, bis die Truppe im Bunkerkraftwerk befreit werden würde. Kein Polizeieinsatz dieser Art blieb in einem solchen Werk unbemerkt. Die merkwürdige Kolonne aus Zivil- und Streifenwagen war sicher allen möglichen Kraftwerkern aufgefallen. Nicht zu vergessen die Männer in den gigantischen Auslegerkabinen der Kräne. Wahre Logenplätze.

„Vor dem Einkaufszentrum links ab, dann folgen Sie der Beschilderung zum Parkhaus. Wir drehen eine kleine Ehrenrunde über die Rhenaniastraße und Sie fahren auf das untere Parkdeck."

Die Staatsanwältin fühlte sich wie eine Spielfigur auf einem Mensch-ärgere-dich-nicht-Brett. Fragte sich nur, ob sie es bis in die sichere Reihe schaffte, oder ob sie gleich rausgeworfen wurde. Der Mann hinter ihr schien genau zu wissen, was er da tat.

Die LED-Beleuchtung des M4 flammte automatisch auf, als der Wagen die Rampe zum unteren Parkdeck erreichte. Mit zitternden Fingern zog sie die Parkkarte.

„Fahren Sie ganz nach hinten und parken Sie rückwärts ein. Dort! Nehmen Sie den Platz hinter dem Tuareg!" Routiniert zirkelte die Staatsanwältin das Sportcoupé auf den angewiesenen Platz. Hinter dem massigen SUV verschwand das niedrige Fahrzeug völlig.

„Öffnen Sie den Kofferraum!" Mit einem Klicken schwang die Klappe auf.

„Aussteigen!"

„Sie werden mich aber bitte nicht …" Der Griff der Pistole traf die Stelle hinter ihrem linken Ohr mit absoluter Präzision.

Grosskraftwerk Mannheim, 15:32 Uhr.

Ein Werkmeister, der seine Pause am Rheinufer machen wollte, überlegte es sich anders, als er die drei Polizeifahrzeuge vor dem Zugang zum Werk Fritz erblickte. Als Michel Köster sich dem Zugang näherte, hörte er ein metallisches Hämmern und ein undeutliches, gedämpftes Rufen.

Wieder dieses Hämmern, als bearbeite ein Kesselflicker eine Bratpfanne. Die Tür, welche zur Treppe führte, war geschlossen. Der Werkmeister stellte seine Kühltasche auf den Boden und öffnete die genietete graue Eisentür mit der verblassten altdeutschen Schrift: Zutritt verboten! Schlagartig wurde das Hämmern lauter und die Rufe waren deutlich zu verstehen. Aus dem Hintergrund drang zudem ein dumpfes Bummern, untermalt von Hallo- und Hilferufen.

Die Beleuchtung brannte noch. Als Michel auf dem ersten Treppenpodest angekommen war, sah er mit offenem Mund den Leiter der Öffentlichkeitsarbeit, Robert Meinhardt, angekettet am Geländer, welches den kreisrunden zentralen Schacht umgab.

Grosskraftwerk Mannheim, Besprechungsraum im Verwaltungsgebäude.

Hofen hatte noch auf dem Weg zu den am Rhein geparkten Fahrzeugen Großalarm und eine Ringfahndung nach dem weißen BMW der Staatsanwältin ausgelöst. Robert Meinhardt informierte die Werksleitung und Manfred Schumacher persönlich. Der technische Vorstand des GKM stellte den Einsatzkräften, von denen mit Blaulicht und

Martinshorn immer mehr eintrafen, den großen Besprechungsraum zur Verfügung.

Während die Beamten und Beamtinnen ihre Laptops aufklappten und die vorhandene Seminartechnik aktivierten, plärrten die ersten Funkmeldungen über die Lautsprecher. Ein Polizeihubschrauber, der zur Überwachung einer Unfallstelle auf der A6 vor der Baustelle auf der Rheinbrücke bei Mannheim-Sandhofen im Einsatz war, wurde zur Unterstützung herangezogen.

Während rasch ausgedruckte Bilder von Marco Sillmar, der Staatsanwältin und ihrem Fahrzeug an die große Stellwand gepinnt wurden, brachte ein Zwischenruf das emsige Gesumm abrupt zum Schweigen:

„Hört mal zu! Ich glaub', das hier ist ganz interessant!" Die junge Beamtin drückte eine Tastenkombination und die Funkkommunikation wurde für alle hörbar.

„Peter 2/88 für Peter."

„Hier Peter."

„Standort A656 in Fahrtrichtung Stadtmitte. Weißer BMW, auf den die Beschreibung aus der Fahndung passt, ist gerade auf der Gegenfahrbahn in Fahrtrichtung Heidelberg unterwegs. Kennzeichen nicht erkennbar. Aggressive verkehrsgefährdende Fahrweise. Dürfte gerade das Kreuz Mannheim passieren. Frage: Verfolgung?"

„Hier Peter. Verdeckte Verfolgung. Verstärkung ist unterwegs. Halten Sie Abstand. Kein Zugriff. Wiederhole: Kein Zugriff! Sie erhalten weitere Anweisungen."

„Verstanden Peter. 2/88 Ende."

„Hier Bussard 04, haben Sichtkontakt zu dem betreffenden Fahrzeug im Rückstau an der Brückenbaustelle bei Seckenheim. Kamera läuft, Sie dürften die Bilder jetzt empfangen." Im Hintergrund war das pfeifende Antriebsaggregat sowie das Schwirren von Rotorblättern zu hören. Bussard 04 war ein nagelneuer H145 von Airbus Helicopters, der in Söllingen bei Baden-Baden stationiert war. Polizeihauptkommissar Ronald „Chacko" Chakovski hielt den Heli in einer Höhe von knapp 300 Metern hinter dem BMW in einem Winkel, in dem ihn der Fahrer des Wagens nicht in den Spiegeln sehen konnte. Die H145 war einer der leisesten Hubschrauber der Welt. Außerdem verfügte er über hochauflösende Infrarot- und Tageslichtkameras. Der zweite Pilot, PHK Rouven Behnisch, bediente die Kamera.

„Das ist er …" Bluhm erkannte das Nummernschild wieder. Das Bild schwankte etwas, war aber dafür gestochen scharf.

Kriminalrat Hofen, der sich gerade mit dem Vertreter von Barbara Kirchwald, dem baumlangen Philip Owelder, beriet, unterbrach das Gespräch und gab Bluhm ein Zeichen. Der verstand und schaltete sich in den Funkverkehr ein.

„Hier Peter 1/44 Einsatzleitung. Objekt identifiziert. Halten Sie Sichtkontakt zum Objekt, aber vermeiden Sie, dass er Sie bemerkt. Können Sie feststellen, wie viele Personen sich im Auto befinden?"

„Hier Bussard 04 – Verstanden. Auf dem Beifahrersitz ist niemand. Die hinteren Scheiben sind abgedunkelt. Um mit der Wärmebildkamera zu arbeiten, müsste ich näher ran."

„Hier Peter. Negativ. Vergrößern Sie den Abstand und lassen Sie die Kamera laufen. Einsatzkräfte aus Heidelberg sind verständigt und übernehmen dort die Bodenobservierung. Peter Ende."

Hofen sprach aus, was alle dachten: „Was zom Deifel will der in Heidelberg?“

Emin Bahadirhan Köse war glücklich. Er hatte den Fahrersitz weit zurückgestellt, so dass seine Arme fast waagrecht zum Lenkrad führten. In seiner linken Hosentasche knisterten die fünf Zweihundert-Euro-Scheine, die er auf jeden Fall behalten durfte und der M4, feuchter Traum so vieler wahrer Männer, reagierte auf die kleinste Bewegung seines linken Fußes mit brachialer Kraftentfaltung. Bade, wie ihn sein Chef gerne nannte, war ein versierter Fahrer. Bisher hatte er das nur am Steuer seines neunzehn Jahre alten Golf III beweisen können. Immerhin, ein fast legaler Tieferlegungssatz von ATU, LED-Rücklichter von ebay und eine absolut illegale Auspuffanlage mit Klappe machten aus der betulichen Familienkutsche zwar noch keinen Sportwagen, aber für einen Azubi, der genau so alt wie sein Auto war, musste das vorerst genügen.

Und dann das! Gerade hatte er seine Parkgebühr bezahlt, da quatschte ihn dieser Kerl an. Hoodie, gepflegte Erscheinung, aber irgendwie übernächtigt. Wedelte mit tausend Euro und einem Autoschlüssel vor seiner Nase rum. BMW. M4. Wie auf einem Monitor ratterten die technischen Daten des Boliden vor Emins innerem Auge runter: 3,0 Liter Twin-Power-Turbo Reihensechszylinder. 20-Zoll-Felgen. Schwarz. Sternspeichen. 450 PS. Vier. Hundert. Fünfzig. Noch Fragen?

Der Typ erzählte was von RTL, einem neuen Format und versteckten Kameras. Die tausend Euro dürfe er auf jeden Fall behalten. Er dürfe mit dem BMW fahren, wohin er wolle. Irgendwann würde ihn das RTL-Team abfangen. Dann hatte er die Chance, zusammen mit einem Maserati-Fahrer, einem AMG-Benz-Fahrer und einem AUDI R8 Piloten das Finale auf dem Hockenheimring zu bestreiten. Der Gewinner durfte das Auto behalten …

Er müsse das natürlich nicht machen …

Emin brachte nur ein ungläubiges „Hä?" heraus. Nicht mit diesem blechgewordenen Gott fahren? Geht's noch? Ach ja, da wäre noch was … Der Typ würde seinen alten Golf solange fahren, wie er mit dem M4 unterwegs wäre. Und seinen Kapuzenpulli … den müsste er auch überziehen. Die Regeln, du verstehst? Emin verstand. Scheiß auf den alten Golf. Das mit dem Pulli war schon eher hart. Emin Bahardian Köse war jemand, der großen Wert auf eine gepflegte Erscheinung legte. Klamotten, Schuhe, Frisur. Da musste eins zum anderen passen. Der Pulli sah ihm zu sehr nach Assi aus. Außerdem roch er ein wenig säuerlich. Andererseits …

„Scheiße, Alter, machen wir Trikottausch!"

Als er das Parkhaus verließ, konnte er sein Glück kaum fassen. M4! Am Steuer: Er! Emin! Bade! Wenn ihn sein Chef jetzt sehen könnte. Mit seinem C-Klasse-Kombi. Emin lachte laut und der M4 malte breite schwarze Streifen auf die Rhenania-Straße.

Krass, Alter! So was von krass!

Endlich war ihm auch eingefallen, wo er als Erstes hinfahren würde. Die Jungs würden nasse Hosen bekommen! Er koppelte sein Handy mit der Audio-Anlage des BMW.

İlyas Yalçıntaş sang Gel Be Gökyüzüm während Emin, kurz bevor es bei Seckenheim einspurig wurde, noch ein paar Schlafmützen umkurvte. Das empörte Hupen der Neider ließ sein Herz schwellen. Nun zuckelte er mit knapp unter 40 Kilometer pro Stunde auf die stationäre Radarfalle in der Baustelle zu. Vor ihm ein älterer Astra, hinter ihm ein Porsche Cayenne, der in Seckenheim aufgefahren war. Rotes Nummernschild. Da war wohl einer von der nahen Porsche-Niederlassung auf Probefahrt. Den Cayenne mit seinem hässlichen Vier-Punkt-Taglicht würde er nach der Baustelle erst ein wenig anfüttern und ihm dann so richtig zeigen, wer hier Eier hatte.

„Scheiße, fährt der jetzt Rennen, oder was?“, krächzte es aus dem Lautsprecher der Sondereinsatzgruppe im Besprechungsraum des GKM.

„Hier Peter, bitte wahren Sie Funkdisziplin!“, rügte die Zentrale.

„Verstanden Peter. Hier Peter 2/31. Haben Sichtkontakt. Der Abstand wird jedoch rasch größer. Zielobjekt fährt jetzt auf der Strecke zwischen der Baustelle und dem Heidelberger Kreuz. Liefert sich ein Rennen mit einem Porsche Cayenne. Brechen Verfolgung wegen Gefährdungslage ab.“

„Verstanden 2/31. Die Kollegen übernehmen ab dem Heidelberger Kreuz.“

Peter 2/31 war ein ziviler Audi A6 der Autobahnpolizeistation Walldorf, der normalerweise rund um Hockenheim Jagd auf Drogenkuriere aus den Niederlanden machte.

Bluhm schaute verwirrt auf den Monitor. Die Bilder aus dem Helikopter waren gestochen scharf. Der weiße BMW und der massige, silbergraue Cayenne schenkten sich nichts. Mehrmals kam es zu Gefährdungen und Nötigungen unbeteiligter Autofahrer. Auf der A656 ging es zu wie in einem amerikanischen Roadmovie aus den Siebzigern mit Burt Reynolds.

Was sollte das? Ein Mehrfachtäter auf der Flucht vor der Polizei lieferte sich ein halsbrecherisches Rennen mit einem Unbeteiligten. So verhielt sich keiner, der ein Ziel hatte. Untertauchen wollte. So verhielt sich ein Selbstmörder. Im Geiste sah Bluhm den weißen BMW an einem Brückenpfeiler in einem Feuerball verschwinden. War der Entführer so verzweifelt? War dies hier der ganz große Abgang eines kleinen miesen Mörders? Bluhm hatte genügend Zeit gehabt, sich ein Bild von Marco Sillmar zu machen. Der Mann wirkte stets beherrscht. Eiskalt sogar. Sicherlich ein Soziopath. Intelligent dazu. Das, was hier auf die zahlreichen Monitore überspielt wurde, passte nicht zu Sillmar.

„Hier Bussard 04. Objekt fährt am Heidelberger Kreuz weiter in Richtung Innenstadt. Zurzeit Höhe Anschluss Wieblingen. Der Porsche ist auf die A5 abgebogen. Das Objekt fährt nach wie vor mit hoher Geschwindigkeit. Der stationäre Blitzer wird ihn wohl … yep! Wir haben ein schönes Frontfoto!"

„Bok!“ Emin hatte nicht mehr an den Blitzer gedacht und trat reflexartig auf die Bremse. Als das ABS den Wagen durchschüttelte, gab er wieder Gas. Egal. RTL würde das aus der Portokasse zahlen. Womöglich konnte er damit sogar Punkte im Finale machen. Dieses Auto würde ihm gehören. Mann! Der Feigling im Cayenne hatte sich auf die A5 verdrückt. Mädchen! Da vorne kam die Abbiegespur. Emin liess den M4 gemächlich ausrollen und steuerte das Auto brav hinter einem Polo nach rechts in die Gneisenaustraße, die nach der Kurve in die Kurfürstenanlage überging. Irgendwo flog ein Hubschrauber. Emin schaute in die Spiegel. Nix zu sehen. Sicher ein Rettungshubschrauber oder ein Ami. An einer Ampel musste er kurz stoppen. Das aggressive BMW-Gesicht mit dem bösen Blick schien den mit Hello-Kitty-Aufklebern bepappten Polo fressen zu wollen. Emin ließ die 450 PS aufheulen. Das Mädel im Polo schaute kurz in den Rückspiegel. Emin fletschte sein Hollywoodgebiss. Keine Ahnung, ob die Kleine hübsch war. Blond war sie. Hey Süße, hier kommt Emin! Was machte die denn jetzt? Kurbelt das Fenster runter. Mit der Hand, hahaha! Was für eine Assi-Kiste! Was hält die da in der Hand? Irgendein Schild. Emin kneift die Augen zu Schlitzen zusammen. Scheiße, er brauchte doch keine Brille, oder? Was steht da drauf? Waaaas steeeeeht da drauf??? Grün. Der Polo macht einen kleinen Hopser und fährt los. Der M4 steht immer noch. Ja so eine Schl… , ja das ist doch wohl …! Da soll doch …! Ungeduldiges Hupen von hinten. Ja, du eşek oğlu!* Die Ampel zeigte schon wieder Rot als der BMW mit rauchenden Reifen losfuhr. Weit voraus wuselte der kleine VW mit der frechen Studentin um

* dtsch. in etwa: Du Vollhorst!

die Ecke. Hatte die sich doch tatsächlich vor ihren Scheißcomputer gehockt und ein Blatt Papier ausgedruckt, das Ganze noch laminiert, damit es nicht zerfledderte, nur um damit unbescholtene brave Bürger zu beleidigen.

Als Emin in die Zufahrt zum Park & Ride-Parkplatz am Hauptbahnhof einbog, konnte er über den blöden Spruch schon wieder lachen. So eine Tuss. Die hatte vielleicht Nerven. „SORRY FOR YOUR SMALL PENIS“, hatte auf dem Schild gestanden. Es sah schon richtig gebraucht aus. Lesbe! Blöde! Aber lustig war's doch …

Emins Herz machte einen Sprung, als er nach der kurvigen Zufahrt auf dem kleinen Parkplatz direkt an den Bahngleisen ankam. Die Jungs waren da! Die ersten machten schon lange Hälse, als sie sahen, was da mit summendem Triebwerk und knirschenden walzenbreiten Reifen anrollte.

Fester runter. Arm raus. Coole Visage aufsetzen. Yo, Alter, was geht ab …

„Peter 2/21 für Peter 1/44 kommen.“

„Hier 1/44, sprechen Sie 2/21.“ Bluhms Stimme klang resigniert. Da stimmte etwas nicht. Da flog gerade die Kacke mit vollem Schub in Richtung Himmel.

„Wir stehen in der Bahnstadt. Etwa hundertfünfzig Meter Luftlinie vom Zielobjekt entfernt. Es befinden sich noch insgesamt vier weitere Fahrzeuge beim Objekt. Fahrer steigt aus. Haben Sie die Bilder der Luftüberwachung?“

„Hier 1/44, positiv. Was ist das für ein Ort?“

„Ein Treffpunkt der Heidelberger Poser-Szene. Junge Leute mit getunten Autos. Die Heidelberger Kollegen lassen sie gewähren. Da wissen sie wenigstens, wo die sich aufhalten.“

Kacke, die zum Himmel saust …

„2/21, haben Sie eine Kamera an Bord? Eine richtige, kein Handy.“

„Positiv 1/44. Nikon, große Brennweite.“

„Digital?“

„Wir haben 2016, Oldtimer.“ Das saß. Der Stimme nach war der observierende Beamte noch in den Zwanzigern.

„Versuchen Sie, die Zielperson zu fotografieren. Senden Sie das Bild umgehend an die Einsatzzentrale. Peter 1/44 Ende.“ Bluhm hatte seine Stimme barscher klingen lassen, als beabsichtigt. Fast wie ein verärgerter Drill-Sergeant. Oldtimer. Der hatte vielleicht Nerven. Dann noch über Funk. Das würde bei der nächsten Dienstbesprechung wieder witzig werden. Seine Gedanken waren aber schon beim nächsten Szenario. Wenn das dort in Heidelberg nicht … Dann konnten sie sich alle miteinander warm anziehen. Aber richtig warm.

Heidelberg Hauptbahnhof, Parkplatz P1

„Zugriff! An alle Einheiten: Zugriff!“

Reifen quietschten, Motoren heulten auf, Türen wurden geknallt, Waffen entsichert. Schwere Stiefel trappelten über rissigen Beton. Die Hälfte der schwarz gekleideten und schwer gepanzerten Einsatzkräfte verteilte sich hinter den geparkten Autos und sicherte ihre Kollegen, die wild „Auf den Boden! Auf den Boden!“ brüllend auf die kleine Schar junger Männer und Frauen zustürzten, die langsameren umrissen und mit den Knien zwischen den Schulterblättern auf den Beton pressten und die, welche der Aufforderung sofort Folge geleistet hatten, mit Kabelbindern verschnürten. Ein Ring aus martialisch aussehenden Polizisten mit Titanhelmen und Sturmhauben hatte sich gebildet, die ihre Sturmgewehre auf die völlig verängstigten jungen Leute richteten. Bis auf einen:

Emin „Bade“ Badadirhan Köse lag auf dem Bauch, die Hände auf dem Rücken gefesselt und lachte sich Tränen.

„Mensch, Leute“, keuchte er und rang nach Luft, „was eine geile Show! Ihr habt’s wirklich drauf! Scheiße, bin ich jetzt im Finale? War ich gut? Ey, Alter, sag was. Scheiße, seht ihr echt aus.“ Der letzte Satz klang schon nicht mehr ganz so euphorisch.

„Fund!“, brüllte eine Stimme, die Köpfe der Beamten fuhren herum. Der Kollege stand am Heck des weißen BMW M4. Die Kofferraumklappe stand offen.

„Wir brauchen einen Notarzt!“ Der Einsatzleiter zerrte Emin auf die Beine und bugsierte ihn zu dem Wagen.

„Ey, wo sind denn die Kameras? Ich seh’ keine. Wo sind denn die …“ Emin verstummte. Etwas schien ihm die Luft abzuschnüren. Seine Augen traten hervor, sein Mund wurde trocken, als er die gefesselte und geknebelte Frau sah, die in dem kleinen Kofferraum des Coupés in Embryohaltung lag. Sie war so ruhig … So still …

Kapitel 9

in dem eine Oberstaatsanwältin einem Notarzt mit Verhaftung droht, ein über tausend Tonnen schweres Fluchtfahrzeug entführt wird und ein Geheimnis ein Geheimnis bleibt.

Emin Bahadirhan Köse, der seinen Familiennamen gerne mit „Wie Böse, nur mit K“ erklärte, war alles andere als böse. Cool schon dreimal nicht. Wie ein Häuflein Elend hockte er im Lagezentrum im Grosskraftwerk Mannheim am Schreibtisch von Hans-Peter Bluhm und hielt sich an einem Kaffeepott fest.

Der Kommissar schaute den jungen Mann freundlich an. „Herr Köse, ist Ihnen zu keiner Zeit bewusst geworden, dass es sich bei den Ausführungen des Mannes um einen Trick gehandelt haben könnte?“

Köse schüttelte deprimiert den Kopf, „Hören Sie, Herr Kommissar, ich bin neunzehn Jahre alt. Da kommt ein Kerl, drückt mir tausend Euro in die Hand und gibt mir so 'ne Karre. Labert was von RTL und so und einer neuen Serie im Fernsehen. Was hätten Sie an meiner Stelle getan?“

Bluhm nickte verständnisvoll. „Zu meiner Zeit wäre das wohl ein Dreiliter-Capri gewesen oder ein 500 SEC. Ich hatte damals einen 1200er Käfer. Wahrscheinlich wäre ich mit so einem Auto gleich aus der nächsten Kurve geflogen.“

„Wie geht es der Frau, die im Kofferraum war?“ Bluhm erkannte tiefe Sorge in den Augen des jungen Mannes.

Anständiger Kerl. Gut erzogen, machte eine Ausbildung in einer Mannheimer Spedition. Dem hätte er glatt seine Tochter gegeben. Aber die stand ja mehr auf Dreadlocks, Nickelbrillen und Fusselbärte …

Die Tür ging auf und alle Augen richteten sich auf die Frau mit dem schiefen Grinsen und der deutlich sichtbaren Beule am seitlichen Hinterkopf, die noch etwas unsicher den Raum betrat.

„Fragen Sie sie doch selbst, Herr Köse“, meinte Bluhm und nickte der Staatsanwältin zu.

Der junge Mann sprang so schnell von seinem Stuhl auf, dass dieser umfiel, und streckte Barbara Kirchwald etwas ungelenk die rechte Hand entgegen.

„Stürmisch wie beim Autofahren“, Barbara Kirchwald schüttelte die angebotene Hand.

„Sorry, Frau Oberstaatsanwältin. Es tut mir leid, dass ich Ihr Auto, ich meine, dass Sie im Kofferraum …“ Kirchwald stoppte das Gesprudel mit einem energischen „Es ist gut!“ und fasste den jungen Mann bei beiden Oberarmen.

„Danke, dass Sie mich nicht umgebracht haben, Sie Weltmeister, und dass die Karre noch am Stück ist.

Aber das hier – “, Barbara Kirchwald zerrte ihre arg zerknitterte Bluse aus dem Hosenbund und legte ihre rechte Hüfte frei, die in verschiedensten Grün- und Blautönen angelaufen war, „…und das da –“, sie knöpfte die Bluse so weit auf, dass man ihre Schulter sehen konnte, die eine sorgfältig verpflasterte Schürfwunde zierte, „– verlangt nach Wiedergutmachung!“ Emin, dessen Kopf mittlerweile einer überreifen Tomate glich, erhaschte einen Blick auf den oberen Rand ihres spitzenbesetzten schwarzen BHs.

Schick. Die Frau könnte vom Alter her seine Mutter sein, war aber noch richtig gut in Schuss.

„Alles, was Sie wollen, Frau Oberstaatsanwältin, ich tu alles …“

„Frau Kirchwald genügt völlig, junger Mann. Alles was ich von Ihnen will, ist eine exakte Beschreibung Ihres eigenen Autos. Kennzeichen und Farbe haben Sie ja schon in Heidelberg den Kollegen gegeben. Die Großfahndung läuft bereits. Wir müssen aber davon ausgehen, dass die Kennzeichen gewechselt wurden, oder das Fahrzeug bereits wieder irgendwo abgestellt worden ist. Los geht's, wir haben keine Zeit!“

Bluhm setzte sich gerade hin und erweckte seinen Computer zum Leben.

„Frau Kirchwald!“ Eine tiefe Stimme übertönte das Gesumm der Einsatzgruppe. Ein massiger Mann mit Vollbart stand in der Tür. Er trug die leuchtend rote Kleidung eines Notarztes und wurde von zwei Rettungssanitätern begleitet, die ihre Ausrüstung mitschleppten.

Unwillig fuhr die Staatsanwältin herum. „Was ist denn noch?“

„Frau Kirchwald, in Ihrem eigenen Interesse ersuche ich Sie dringendst, uns ins Diakonissen zu begleiten. Das ist hier mehr oder weniger um die Ecke. Sie haben nicht unerhebliche Verletzungen, die …“

„Doktor, mir geht es gut. Das habe ich Ihnen bereits in Heidelberg gesagt. Ich wiederhole mich ungern.“ Sie nestelte ihre Bluse wieder zu. Die Rettungsassistenten klappten ihre Koffer auf und zogen sich dünne Gummihandschuhe über. Bluhm und der junge Köse beobachteten die Szene interessiert, zusammen mit allen anderen im Raum.

„Ihr Name ist?“ Sie funkelte den Arzt angriffslustig an. Bluhm kannte diesen Blick. Den hatte sie gerne bei Schlussplädoyers drauf. Die Anklage fordert lebenslänglich mit anschließender Sicherheitsverwahrung. Oder so.

„Kunze, Dr. Alfred Kunze, ich appelliere an …“

„Dr. Kunze…“, ihre Stimme wurde gefährlich leise. „Es ehrt Sie, dass Sie sich Sorgen um mich machen, aber ich habe schon Schlimmeres überlebt. Dies ist eine Ermittlung der Staatsanwaltschaft Mannheim, vertreten durch meine Person. Wenn Sie weiterhin diese Ermittlungen behindern, lasse ich Sie und Ihre Mitarbeiter festnehmen und abführen. Koschubs! Baser! Swiatek! Begleiten Sie die Herrschaften nach draußen!“ Eine Polizeikommissarin und zwei Kollegen erhoben sich und machten Anstalten, die Notfallretter aus dem Raum zu führen. Dr. Kunze strich die Flagge und winkte seinen Assistenten, ihm zu folgen.

„Vor Zeugen!“, betonte er nachdrücklich, „…Frau Kirchwald verweigert auf eigenen Wunsch ärztliche Hilfe. Viel Erfolg, schönen Tag noch!“

Der alte Golf war durch die Tieferlegung kaum noch gefedert und hoppelte rückgraterweichend über jeden Schachtdeckel. Sillmar steuerte das Auto in Richtung Ludwigshafen, bog vor der Rampe zur Adenauerbrücke links ab in Richtung Handelshafen. Vorbei am Haus Oberrhein, an dem die *Stéphanie de Beauharnais* vor fünf Tagen abgelegt hatte, folgte er der Rheinkaistraße bis kurz vor die Schumacher-Brücke, die sich hier über den Mühlauhafen und den Rhein schwang. Er bog rechts ab und stellte die Kiste in der Nähe einer Schrotthandlung hinter einem staubigen alten Focus ab, den ein roter Aufkleber des Ordnungsamtes zierte. Er stieg aus, schaute sich kurz um und entfernte die Nummernschilder, die er in den Kofferraum legte. Nahtlos fügte sich der Wagen in die Reihe der anderen dort abgestellten und wohl auf die Schrottpresse wartenden Fahrzeuge ein.

Elf Minuten. Länger war der Mörder mit dem alten Golf nicht unterwegs gewesen. Flucht der kurzen Wege. Sein Konzept schien aufzugehen. Er steckte die Pistole, die er dem Beamten im Kraftwerk abgenommen hatte, hinten in den Hosenbund und marschierte in Richtung Rheinkai.

Gerald Faas beobachtete gelangweilt die Arbeit seiner beiden Matrosen, die kleinere Roststellen an der Außenseite des Laderaums ausbesserten. Ab und zu drang das Kreischen der Schleifhexe bis zu ihm ins klimatisierte, mit Sonnenschutzrollos verdunkelte Steuerhaus. Der grauhaarige Schiffseigner schaute auf die Uhr. In zwanzig Minuten müsste sein Steuermann auftauchen. Wachwechsel. Frans hatte vor einer halben Stunde seinen wohlverdienten Urlaub angetreten und nun kam für zwei Wochen Oleg an Bord. Das 135 Meter lange Containerschiff Kobern war wegen des niedrigen Wasserstandes nur zur Hälfte beladen. Es lag unter der Schumacher-Brücke am Mannheimer

Rheinufer. Sobald Olegs Auto neben dem des Kapitäns auf der Roof abgestellt war, würde die Kobern Fahrt aufnehmen. In Kehl war für morgen der nächste Halt eingeplant, bevor es weiter zum Endpunkt der Reise nach Basel ging.

Gerald Faas bemerkte den Mann auf der Kaimauer zunächst gar nicht. Erst als er am Geländer des Treppenabgangs stand und das Schiff musterte, wurde er auf ihn aufmerksam. Ein junger Kerl. Vielleicht ein Lkw-Fahrer oder ein Lagerarbeiter aus einem der riesigen Blocks, vor denen die Kobern vertäut war. Der Kapitän drehte seinen ledernen Kommandosessel, als der Mann die Treppe hinunterstieg. Faas drückte einen Knopf auf der Armaturentafel, der ihn mit seiner Frau Michaela unten in der Wohnung verband. „Willst du noch ein Stück Kuchen, Gerald?“, fragte sie.

„Ich glaube, wir kriegen Besuch, Michi“, informierte er sie, worauf „Ach Gott, und ich habe meine Haare nicht gemacht“, durch den Lautsprecher kam. Der Kapitän lächelte. Vielleicht einer, der Arbeit suchte, oder einfach nur ein Fan, der sich für Schiffe interessierte. Die Kobern war schon ein imposantes Schiff. 135 Meter lang, 17 Meter breit, Platz für 500 TEU (Container) Der Mann hatte harmlos ausgesehen. Freundliches offenes Gesicht. Ordentliche Kleidung.

Michaela Faas trat aus der Wohnungstür, als der Fremde am Heck der Kobern anlangte.

„Guten Tag, mein Name ist Justus Geldern. Kann ich den Kapitän sprechen? Ich suche Arbeit.“

„Hallo, ich bin Michaela Faas, Mein Mann ist oben im Steuerhaus. Gehen Sie ruhig rauf, aber ich glaube nicht, dass wir Bedarf haben.“

„Danke, vielleicht kann er mir ja auch einen Tipp geben, wo ich noch hingehen kann.“

Lieber Kerl, dachte Michaela. Vielleicht können wir ja noch einen Matrosen gebrauchen. Marco Sillmar betrat die schräg nach oben führende ausziehbare Treppe zum Steuerhaus, das wegen der relativ flach gestapelten Container nur halb ausgefahren war. Er klopfte höflich an, streifte seine Sneakers ab und zog die Waffe.

Gerald Faas schwang mit seinem Sessel herum, nachdem er „Herein“ gerufen hatte und schaute in die Mündung einer Pistole. Der Kapitän verzog keine Miene und musterte den Besucher mitleidig.

„Mein Junge, hier gibt es nichts zu holen. Überfall eine Spielhalle oder eine Tanke, oder geh’ einfach wieder nach Hause. Wir haben hier zu arbeiten.“

Sillmar war kurz verunsichert über diese Reaktion, fing sich aber gleich wieder.

„Wer ist noch alles an Bord?“

„Zwei Matrosen und meine Frau.“

„Rufen Sie Ihre Frau herauf. Wenn Sie mich angelogen haben, ist sie die Erste!“

Der Kapitän las in den Augen des jungen Mannes. Das war kein durchgeknallter Junkie, der ein paar Euro für den nächsten Druck brauchte. Das war … war da nicht gestern dieser Holländer gewesen, der ihm am Funk erzählt hatte, dass unten bei Duisburg ein Riesentheater gewesen war? Irgendein Kreuzfahrtschiff war darin verwickelt gewesen. Ein Mädchen sei wohl entführt worden …

„Michi, kommst du bitte mal“, seine Stimme klang neutral. Er durfte jetzt keine Fehler machen! Wenig später stand seine Frau in der Tür. In der linken Hand einen Teller mit Kuchen. Kaffee gab es im Steuerhaus direkt vom Vollautomaten.

„Tür zu! Setzen!“ Die Frau des Kapitäns wurde bleich. Die Gabeln auf dem Kuchenteller klapperten.

Mit weichen Knien nahm sie in der großzügigen Sitzgruppe im hinteren Bereich des großen Steuerhauses Platz.

„Was wollen Sie von uns?“, stieß sie hervor.

„Wenn Sie tun, was ich sage, dann sind Sie mich heute Abend wieder los. Es wird Ihnen und dem Schiff nicht das Geringste passieren. Wohin fahren Sie von hier aus?“ Die Frau holte Luft, aber ihr Mann kam ihr zuvor: „Antwerpen. In Köln kriege ich noch eine Lage Container drauf.“ Michaela Faas schaute ihren Mann erstaunt an, wollte etwas sagen, aber Geralds Blick ließ sie schweigen. Unmerklich hatte er den Kopf geschüttelt.

Der Entführer schaute auf die Uhr an der Wand.

„Sagen Sie den Matrosen Bescheid. Wir legen jetzt ab.“

Gerald Faas nickte und nahm das Mikrophon aus seiner Halterung. Er drückte einen Knopf und der Außenlautsprecher gab einen kurzen elektronischen Hupton von sich. Die Matrosen hoben die Köpfe.

„Klarmachen zum Ablegen in fünf Minuten.“ Die Männer winkten und hoben die Daumen. Sie wirkten erleichtert, dass sie ihre eintönige Arbeit unterbrechen konnten. Einer von ihnen ging zum Heck des Schiffes, der andere nach vorne, um die Festmachertaue zu lösen. Gerald Faas startete die beiden Caterpillar-Motoren mit zusammen über 3000 PS.

„Kommen die normalerweise hier herauf?“

„Selten. Nur wenn ich sie rufe. Die haben vorne ihre eigenen Wohnungen. Aber wir essen zusammen."

„Sagen Sie ihnen, Sie haben Besuch. Essen fällt heute aus."

„Das werden die komisch finden."

„Sie finden es bestimmt nicht komisch, zwei tote Matrosen an Bord zu haben, oder?" Der Kapitän merkte, dass der Entführer am Ende seiner Kraft war. Für den ging es hier wohl um alles oder nichts. Eine brisante Situation. Er konnte nur hoffen, dass sein Plan, wenn man das überhaupt so nennen konnte, aufging. Der Lautsprecher des Funkgerätes knisterte.

„Heck klar zum Ablegen, Chef." Kurz darauf eine andere Stimme: „Kopf klar zum Ablegen!" Bei der Binnenschifffahrt hieß der vordere Teil des Schiffes nicht Bug sondern Kopf. Manche nannten das Heck deshalb auch Arsch, aber die Kobern war ein anständiges Schiff.

Faas steuerte den Riesen mit den Strahlrudern auf Abstand zur Kaimauer. Dann drehte er ein perfektes Rondo, wobei der Schiffskörper beinahe die gesamte Breite des Stroms benötigte, und ließ die Maschinen mit Halbgas laufen. Er schaute auf die Uhr. 15:45 Uhr. Wenn Oleg jetzt am Rheinkai vorfuhr, konnte er sein Schiff gerade noch in Richtung Norden fahren sehen.

Der Steuermann stand jedoch noch auf der Jungbuschbrücke im Stau und traf erst um kurz nach 16:00 Uhr am vereinbarten Treffpunkt unter der Schumacher-Brücke ein.

Entgeistert hielt er nach der Kobern Ausschau. Sein Schiff war weg.

Lagezentrum GKM, 16:45 Uhr

„Das kam gerade rein. Revier Mitte. Ein Steuermann vermisst sein Schiff." Der Beamte legte Bluhm einen Ausdruck auf den Schreibtisch.

Bluhm schaute den Kollegen stirnrunzelnd an, „Baumann, wir haben weiß Gott andere Sorgen, als einem besoffenen Sailor zu helfen, seinen verdammten Kahn zu finden."

„Der scheint nicht betrunken zu sein. Er hat seinen Kapitän angerufen und der hat sich sonderbar benommen. Unlogisches Zeug erzählt. Der Mann glaubt, da stimmt etwas nicht. Unser Marco Sillmar ist doch auch mit der Schifffahrt verbandelt. Womöglich ist der an Bord dieses Schiffes. Heißt übrigens Kobern. Jowi-Klasse. Ordentlicher Brocken."

„Frau Kirchwald!" Die Staatsanwältin kam zu Bluhm herüber. Der junge Köse war entlassen worden. Die tausend Euro hatte er zu seinem großen Leidwesen auch abgeben müssen.

Bluhm beriet sich mit der Staatsanwältin und beide lasen sich das Memo vom Revier Mitte aufmerksam durch.

„Das Schiff sollte also unterhalb der Schumacher-Brücke am Rheinkai auf den Steuermann warten, weil dessen Vorgänger in Urlaub gegangen ist", rekapitulierte sie. „Darf der denn ohne Steuermann überhaupt ablegen?"

„Klar, darf er das, ist ja schließlich Kapitän mit Rheinpatent. Aber wenn er durchfahren will, was die meisten großen Pötte heute machen, braucht er den zweiten Mann. Laut den Angaben des Steuermannes ist die Kobern nach

Kehl unterwegs. Wir könnten die Kollegen von der Wasserschutzpolizei bitten, nach ihr Ausschau zu halten."

„Das kann ich von hier aus machen", meldete sich Jenny Behrer, eine junge Kriminalkommissarin vom Nachbartisch, die die Unterhaltung mit angehört hatte. Bluhm hob fragend die Augenbrauen.

„Marinetraffic.com. Mein Freund hat ein Boot, wir sind oft auf dem Rhein unterwegs und nutzen das. Wie heißt das Schiff?" Ihre Finger flogen bereits über die Tastatur. „Kobern mit K". Bluhm und die Staatsanwältin schauten der Beamtin über die Schulter. Eine Karte erschien, mit zahlreichen stilisierten Schiffchen in rot, blau und grün. Jenny Behrer gab den Schiffsnamen in ein Suchfenster ein. Ein neues Fenster öffnete sich und zeigte das Foto eines großen Binnen-Containerschiffes.

„Und das ist jetzt live?" Bluhm staunte.

Die Beamtin schüttelte den Kopf, „Das ist ein Archivbild. Live müssten wir aber jetzt die genaue Position auf der Karte sehen. Moment …" Sie bewegte die Maus und die Karte veränderte sich. „Komisch …"

„Was ist komisch Frau Behrer?"

„Es wird nur der letzte gesendete Standort angezeigt. Das ist fast direkt unter der Schumacher-Brücke. Dort ist das Schiff um 15:10 Uhr angekommen."

„Laut diesem Steuermann ist es dort aber nicht mehr", brummte Bluhm. „Kann man diese Ortung auch abschalten?"

„Klar."

Die Staatsanwältin streckte sich, „Bluhm, konzentrieren Sie die Suche nach Köses Golf auf das Gebiet rund um den

Liegeplatz der Kobern. Herr Hofen!“ Der Kriminalrat hob den Kopf, „Ich brauche eine Überwachung des Schiffsverkehrs auf dem Rhein in beide Richtungen ab Mannheim bis sagen wir …“ Sie überlegte kurz. „Wie schnell fährt so ein Schiff überhaupt?“

Jenny Behrer wiegte ihren Kopf mit der Pferdeschwanzfrisur. „Ein großer Frachter? Bergfahrt so um die zehn, zwölf Kilometer, Talfahrt in der Regel so 16 bis 20 Kilometer die Stunde.“

„Also von Speyer bis Gernsheim. Kriegen wir das gebacken, Herr Hofen?“

„Sie glaubet doch net wirklich, dass dä Sillmar mit oim Binneschiff auf der Flucht is?“

„Was ich glaube, ist Nebensache. Bisher haben wir keine andere Spur. Ist der Hubschrauber noch da?“

„Muss i abklärn, wenn net, könnet ons die hessische oder die Pfälzer Kollege a bissel aushelfe.“

„Gut, verständigen Sie auch die Wasserschutzpolizei. Unsere und die aus Hessen und Rheinland-Pfalz. Ich will dieses Schiff finden. Nach Vollzug keine weiteren Aktionen, aber Nachricht direkt an mich. Wenn Sillmar wirklich da drauf sein sollte, müssen wir uns was einfallen lassen. Der ist kurz vor dem Amok. Der nimmt auf nichts mehr Rücksicht. Sagen Sie das auch den Kollegen, Herr Hofen.“ Erschöpft ließ sie sich auf den Stuhl sinken und massierte ihre lädierte Hüfte.

Es war kurz vor 17:00 Uhr, als eine Motorradstreife den abgestellten Golf in der Rheinmühlenstraße fand. Von dort aus waren es gerade mal zweihundert Meter zum ehemaligen Liegeplatz der Kobern. Der Verdacht erhärtete sich, dass Sillmar ein kapitales Containerschiff gekapert hatte. Aber wozu? Bluhm zerbrach sich den Kopf und ging erst einmal nach draußen, eine rauchen. Für eine Flucht vor der Polizei gab es doch wohl nichts Plumperes, Auffälligeres und Langsameres als solch einen Riesenschlappen. Oder bedeutete das etwas anderes? Hatte dieser eiskalte Typ noch einen Plan B in seinem gestörten Hirn? Oder ging es ihm, Bluhm wollte gar nicht dran denken, einfach nur um den ganz großen Abgang?

Der Steuermann der Kobern war mittlerweile ins Lagezentrum gebracht worden und hatte sein Schiff erneut angerufen. Aber der Kapitän ging nicht mehr dran. Ein Umzug der Einsatzgruppe ins Polizeipräsidium war erwogen und wieder verworfen worden. Wenn das mit dem Schiff eine heiße Spur war, konnten sich die Ereignisse innerhalb weniger Minuten zuspitzen. Zumindest für den heutigen Tag blieb man also vor Ort. Zumal die Versorgung mit Getränken und Snacks durch das Grosskraftwerk hervorragend funktionierte und der Kaffee nach einvernehmlicher Aussage erheblich besser war als der im Präsidium.

Bluhm beendete gerade ein deprimierendes Gespräch mit Solo, die angerufen hatte und auf ein Lebenszeichen von Jay hoffte. Er informierte sie in groben Zügen über die jüngste Entwicklung, ohne etwas zu beschönigen. Solo und Tarzan waren seine Freunde. Hier waren die üblichen Beschwichtigungsformeln fehl am Platz. Er schaute auf die

Uhr. 26 bis 28 Stunden hatte Sillmar gesagt, danach wäre das Mädchen tot. Die Zeit wurde langsam knapp. Oder war schon längst um, wenn der Mörder sich verschätzt hatte. Umso wichtiger war es, Sillmar rasch und lebend festzusetzen. Bluhm verstand den damaligen Frankfurter Polizeivize Daschner immer besser. Auch er würde einem solchen sadistischen Subjekt am liebsten die Fingernägel rausreißen, um ihn zum Reden zu bringen. War er deshalb ein schlechter Polizist? Gute Frage.

16:08 Uhr, GMS Kobern, Rheinkilometer 432

Der Kuchen auf dem Tisch im Steuerhaus blieb unberührt. Vor dem stumpfen Kopf der Kobern führte die Autobahnbrücke zwischen Ludwigshafen-Nord und Mannheim-Sandhofen über den Fluss. Der Entführer saß in der Ecke, wo er sowohl die Frau, als auch den Kapitän auf seinem Steuerstuhl im Blick hatte. Als das Handy klingelte, hatte er Faas befohlen, den Lautsprecher einzuschalten und das Gespräch mit dem Steuermann verfolgt. Der Kapitän erzählte ihm was von einer Reederei-Order und einer Bonuspauschale und gab alles Mögliche Containerkauderwelsch von sich, bis ihm Sillmar das Handy abnahm und den Akku entfernte. Das war ihm entschieden zu heiß. Von der ganzen Containerschubserei verstand er nichts und die Gefahr bestand, dass der alte Fuchs codierte Informationen weitergab.

„Sie haben mir nicht gesagt, dass Sie auf einen Steuermann gewartet haben", sagte er verärgert zu dem Kapitän.

„Sie haben mich nicht gefragt."

„Wenn Sie mich verarschen, ist das hier Ihre letzte Fahrt. Vorher dürfen Sie aber noch zuschauen, wie Ihre Frau für Ihre Dummheit bezahlt."

„Sie sind der Chef." Faas' Stimme klang ruhig. Innerlich kochte er. Am liebsten wäre er aufgesprungen, hätte das Bübchen am Hals durch die Tür geschleift und ins Schraubenwasser geworfen.

„Gut beobachtet. Schönes Beiboot haben Sie da hinten am Kran."

Faas nickte. Die Riva Junior Baujahr 1967 war sein ganzer Stolz. 180 PS, Innenborder. Toprestauriert. Nimm das Ding und verschwinde. Ich helf' dir noch, es zu Wasser zu lassen, aber lass' mich, meine Frau und meine Männer zufrieden.

„Vollgetankt?"

Wieder nickte der Kapitän.

„Ich überleg mir was."

Flucht der kurzen Wege. Sillmar hatte nicht vor, länger als unbedingt nötig auf diesem Pott zu sitzen. Es war die schnittige Riva, die ihn bewogen hatte, ausgerechnet die Kobern zu entführen.

Irgendwo kurz hinter Mainz würde er sich mit der Riva davonmachen. Mit ihr und der Barschaft, die er hier an Bord einsammeln würde. Ein paar Hunderter reichten fürs Erste. Die Polizeipistole war für den Anfang seine EC-Karte. An Jay verschwendete er keinen einzigen Gedanken.

17:10 Uhr, Großes Streifenboot Hessen 8, Rheinkilometer 455

Die 409 PS-starke Hessen 8 rauschte mit gewaltiger Bugwelle stromaufwärts. Alle Augen scannten die entgegenkommenden Schiffe. Zwischen Worms und Gernsheim, in Höhe des Atomkraftwerkes Biblis, kam ihnen ein großer Talfahrer entgegen, der ohne Transponder fuhr.

„Containerschiff, Jowi-Klasse“, meldete Hauptkommissar Schulte, der neben Polizeikommissarin Nesrine Aydin, die das Boot steuerte, stand und durchs Fernglas blickte.

„Soll ich langsamer fahren?“, fragte sie.

„Bloß nicht! Wenn das das gesuchte Schiff ist, dürfen die da drüben keinen Verdacht schöpfen. Wir lassen die Kameras laufen und werten die Fotos danach aus. Halte dich ein bisschen weiter steuerbord und gib der Kleinen ordentlich die Sporen.“

Das ließ sich die junge Beamtin nicht zweimal sagen. Dumpf brummte der kräftige Motor und der Bug der Hessen 8 hob sich eindrucksvoll aus dem Wasser. Der Fahrtwind heulte durch den Mast und am Flaggstock am Heck wehte stolz die deutsche Fahne. Die Hessen 8 zog eine mächtige weiße Schleppe hinter sich her und PHK Schulte genoss wieder einmal seinen Beruf aus vollem Herzen.

Die hochauflösenden Kameras schnarrten, als das Polizeiboot in gebührendem Abstand das Schiff passierte. Es war tatsächlich die Kobern. Die Sonnenschutzrollos im Steuerhaus waren heruntergelassen, so dass man mit bloßem Auge nicht erkennen konnte, wie viele Personen sich darin aufhielten. Auf dem Vorschiff standen zwei Matrosen und winkten grüßend herüber.

„Sieht nicht so aus, als hätten die da drüben gerade Stress“, bemerkte POK Uwe Kaymann, den alle nur das Krokodil nannten. Auch er hatte eines der leistungsfähigen Steiner-Ferngläser vor den Augen, die zur Ausrüstung der Hessen 8 gehörten.

„Aydin, fahr weiter in dem Tempo, bis wir für die Kobern außer Sicht sind, dann gehst du wieder auf steuerzahlerfreundliche Geschwindigkeit. Ich schau mir mal die Bilder an, vielleicht sehen die Kameras mehr als wir.“

Das taten sie allerdings.

Lagezentrum GKM, 17:20 Uhr

Kriminalrat Friedrich Hofen trat an das Whiteboard und schrieb mit dickem Stift den Namen „Kobern“ darauf. Der Raum war leicht abgedunkelt, so dass ein blendfreies Arbeiten an den zahlreichen Monitoren möglich war. Der Beamer warf ein leuchtendes Rechteck auf die große, aus der Decke ausgefahrene Leinwand. Hofen nickte einem Beamten zu, der den Laptop bediente, welcher mit dem Projektionsgerät verbunden war.

Ein Frachtschiff erschien. Es lag nicht sehr tief im Wasser. Aus dem Laderaum ragte eine Schicht verschiedenfarbiger Container, sogenannte TEUs. Der Name „Kobern“ leuchtete weiß auf der schwarzen Bordwand. Das Schiff verfügte über eine ausladende Wohneinheit, auf deren Dach ein Mercedes der M-Klasse stand, sowie in einem speziellen Geschirr ein elegantes kleines Motorboot hing. Das Steuerhaus war ein großer Kasten, der sich fast über die gesamte Schiffsbreite erstreckte. Alles vermittelte den Eindruck gepflegter Frische, von den in der Sonne blinkenden Suchscheinwerfern, über die funkelnden Antennen und die chromglänzenden Geländer bis hin zu den wie gerade gewaschen wirkenden Wimpeln und Flaggen. Ein stolzes Schiff im Eigentum eines der immer seltener werdenden deutschen Partikuliere.

Hofen ergriff das Wort: „Hier sähet Se die Kobern, ein Gütermotorschiff, welches sowohl Schütt- und Schwärgut, als auch Condääner transportieren kann. Eigner isch Gerald Faas aus Kobern-Gondorf an der Mosel, der das Schiff au steuert. Bereedert wird des von der Rhinestream-Condääners B.V. Nach Aussagen des Zwoiten Steuermannes, Oleg Gerassimov, der in Mannheim zusteigen sollt, is des Schiff ursprünglich no Kehl ond Basel onderwägs gwäse. Aus bishär no net oideudig geklärte Gründe hod dss Schiff die Ankunft Herrn Gerassimovs net abgwart ond fährt zurzeit mit oiner Geschwindigkeit von etwa 18 Stundenkilomätern stromabwärts. Des Foddo wurd von oiner von dänne audomadische Hochleistungskameras der Hesse 8, oim Schdreifeboot der hessische Wasserschutzbolizei Wiesbade, bei schneller Vorbeifahrt aufgnomme. Der Schiffsführer beantwortet Funkanfragen der Revierzentrale, die auf onsere Ahweisunge hi allerdings nor allgemoiner Naduur sin, ordnungsgmäß. Der Kontakt zu ondere Schiffe wärd nur sporadisch un je no därre Fahrsituation kalde. Des Hendy von demm Kapidän ond soiner Fraa sin wohl ausgschalt worre. Die zwoa Matrose habet mir äbefalls no net erreische kenne. Deren Handynummern habet mir von dämm Herrn Gerassimov erhalte. Des neggschde Foddo zeigt…“

Er machte eine kurze Pause, bis auf der Leinwand die Großaufnahme des Steuerhauses erschien: „ … des Steuerhaus inäre Vergrößerung. Die Uffnahm is digidal bearbeit, so dass zumindeschd erkennbar is, wie viel Leud sich zurzeit do drinne aufhalte. Mir erkennet hier...“, er zeigte mit einem Laserpointer auf eine Silhouette, „ ...oine von onsere Bildspezialischde als weiblich oigstufte Person in sitzender Haltung un do … “, der rote Punkt wanderte in die andere Ecke des Steuerhauses, „…oine stehende Person, die ebbes in d'r Hand hält, was eventuell oine Waffe soi kennt. Des ist awwer net oideudisch erkennbar, obwohl Arm- un Körperhaltung des naheliegend erschoine losset. Auf dem Steuerstuhl hockt oi weidere Person, bei därre es sisch mit großer Wahrschoinlichkeit um de Schiffseigner und Kapitän Gerald Faas handelt.

Laut Aussage von dem zwoide Steuermann Gerassimov fahrt des Schiff normalerweise stets mit fünf Personen Besatzung, bestähend aus dem Kapitän, soiner Frau, die au des Rheinpadent het, zwoi Matrose und oim Steuermann, dä äbefalls als Maschinist fungiert. Da Herr Gerassimov hier bei ons weilt, befindet sisch zum Zeitpunkt der Aufnahme also oine überzählige Person an Bord.“

Hofen schwieg, während noch weitere Aufnahmen der Kobern gezeigt wurde.

Ein Gemurmel setzte ein, welches Hofen mit einem Räuspern zum Verstummen brachte. Niemand scherzte, keiner machte irgendwelche Bemerkungen.

„Des Ziel onserer Arbeit ischt wie folgt:“ Hofen musterte ernst seine Leute. „Punkt 1: Zweifelsfreie Identifizierung der vierten Person auf dä Kobern. Punkt 2: Wenn diese Person de gsuchte Marco Sillmar isch, dänn ohne Gefährdung der reschtlichen Besatzungsmitglieder feschtzunähme. Ond zwar lebend!“, fügte er mit großem Nachdruck hinzu.

Hofen trank einen Schluck Wasser und fuhr fort: „Des sollt scho zeitnah bassiere. Wie Sie alle wisset, leeft uns die Zeit devu, da mir davon ausgehn müsset, dass Sillmars Entführungsopfer tatsächlich in unmittelbarer Läbensgefahr schwebt. Die Staatsanwaltschaft folgt däre Einschätzung.“

Er warf Kirchwald einen Blick zu. Diese nickte und sagte:

„Ich habe bereits Folgendes veranlasst: Einheiten in Zivil folgen dem Schiff beiderseits des Rheins und postieren sich an Punkten unmittelbar am Rheinufer. Diese Einheiten werden versuchen, die überzählige Person an Bord zu identifizieren. Die Kollegen von der WSP in Hessen und Rheinland-Pfalz halten sich zurück, haben aber Beamte, die zivile Boote besitzen aus der Freischicht verständigt, die dem Schiff unauffällig folgen, bzw. ihm entgegenfahren. SEK ist verständigt und auf dem Weg nach Mainz. Wir planen spätestens dort einen Zugriff, ob der Mann zwischenzeitlich identifiziert wurde oder nicht.“

„Wie soll dieser Zugriff denn aussehen?“ Bluhm. Der Kriminalrat schaute alle der Reihe nach an, als prüfe er, wer diese Information erhalten solle und wer nicht. Schließlich verschränkte er die Arme, wippte leicht auf den Ballen und versuchte, seinen Mitarbeitern den ungewöhnlichen Plan begreiflich zu machen, den ihm der Chef der Mannheimer Wasserschutzpolizei vorgeschlagen hatte.

18:51 Uhr, GMS Kobern, Rheinkilometer 481, kurz vor Nierstein

„Was ist das für ein Theater im Funk? Schalten Sie es ab, das nervt.“

Sillmar war, seit das Polizeiboot in voller Fahrt vorbeigerauscht war, sichtlich nervöser geworden. Er lief ständig hin und her und hatte sich das Fernglas des Kapitäns umgehängt, durch das er von Zeit zu Zeit die Umgebung absuchte.

„Den Teufel werde ich tun“, antwortete der Kapitän und nahm so weit das Gas weg, dass die Kobern gerade noch dem Ruder gehorchte.

„Die haben an der Mainzer Südbrücke eine Großübung mit Feuerwehr und THW. Das wurde nicht angekündigt, um möglichst realistische Außenbedingungen zu haben.“

„Wenn das ein Trick ist, Faas, dann …“

„Sperren Sie eben mal Ihre Ohren auf, verdammte Hacke“, explodierte der sonst so ruhige Schiffsführer. „Die Revierzentrale hat die Bergfahrt gestoppt. Wir haben noch Glück, dürfen in langsamer Fahrt passieren. Wissen Sie was? Ich überlasse Ihnen die Riva. Die ist 35.000 Euro wert. Meine Männer informiere ich, dass Sie ein Käufer sind, der eine Probefahrt machen möchte. Die lassen sie Ihnen zu Wasser. Ich warte die Nacht ab, bis ich sie als gestohlen melde. Wie gefällt Ihnen das?“

„Schöne Geschichte, aber Sie vergessen das Wichtigste!“

Faas zog die Augenbrauen fragend hoch.

„Ich bin hier der Regisseur. Selbst wenn ich wirklich mit der Riva wegfahren würde, dann würde ich Ihre Frau mitnehmen. Safety first. Das sollten Sie als Kapitän doch auch verinnerlicht haben."

Gerald Faas stand kurz vor der Explosion. Seine Frau Michaela schaute ihn bittend an und schüttelte den Kopf. Der Kapitän verstand. Ball flachhalten. Er atmete tief durch und drehte den Kommandosessel wieder in Fahrtrichtung.

„Frau Faas?" Die Frau des Kapitäns schaute den Entführer mit einer Mischung aus Trotz und offener Verärgerung an, „Ich muss aufs Klo. Kommen Sie mit. Keine Angst", als er ihr erschrockenes Gesicht sah, musste er lächeln. „Sie können vor der Tür warten, ich lasse sie angelehnt. Ist bloß zu Ihrer und meiner Sicherheit. Safety first, Sie erinnern sich, Herr Kapitän?" Gerald Faas reagierte nicht. Er musste auf die Fähre achten, die hier den Rhein querte. Manchmal kam es zu brenzligen Situationen, wenn ein Fährkapitän meinte, noch schnell vor einem Talfahrer vorbeiwitschen zu müssen. Die „Landskrone" lag jedoch friedlich am Anleger während einige Pkw gerade auffuhren. Eines der Fahrzeuge blieb oberhalb der Rampe stehen, ein silberner Toyota Landcruiser mit einem Surfbrett auf dem Dach. Das Auto hatte er heute schon einmal gesehen. Im rheinhessischen Hamm. Auch an einem Fähranleger. Als der Entführer mit seiner Frau das Steuerhaus verließ, griff sich Faas sein altes Zeissglas und richtete es auf das Fahrzeug. Was er sah, ließ ihn erleichtert aufatmen. Er blickte direkt in die vergütete Optik eines fetten Zoomobjektivs. Der Geländewagen war mit zwei Personen besetzt. Einer war ausgestiegen und rauchte eine Zigarette. Schwarze Hosen mit aufgesetzten Taschen, schwarzes T-Shirt, breiter Koppelgürtel, allerdings keine sichtbare Waffe. Bullen. Hastig in ihre Privatautos gescheucht und auf ihn angesetzt. Faas schwenkte das Glas auf die andere Rheinseite. Er machte eine Harley Davidson Electra Glide auf dem Gelände des alten Kieswerks aus. Der Fahrer stand in teilweiser Deckung eines alten Silos und tat, als fotografiere er seine Maschine. Er trug eine grünweiße Lederkombi, über die er eine Jeanskutte gestreift hatte. Den hatten sie wohl geradewegs von seiner Behörden-BMW gezerrt und losgeschickt.

18:53 Uhr, Fähranleger Nierstein, Rheinkilometer 482

„Hagen für Hagen 28 kommen."

„Hagen hört."

„Standort Fähre Nierstein. Objekt gesichtet. Zwei Personen verlassen das Steuerhaus." Der Sprecher machte eine kurze Pause, in der das hastige Klicken eines Kameraverschlusses zu hören war. „Ergänzung, eine weibliche Person, eine männliche. Personen betreten die Wohnung. Bilder sind im Kasten. Hagen 28 Ende."

„Verstanden Hagen 28, Bilder direkt an die Kollegen von Peter. Observation fortsetzen. Hagen Ende."

Gleiche Zeit, Fähranleger Kornsand, Altes Kieswerk

Mist! Bloß weil dieser dämliche Reißverschluss klemmte, hätte er beinahe den Augenblick verpasst, als die beiden Personen das Steuerhaus verließen. Mit offenem Hosenstall, die Behördenkombi hatte schon ein paar Dienstjahre hinter sich, brachte er seine Nikon in Stellung und ließ die Serienaufnahmefunktion durchrattern. Er grinste. Ja, Leute, schaut her, DAS ist Polizeiarbeit! Danach beschäftigte er sich konzentrierter mit dem klemmenden Reißverschluss und bekam die knautschige Lederhose endlich zu. Er aktivierte das digitale Funkgerät und rief die Zentrale: „Heiner für Heiner 80/09 kommen."

„Heiner hört."

„Zwei Personen außerhalb des Steuerhauses fotografiert. Ein Mann, eine Frau. Haben die Schiffswohnung betreten."

„Verstanden Heiner 28. Aufnahmen so schnell wie möglich an Peter weiterleiten. Einsatz fortsetzen. Heiner Ende."

„Verstanden, setze Einsatz fort. Heiner 28 Ende."

19:10 Uhr, GKM Lagezentrum

Jenny Behrer klickte sich durch die Fenster der Bildersoftware. Dann drehte sie sich zu Hofen, Bluhm und der Staatsanwältin um.

„Ich lege die jetzt auf den Beamer. Sorry, dass das so lange gedauert hat, aber die Datenmenge ist ziemlich groß und unsere Hardware wird vom Steuerzahler finanziert."

Patentes junges Ding, dachte Bluhm. Bissel frech, aber sehr aufgeweckt. Die wird ihren Weg gehen.

Ein Raunen ging durch den Raum, als die ersten bearbeiteten Fotos auf der Leinwand erschienen.

„Die Frau ist Michaela Faas", erklärte Bluhm, der Mann …", er schaute sich mehrere Bilder in Folge an, „…

der Mann ist ohne Zweifel Marco Sillmar. Hier ist sogar die Waffe zu sehen. Was will er in der Schifferwohnung?“

„Brunzen?“, fragte eine Stimme aus dem Hintergrund. Vereinzelte Lacher ertönten. Hofen verlangte Ruhe. Er gab sein Handy an Bluhm weiter.

„Der Kollege könnte sogar recht gehabt haben. Sillmar ist nach drei Minuten wieder zusammen mit der Frau ins Steuerhaus zurückgekehrt.“

Die Staatsanwältin ergriff das Wort. „Sillmar ist zweifelsfrei identifiziert. Ich verständige die Kollegen in Mainz. Wir werden den Zugriff wie geplant durchführen. Noch Fragen?“

Tausend Fragen, dachte Bluhm. Was, wenn das in die Hose ging? Wie sollten sie jemals das Versteck der jungen Charish finden. Oder war sie schon längst tot? Alles eine Inszenierung eines Profilneurotikers? Etwas grummelte in seinen Eingeweiden. Sein Bauch sprach zu ihm. Eine Stimmc mit Gewicht. Wortwörtlich. Er musste jetzt auch mal ganz dringend aufs Klo.

19:15 Uhr, Mainz, Südbrücke, Rheinkilometer 496

Zahlreiche Schaulustige bevölkerten das Rheinufer rund um die historischen Brückentürme. Die Leute hatten sich mit Proviant, Decken und Klappstühlen ausgerüstet und verfolgten die angekündigte Übung mit großem Interesse. Die Brücke selbst wurde für den Bahnverkehr gesperrt. Eine gelbe Diesellokomotive mit einem Bauzug stand auf den Gleisen. Der Rad- und Fußweg war vor zwei Stunden gesperrt worden. Vom weiter stromauf gelegenen Zementwerk war eine leere Barge (Leichter) mit ihrem Hilfsantrieb bis zur Brücke getuckert und lag nun quer zwischen dem ersten und dem mittleren Brückenpfeiler. Wahrschauflöße sicherten im Vorfeld die „Unglücksstelle“. Feuerlöschboote aus Mainz und Rüsselsheim dümpelten in Wartestellung und an beiden Ufern war ein Großaufgebot an roten und blauen Einsatzfahrzeugen aufgefahren. Im Inneren des Bauzuges bereitete sich ein vierköpfiger SEK-Trupp auf seinen Einsatz vor. Der war KEINE Übung. Ein Funkgerät knisterte in dem dämmerigen alten Güterwagen. Der Beobachtungsposten an der B9 bei Rheinkilometer 491 meldete sich.

„Objekt in Sichtweite. Einsatz in X-minus fünfzehn Minuten. Macht euch bereit Männer und denkt daran: Objekt unbedingt lebend festsetzen.“

19:20 Uhr, GMS Kobern, Rheinkilometer 492

Vor der Kobern erschien die Brücke, auf der die A60 den Rhein überquerte. Die Kobern schipperte mit knapp 10 Kilometern die Stunde auf die ersten blinkenden Wahrschauflöße zu. Die waren auf dem Wasser das, was auf den Autobahnen die orangefarbigen Fahrzeuge mit den Blitzlampen und den LED-Hinweisschildern waren.

19:30 Uhr

Gerald Faas nahm noch mehr Gas weg. Hochkonzentriert beobachtete er die einzige freie Fahrrinne am Steuerbordufer. Direkt darüber stand ein gelber Bauzug. Auch der Entführer schaute argwöhnisch nach vorne und nach den Seiten. Michaela Faas kauerte sich resigniert in die Ecke der Sitzgruppe, eine unberührte Tasse Tee vor sich. Die Kobern glitt beinahe lautlos im Tempo eines müden Wanderers auf die stählerne Gitterkonstruktion der Brücke zu. Wenn ihr was geplant habt, dann ist das hier ja wohl der einzig richtige Ort dafür, dachte Faas und wappnete sich innerlich für das, was nun kommen würde.

Drüben am Mainzer Ufer erkannte der Kapitän einen silbernen Geländewagen mit einem Surfbrett auf dem Dach. Hoffentlich hatte der Entführer den nicht auch auf dem Schirm. Gerald Faas blinzelte gegen die Abendsonne, als er schräg über sich in der Gitterkonstruktion eine Bewegung wahrnahm. Es war nur ein Schatten. Ein Schatten, der auch nur den Bruchteil einer Sekunde in seinem Sichtfeld war. Helm, Waffe, Sturmhaube. Faas zwang sich zur Ruhe und ließ die linke Hand wie zufällig über die Konsole mit den Bedienknöpfen wandern. Drüben am Ufer erklang ein Martinshorn. Der Kopf des Entführers ruckte herum. Ein Feuerwehrauto und ein Rettungswagen versuchten, sich einen Weg durch eine gaffende Menge zu bahnen. Faas drehte zwei Knöpfe und die kuchenblechgroßen Außenspiegel an den Seiten des Steuerhauses drehten sich nach außen. Gleichzeitig ließ er die lichtdichten Jalousien über den hinteren Fenstern herunter. Da diese sich hinter den Sonnenblenden befanden, fiel das gar nicht groß auf, aber die Sicht auf die Roof war nun auf jeden Fall versperrt. Sillmar stierte immer noch in Richtung Ufer, wo es wohl einen Verkehrsunfall am Rande dieser Übung gegeben hatte.

Faas hörte einen gedämpften Aufprall auf der Roof, kaum von den regelmäßigen Wellenschlägen des Wassers zu unterscheiden. Es ging los. Entweder waren sie in wenigen Minuten frei … oder tot.

Sillmar wurde zusehends unruhiger. „Wenn die hier irgendeinen Scheiß veranstalten, dann …"

Mit einem Knall flog die Aluminiumtür aus den Angeln und ein schwarzgekleideter, martialisch gepanzerter Mann mit einem Sturmgewehr im Anschlag stürzte in den Raum, gefolgt von drei genauso furchterregend wirkenden Kollegen.

„Waffe weg!", brüllte ein disharmonischer Chor. Verschlüsse klickten, Sicherungen ratschten, Glas knirschte unter Stiefelsohlen. „Waffe weg!" Die Männer hatten sich unmittelbar nach Erstürmung des Steuerhauses vor die Frau und vor den Kapitän gestellt, so dass diese nicht in unmittelbarer Gefahr schwebten. Vier Mündungen zielten auf den blassen jungen Mann, der ihnen einem nach dem anderen in die Augen sah, die Pistole auf die Eindringlinge gerichtet.

„Ihr habt es verbockt." Die Stimme des Entführers klang so klar, so ruhig und entspannt, als hätte er ein Leben lang auf diesen Augenblick gewartet. In einer einzigen fließenden, beinahe elegant zu nennenden Bewegung führte Marco Sillmar die Pistole zum Mund und drückte ab.

Fünf Schüsse fielen, es klang wie ein einziger. Hellrotes Hirnblut bedeckte die Scheiben des Steuerhauses, die sich hinter ihm befanden. Knochenstückchen und Gewebefetzen zogen glitschige Spuren durch diese grässliche Grundierung und tropften auf den blitzsauberen Noppenboden des Steuerhauses. Die vier SEK-Trooper verstanden ihr Handwerk. Die rechte Schulter des Entführers war von einer Kugel zerschmettert worden, genau wie die linke Kniescheibe und der rechte Ellenbogen. Eine Kugel war im Beckenknochen steckengeblieben. Alles zusammen keine lebensgefährlichen Verletzungen. Blut floss kaum aus den Wunden. Zu abrupt hatte die Sprengung des Schädeldachs sämtliche Körperfunktionen zum Erliegen gebracht.

Das Steuerhaus stank nach verbranntem Schießpulver, verdampftem Waffenöl und dem typischen Metallgeruch von Blut.

Gerald Faas sah noch die beiden Matrosen aus ihrer Wohnung die Gangbord entlang rennen, haute die Kurshalteautomatik rein und nahm seine Frau in die Arme.

„Zielobjekt exitus. Keine weiteren Verletzten“, sprach der Truppführer in sein Schulter-Mikrophon. „Benötigen trotzdem notärztliche Versorgung wegen Schock.“

Innerhalb weniger Minuten legte das Feuerlöschboot Mainz/Wiesbaden, ein umgerüstetes ehemaliges Landungsboot der Bundeswehr, seitlich an der langsam fahrenden Kobern an. Rettungsassistenten, ein Notarzt und Polizisten kamen, unterstützt von den völlig verdatterten Matrosen, die die ganze Zeit keine Ahnung von den dramatischen Ereignissen gehabt hatten, an Bord, um den Kapitän, vor allem aber dessen Ehefrau zu versorgen.

Als Gerald Faas sah, dass man sich um seine blasse und zitternde Frau kümmerte, setzte er sich auf den Steuerstuhl, lehnte die angebotene Beruhigungsspritze und die Tabletten ab und besprach die weitere Vorgehensweise mit dem Einsatzleiter der SEK-Truppe. An den mittlerweile mit einer Plane abgedeckten Leichnam in der Steuerbordecke verschwendete er keinen Blick. Es war vorbei. Sie lebten. Michaela war eine Schifferfrau. Die war bald wieder auf den Füßen. Er würde mit Oleg reden. Der soll die Kobern nach Kehl und nach Basel fahren. Zusammen mit dem jungen Schiffsführer, der ihn schon seit einem halben Jahr bekniete, ihn einzustellen. Er schaute durch die verschmierten Fenster. Die Matrosen hatten lange genug auf der faulen Haut gelegen. Er würde seiner Michaela heute einen lange gehegten Wunsch erfüllen: zehn Tage Route Sixty-Six. Mit der Harley. Oder zweien. Als Beifahrerin war die Michi nix. Überlandtour. Weit und breit kein Wasser – kein Schiff.

Eine halbe Stunde später lag die Kobern sicher vertäut im Mainzer Zollhafen. Der Landbereich war weiträumig abgesperrt worden, um die Journalistenmeute fernzuhalten. Gerald Faas hatte seine Frau im Arm und sah zu, wie sein treuer Benz von den Matrosen per Kran an Land gesetzt wurde.

„In einer Woche hast du eh wieder Heimweh nach der Kobern“, sagte seine Frau und Gerald grinste. „Aber da sind wir irgendwo jenseits von Amarillo und fressen Staub.“

„Du frisst meinen Staub, du fährst ja mit der Harley wie mit deinem Schiff.“

Beide lachten, obwohl ihnen zum Heulen zumute war. Kein Urlaub der Welt würde diesen Tag aus ihrem Gedächtnis löschen.

Kapitel 10

in dem ein menschliches Bedürfnis ein Leben rettet, Tarzan eine Straftat begeht und zwei Spacken eine Gratulation erhalten.

Lampertheim, Wohnschiff Lady Jane,
Donnerstag 23.06., 07:30 Uhr

Tarzan stocherte lustlos in seinem Müsli herum, das Nutella-Glas stand unberührt auf der Anrichte und Solo trank bereits ihren zweiten schwarzen Kaffee.

Die aufgebackenen Brötchen waren noch warm. Keiner hatte heute Morgen Lust gehabt zum Bäcker zu fahren.

„Sie suchen aber weiter", brummte Tarzan und Solo erhob sich, als habe sie etwas gestochen. Sie drehte sich um, stemmte die Arme in die Hüften und schaute hinaus auf die Brücke zum Biedensand, über die gerade ein Jogger mit seinem Golden Retriever trabte.

Gestern Abend war Bluhm noch bei ihnen aufgetaucht. Hatte ihnen vom Tod des Mörders berichtet. Der alte Haudegen war selbst den Tränen nah gewesen.

„Der hat die ganze Zeit mit uns gespielt", sagte er verbittert, „der hat uns zum Narren gehalten und sich daran aufgegeilt. Wir haben die Einsatzgruppe verdoppelt. Die Suche geht jetzt über drei Bundesländer. Wir finden die Kleine."

„Wie stehen die Chancen, Peter? Sag's uns. Ohne dummes Geschwätz. Sag es. Jetzt!" Solos grüne Augen funkelten wie eisige Saphire.

Bluhm schaute sie traurig an. Er war so alt wie Tarzan, war mit ihm zur Schule gegangen, aber an diesem Abend sah er aus wie ein Neunzigjähriger.

„Nicht gut Solo … nicht gut …“ Dann erhob er sich und schlurfte zur Tür.

Das Bild des gebeugt gehenden Kommissars in der speckigen Lederjacke und dem zerdrückten Cordhut hatte sie die ganze Nacht vor Augen gehabt. Abwechselnd mit einem frech grinsenden Mädchengesicht unter grausig verfärbten zotteligen Haarsträhnen.

„Ich geh laufen!“ Sie drehte sich zu Tarzan um und wischte sich über die Augen.

„Sieht nach Regen aus“, bemerkte dieser und deutete auf die grauen Wolken am Himmel.

„Ist mir egal, ich muss jetzt einfach mal los. Ich geh kaputt hier drinnen.“

„Hey!“

„Was?“

„Ich liebe dich.“

Solo presste die Lippen zusammen und schluckte schwer. „Ich dich auch. Bis dann.“ Wieder wischte sie sich die Augen und ging dann rasch ins Schlafzimmer, um sich umzuziehen.

Tarzan hatte recht gehabt. Nach der Landesgrenze pladderten die ersten Tropfen auf den Asphalt des Deichverteidigungsweges. Das war ihr egal. Es war schwül und der Wind wehte nur leicht. Sie fühlte jeden einzelnen Tropfen durch ihr dünnes Trägerhemdchen. Darunter trug sie nur ihren Sport-BH. Die Splitshorts betonten ihre langen Beine, die immer noch locker mit denen von zwanzig Jahre jüngeren Frauen konkurrieren konnten. Sie hatte vor, bis zur Kläranlage zu laufen und dann wieder umzudrehen. Das waren ziemlich genau zehn Kilometer. Bei dem Tempo, das sie bis jetzt vorgelegt hatte, würde sie das in 48 bis 55 Minuten schaffen. Es war ein Werktag, dazu schlechtes Wetter. Ein Radfahrer und zwei Frauen mit Hunden waren die einzigen, die ihr bis jetzt begegnet waren. Wider Erwarten lief es gut. Der Regen bestand aus einzelnen Schauern, die wie losgerissene Gardinen übers Land schwebten und sie in schöner Regelmäßigkeit durchnässten. Sie lief. Lief mit dem Regen, atmete ihn, trank ihn, ließ sich von ihm Schultern, Arme und Beine massieren, wurde eins mit ihm und seinem Partner, dem Wind, der in den letzten Minuten aufgefrischt hatte. Erst als sie die steinernen Bögen der Autobahnbrücke erreicht hatte, merkte sie, dass sie ihren geplanten Wendepunkt schon lange hinter sich gelassen hatte. Ihre Beine glänzten vor Nässe und Schweiß, ihre Muskeln waren warm wie die eines Rennpferdes und ihr Atem ging tief und gleichmäßig. Hoch aufgerichtet mit raumgreifenden Schritten rannte sie weiter in Richtung Sandhofen. Die Bewölkung riss auf, weit voraus brachen Sonnenstrahlen durch und der Regen ließ immer mehr nach, bis er schließlich ganz vertröpfelte. Die Felder dampften, es roch nach Erde und Zwiebeln. Nach zwei Kilometern erreichte sie die Hallberg-Werft. Sie blieb stehen und schaute sich erstaunt um. Warum war sie hier? Sie wusste es nicht. Oder doch? Warum war sie nach der Kläranlage nicht umgekehrt, wie sie es vorgehabt hatte? Ihr Körper meldete sich. Sie musste mal. Hatte vor dem Lauf noch auf die Schnelle einen Liter stilles Wasser abgepumpt. Sie schaute sich um. Weiter vorne kam ein Radfahrer. Sie betrat die Zufahrt zur Fähre, die an diesem Tag am anderen Ufer lag. Weit und breit keine Kundschaft. Der Fährmann saß wohl in seiner Bude und blies Trübsal. Solo suchte irgendeinen Sichtschutz und hockte sich schließlich hinter einen Wellblechschuppen. Während sie die Erleichterung genoss, wanderte ihr Blick umher. Zwischen dem Schuppen und dem angrenzenden alten Werftgebäude war allerhand Gerümpel angehäuft worden. Unter einer bemoosten, teilweise durchlöcherten alten Lkw-Plane mit der verblassten Aufschrift Settele-Transporte sah sie zwei Autoräder und Teile einer Stoßstange. Sie erhob sich, zog ihre Hose hoch und trat neugierig näher. Mit spitzen Fingern hob sie die Plane an. Ein BMW. Alt, aber irgendwie nicht so alt wie das Geraffel drum herum. Sie zog die Plane ein Stück zur Seite. Ein Cabrio. Nummernschilder waren keine dran, aber die Stelle, wo sie mal angebracht waren, schien verdächtig sauber. Sie suchte mit den Augen den Boden ab. Die Plane hatte den Regen ein Stück weit abgehalten. Die Reifenspuren waren noch deutlich zu erkennen. Solo ging in die Hocke und spähte durch eine der Felgen. Die Bremsscheiben zeigten kaum Rost. BMW-Cabrio … Bluhm hatte etwas erzählt von einem geklauten BMW. Die Kollegen aus Duisburg hatten am Morgen nach dem Verschwinden von Sillmar und Jay von der *Stéphanie* eine Diebstahlsanzeige aufgenommen. Der Wagen war wohl ganz in der Nähe von dem Punkt gestohlen worden, an dem die beiden von Bord gesprungen waren. Ob das hier der Fluchtwagen von …?

Solo schaute sich um. Der nächste Schauer kündigte sich an. Die ersten Tropfen fielen. Doch das bemerkte sie gar nicht. Wenn das alte Cabrio tatsächlich der Wagen war, mit dem Sillmar und Jay von Duisburg hierher gefahren waren … Wieso überhaupt hierher? Klar, Sillmar hatte einen Großteil seiner Jugend hier am Sandhofer Altrhein verbracht und auch in der Werft Ferienjobs angenommen, aber warum fährt er dann nach all den Jahren mit seiner Geisel an diesen düsteren Ort?

Dafür gab es eigentlich nur eine Erklärung: Um sie zu verstecken oder …, Solo wehrte sich gegen diesen Gedanken, aber er stieg drohend und erschreckend in ihr auf: … um sie zu beseitigen. Solo fror. Das lag aber nur zum Teil an ihren nassen Laufklamotten. Sie betrat die alte Werkhalle. Gerümpel, stählerne Böcke, ein über die ganze Breite verlaufender Laufkatzenkran. Die Wände und der Kran waren mit wilden Tags von Sprayern übersät. Scherben, Bierdosen, Einweggrills und jede Menge Müll.

„Jay!“ Irgendwo floh ein Taubenpaar mit klatschenden Flügelschlägen.

„Jay! Ich bin's, Solo!“ Nichts. Nur das Geräusch des Windes im durchlöcherten Dach der Halle. Solo durchstreifte das Gebäude, schaute in die ehemalige Meisterbude mit den eingeschlagenen Fenstern. Überall Papier und der Geruch sich zersetzender Fäkalien. Sie achtete besonders auf Abdeckungen von Gruben oder Luken im Boden. Ein Schachtdeckel aus Beton befand sich in der Nähe des halb heruntergebrochenen Rolltors. Gras und Moos wucherten um die Ränder. Hier war seit Jahren niemand mehr eingestiegen. Sie verließ die Halle und ging in Richtung Ufer. Ein halb überfluteter Steg führte zu einem Ponton, der gerade noch einen halben Meter weit aus dem Wasser ragte.

Drüben beim Dehus standen ein paar ältere Radfahrer in beigen Jacken und studierten den Aushang der Speisekarte. Gestern war sie selbst noch mit Tarzan dort gewesen.

Der Ponton … der lag gestern doch noch höher im Wasser, oder? Vielleicht eine Täuschung durch die anderen Lichtverhältnisse. Gestern hatte die Sonne geschienen. Tarzan hatte Bilder gemacht.

Bilder … Solo nestelte hastig ihr Handy aus ihrer Gürteltasche und drückte eine Schnellwahltaste.

„Solo ist müde und nass und friert und Tarzan soll sie abholen. Sag einfach, wo du bist, mein Schatz", klang die wohlvertraute Stimme an ihr Ohr.

„Ich bin bei der Werft. Hallberg. Gegenüber vom Dehus. Du hast doch gestern Bilder gemacht. Schick sie mir. Schnell!" Ihre Stimme klang gehetzt. Während des Gespräches war sie zum Anfang des Stegs gelaufen.

Tarzan legte den Plauderton schlagartig ab, „He, was ist los? Hast du was gefunden? Hast du eine Spur von Jay?"

„Ein altes BMW-Cabrio steht hier rum. Sieht so aus, als hätte das jemand versteckt und im Wasser vor der Werft liegt ein alter Ponton, den die als Docklift oder so was benutzt haben. Der schaut kaum noch aus dem Wasser. Ich bilde mir ein, dass der gestern noch nicht so tief lag! Schick mir die Bilder, Kerle, aber dalli!"

Tarzan wusste, wann es besser war, den Mund zu halten und zu tun, was Solo forderte.

„Bilder kommen, ich auch. Bis gleich!"

Solo stand am Ufer und schaute die nietenbesetzte, rostige Oberfläche des Pontons an. Es regnete schon wieder, aber über der BASF riss die Wolkendecke auf und ein breiter Sonnenstrahl tauchte die Umgebung in eine Art Theaterlicht. Auf dem Ponton blitzte etwas grell auf. Solo schaute genauer hin. Metall. Glänzend, beinahe funkelnd. Was zum Teufel hatte auf einem rostzerfressenen, algen- und moosbehangenen Schwimmkörper zu glitzern? Das meckernde Gelächter der Minions zeigte ihr an, dass eine Nachricht angekommen war. Tarzan. Die Bilder! Aufgeregt öffnete sie die Dateien, vergrößerte die Bilder mit den Fingerspitzen, schob sie so lange hin und her, bis der Ausschnitt mit dem Schwimmkörper das komplette Display einnahm. Kein Zweifel! Gestern Nachmittag ragte der Ponton noch mindestens einen bis anderthalb Meter hoch aus dem Wasser. Sie rief das nächste Foto auf. Das war schärfer. Sie zählte die Nietenreihen. Acht. Jetzt war gerade mal eine Reihe sichtbar! Der alte Kasten sank! Langsam, aber stetig! Sie stopfte das Handy zurück in die Tasche und streifte sie sich wie eine Schärpe um Schulter und Hüfte.

Im nächsten Augenblick betrat Solo den Steg. Nach wenigen Metern musste sie sich mit zwei Händen am Geländer festhalten. Das brackige, trotz der Jahreszeit kalte Altrheinwasser ging ihr fast bis zur Hüfte. Dann stieg der durchgebogene Steg wieder an und kurz darauf kniete sie auf der Oberseite des Pontons und starrte entgeistert auf ein modernes Vorhängeschloss aus Edelstahl. Es war durch zwei stabile Ösen an einem runden, sogenannten Mannschott geführt worden. Kratz- und Hebelspuren deuteten darauf hin, dass diese Klappe vor nicht allzu langer Zeit geöffnet und wieder geschlossen worden war. Das Schloss war nicht so ein billiges kleines Ding, wie es Liebende gerne an Brückengeländern anbrachten. Es war massiv, schwer und von einem renommierten Markenhersteller. Solos Herz raste. Sie rüttelte an dem Schloss, hob es an und schlug es gegen den eisernen Deckel. Ein metallisches Klacken war zu hören. „Jay! Jay, bist du da drin! Jay! Hier ist Solo! Hörst du? Solo! Ich hol dich hier raus!" Keine Antwort. Die Radfahrer schauten neugierig zu ihr rüber.

Solo versuchte die in ihr aufsteigende Panik in Schach zu halten, holte ihr Handy wieder aus der Tasche, nahm es in ihre zitternde Hand und wollte es gerade entsperren, als es ihr entglitt, auf die Stahlplatten des Pontons prallte, einen Salto machte und mit einem leisen Platschen im grünschimmernden Wasser verschwand. Für einige Sekunden glotzte Solo wie paralysiert auf die Stelle, wo nur noch kreisförmige Wellen anzeigten, dass hier gerade ein Iphone 7 sein digitales Leben ausgehaucht hatte.

Sie hockte sich auf ihre Unterschenkel, ballte die Fäuste, ließ ihren Tränen freien Lauf und schrie „Scheiße, Scheiße, Scheiße!", dass es von den Pappeln am gegenüberliegenden Ufer widerhallte.

Solo zwang sich zur Ruhe. Mit Hysterie war hier gar keinem geholfen. Sie hörte wie ein Motor gestartet wurde. Ein kleiner, alter Diesel. Faryman oder Hatz. Das regelmäßige Kloff-Kloff-Kloff-Kloff kannte sie gut. Sie schaute rüber zum Dehus. Die beigen Radler hatten sich auf der Fähre versammelt, die gerade damit begann, sich an ihrer Kette gemächlich über das Gewässer zu ziehen. Die Radler deuteten aufgeregt zu ihr hinüber und unterhielten sich. Einer machte ein Bild mit seinem Handy. Das war es! Klar! Heutzutage hatten selbst Neunzigjährige ein Handy in der Tasche. Sie formte mit ihren Händen einen Trichter und rief in Richtung der Fähre: „Hallo! Rufen Sie die Polizei! Bitte! Die PO! LI! ZEI! Und einen Notarzt! Rotes Kreuz! Hallo! Helfen Sie mir bitte!“

Das flache Gewässer trug den Schall fast ohne Verlust auf die alte Kettenfähre. Jetzt stand auch der Fährmann an der Reling und winkte ihr zu. Mehrere der alten Herrschaften hatten ihr Handy in den Händen. Auch der Fährmann schien jemanden anzurufen.

Solo dankte Gott für diese Radlertruppe, die sich nicht von dem fiesen Wetter von ihrem Ausflug hatte abhalten lassen. Sie wandte sich wieder dem Vorhängeschloss zu und knallte es auf das Metall, bis ihr die Finger schwollen. Nach einer ihr endlos erscheinenden Zeitspanne hatte die Fähre die Sliprampe der Werft erreicht. Knirschend senkte sich die Auffahrklappe. Die Männer und Frauen, Solo zählte sechs Personen, rollten ihre Fahrräder an Land, stellten sie dort ab und kamen in ihre Richtung. Der Fährmann vertäute sein Schiff und überholte die Fahrradtruppe mit langen Schritten.

„Was ist passiert? Sind Sie verletzt? Ich habe die Polizei und die 112 verständigt. Die sind unterwegs!“ Solo kauerte immer noch neben der Einstiegsluke. Ihre Hand schmerzte, zwei Finger hatte sie sich blutig gehauen, Tränen der Enttäuschung und namenloser Wut rannen über ihr verzerrtes Gesicht.

„Da ist höchstwahrscheinlich jemand drin eingesperrt“, schniefte sie und zog die Nase hoch. „Der Kasten sinkt. Haben Sie was, womit man dieses verdammte Schloss aufkriegt?“ Der Fährmann war ohne Rücksicht auf seine Kleidung über den halb unter Wasser liegenden Steg zu Solo auf den Ponton gekommen. Die alten Leute standen etwas ratlos am Ufer.

„Drüben im Fährbüro habe ich einen großen Bolzenschneider. Der wird das hier aber auch nicht packen. Das ist hochvergüteter, gehärteter Stahl. Da brauchen Sie selbst mit der Flex einige Zeit und die richtigen Scheiben. Ich verständige besser auch die Feuerwehr. Die schaffen das am ehesten." Er zückte sein Handy und Solo hörte plötzlich ein wohlbekanntes Motorengeräusch. Verdutzt schaute sie hinauf in Richtung Zufahrt, wo gerade mit quietschenden Reifen ihr metallicblauer Pontiac Firebird um die Ecke schlitterte. Hinter der niedrigen Frontscheibe war gerade noch eine sogenannte „Batschkapp" zu sehen. Tarzan. Was zum Teufel hatte der in ihrem Bird zu suchen, der hatte doch gar keinen Führerschein mehr, der Teufel soll ihn … verdammt, den schickte der Himmel!

„Tarzan! Hier sind wir! Hierher, Tarzan!" Wippend stoppte der große V8 vor der Fähre und die Radfahrer nutzten das unvorhergesehene, spektakuläre Fotomotiv und knipsten mit den Handys drauflos. Tarzan stürzte heraus, rannte am Ufer entlang und platschte, ohne groß zu schauen, auf den Steg, rutschte prompt aus und schlug der Länge nach ins Wasser. Prustend und spuckend rappelte er sich auf und kletterte zu Solo und dem Fährmann auf den Ponton. Er nahm Solo in den Arm, jetzt brachen bei ihr die Dämme. Der Fährmann erhob sich und sagte, er gehe nach oben, um die Einsatzkräfte einzuweisen. Die älteren Herrschaften umringten ihn und schnatterten wie eine Schar Kanadagänse, aber er überredete sie, zu ihren Fahrrädern zurückzukehren. In der Ferne waren Martinshörner zu hören.

Elektronisch verstärkte und solche mit Pressluft. Das erste Fahrzeug war ein Rüstwagen der BASF-Werkfeuerwehr. Das schwere Fahrzeug walzte durch die Botanik und kam zischend wenige Meter vor dem Steg zum Stehen. In rascher Folge kamen nun ein Rettungswagen und ein Notarzt-Einsatzfahrzeug sowie zwei Streifenwagen der Polizei auf das Gelände. Die Rentnertruppe wurde höflich gebeten, das Gelände zu verlassen, was diese auch befolgten. Die Rollos des Rüstwagens klapperten nach oben, Deckel wurden geöffnet und Leitern bereitgemacht. Der Truppführer erteilte kurze präzise Anweisungen und innerhalb von drei Minuten hatten die Männer einen gesicherten Zugang zum Ponton geschaffen. Ein zweites Feuerwehrfahrzeug ließ neben der Fähre ein auf einem Anhänger mitgeführtes Motorboot zu Wasser, das auf der Außenseite des Schwimmkörpers anlegte. Solo und Tarzan wurden mit sanfter Gewalt ans Ufer geführt, wo sie sofort von den Rettungssanitätern und dem Notarzt in Empfang genommen wurden. Vom Rüstwagen aus wurde eine dicke Saugschlauchleitung zum Ponton gelegt, wo zwei Männer darauf warteten, dass der Kamerad mit der Flex die Bügel des Schlosses zersägte. Als mit hohlem Scheppern der massive Deckel des Mannschotts aufgeklappt wurde, wollte Solo sich losreißen und zurück auf den Schwimmkörper laufen. Die Rettungssanitäter und Tarzan hielten sie gemeinsam zurück. Auch Tarzans Augen schimmerten feucht, als er das unheilvolle Szenario verfolgte. Ein Feuerwehrmann, der einen Neoprenanzug und eine leichte Tauchermaske trug, ließ sich durch die enge Öffnung ins Innere des Pontons gleiten. Er war mit einem Seil gesichert, das seine Kollegen langsam nachführten.

Als der Taucher wieder den Kopf aus der Luke streckte, wurden bereits an Land vorbereitete Sichtblenden um die Öffnung aufgestellt. Der Einsatz hatte nun auch am gegenüberliegenden Ufer zahlreiche Schaulustige angelockt. Zur Uferseite hin, wo sich die gesicherte Leiterbrücke befand, war die Sicht frei.

„Sie sollten sich das jetzt nicht anschauen, Frau Zahn. Herr Zahn, bitte!“ Der Notarzt wollte Solo gerade eine Spritze geben, die sie ihm grob aus der Hand schlug.

Als die Feuerwehrmänner den erbärmlich dünnen, bleichen Körper mit der wirren bunten Mähne aus dem nassen Verlies zogen, wurde es Solo schwarz vor den Augen.

Es war ein windiger Tag. Vielleicht hätte sie heute besser nicht laufen sollen. Der Wind kam in Böen, führte Staub und Sand mit sich und machte einen Höllenlärm. Solo traute sich nicht, die Augen zu öffnen, aus Angst etwas davon in die Augen zu bekommen. Irgendwo hörte sie Tarzans Stimme. Er murmelte ständig, dass etwas gut werden würde. War der besoffen? Sie öffnete die Augen und sah eine weiße Fläche, in deren Mitte eine weiße LED-Lampe leuchtete. Was für ein geschmackloser Scheiß. Und so grell. Sie drehte den Kopf und sah Tarzan neben sich. Der hatte sich eine goldmetallicfarbene Knitterfolie umgehängt und hielt sich wohl für einen Rauschgoldengel. Der hatte sie doch nicht mehr alle.

Der Wind wurde stärker, der Lärm war kaum auszuhalten, dann entfernte sich das Geräusch ziemlich schnell. Die letzten Nebel lichteten sich und Solo betrachtete erstaunt ihre verbundene linke Hand. Sie drehte den Kopf in die andere Richtung und sah Spiralschläuche, die aus der Wand führten und eine Anleitung zur Benutzung eines Defibrillators.

Dann setzte die Erinnerung wieder ein. Mit Donnerhall.

„Wo ist Jay? Wie geht es …?“ Sie wollte sich aufsetzen, hatte aber kaum Kraft dafür. Alle ihre Muskeln schienen im Energiesparmodus zu arbeiten.

Tarzan tätschelte ihre gesunde Hand. „Jay ist am Leben, Liebes. Sie haben sie reanimieren können. Sie ist noch bewusstlos, aber ihr Herz schlägt. Sie fliegen sie nach Heidelberg. Sie lebt, Solo. Du hast sie gerettet. Alles wird gut. Alles wird …“, Tarzan musste schlucken. Er hatte immer noch das bedenkliche Kopfschütteln des Notarztes vor Augen. Fünfzehn Minuten lang hatten sie reanimiert. Dann hatte der Arzt den Abbruch angeordnet. Länger als diese fünfzehn Minuten wird normalerweise nicht reanimiert. Wenn ein Kreislauf nach Ablauf dieser Zeitspanne wieder anfängt zu arbeiten, bleiben meist schwerste Hirnschäden zurück. Doch dann hatte eines der angeschlossenen Geräte begonnen zu piepsen. Gleichmäßig. Wie ein Metronom. Der Hubschrauber war gleich nach der Bergung angefordert worden. Er stand mit laufendem Motor auf einem Feld ganz in der Nähe.

Zwei Tage später, Heidelberg, Kopfklinik Neuenheimer Feld, Neurochirurgische Intensivstation

Erst die mittlerweile arg zerknitterte Einverständniserklärung von Jays Mutter hatte die stets verschlossene Tür der Station für Solo und Tarzan geöffnet. Professor Waldemar Urbach, der Chef der Neurochirurgie, empfing die beiden persönlich.

„Bevor ich Sie zu ihr lasse, möchte ich Sie auf gewisse Sachverhalte hinweisen", begann der grauhaarige Mann mit dem freundlichen Gesicht. „Charish Veltens Gehirn war eine ziemlich lange Zeit ohne Sauerstoffversorgung. Unseres Erachtens zu lange. Bitte haben Sie Verständnis dafür, dass wir hier in dieser Abteilung Klartext reden. Niemand hat etwas davon, wenn ich hier den Märchenonkel gebe." Solo hielt den Atem an, Tarzans Magen zog sich zusammen.

Der Chirurg sah sie beide lange an.

„Charish Velten hatte im vorderen Frontalbereich eine Gehirnblutung. Sie hatte ein Aneurysma, welches entweder durch eine starke Erschütterung des Kopfes, oder durch stressbedingt angestiegenen Blutdruck ruptiert, Verzeihung, geplatzt ist. Dies ist wohl erst kurz vor ihrer Bergung geschehen, sonst wäre sie nicht mehr am Leben. Das Aneurysma konnten wir erfolgreich clippen, die Hirnströme sehen, den Umständen entsprechend, zufriedenstellend aus."

„Kann sie", Solos Stimme versagte, sie räusperte sich, „kann sie sprechen?" Tarzan schnäuzte sich lange in ein Papierhandtuch, das er am Waschbecken entnommen hatte.

Der Professor schüttelte den Kopf. „Sie ist von uns in eine Tiefennarkose versetzt worden. Sie kennen das wahrscheinlich unter dem laienhaften Begriff „künstliches Koma“. Sie ist intubiert, das heißt, sie wird maschinell beatmet und wird über eine Magensonde ernährt. Sie ist …“

„Wie lange wird sie schlafen?“ Tarzans Stimme klang rau.

„Zehn bis vierzehn Tage, danach verringern wir schrittweise die Sedierung und extubieren sie, wenn sie selbstständig atmet.“

„Wird sie wieder ganz gesund?“

Der Professor atmet tief ein und schaut beiden lange in die Augen.

„Ob und welche Folgeschäden auftreten, können wir erst nach ihrem Erwachen feststellen. Charish Velten wurde mit dem Schweregrad vier nach der Hunt-und-Hess-Skala eingeliefert.“

„Wie weit geht diese Skala?“, fragte Solo beklommen.

„Von eins bis vier. Vier ist der höchste Schweregrad.“

„Wie hoch sind ihre Chancen zu überleben?“

„Zwei Prozent. Es tut mir sehr leid, Ihnen dies mitteilen zu müssen, aber wie bereits gesagt, wir nennen die Dinge hier beim Namen.“

„Sehen Sie das Bild da drüben an der Wand?“ Solo und Tarzan drehten mechanisch ihre Köpfe. Sie sahen eine fröhlich lachende blonde Frau mit modischer Frisur und strahlenden Augen.

„Diese ehemalige Patientin wurde ebenfalls mit vier eingeliefert. Zudem war die Blutung schon über vierzehn Stunden aktiv. Sie wurde durch die Fehldiagnose eines Notarztes im falschen Krankenhaus auf Lebensmittelvergiftung behandelt, bevor sie zu uns kam. Sie hatte faktisch keine Chance. Heute steht sie wieder mitten im Leben, arbeitet sogar im Friseursalon ihres Sohnes. Ich zeige dieses Foto allen Angehörigen beim Erstgespräch. Denken Sie an diese Frau. Nicht an den Tod. Tragen Sie positive Gefühle in das Zimmer 8, wenn Sie jetzt hineingehen. Koma-Patienten sind nicht so weit weg, wie Sie vielleicht glauben. Bringen Sie ihr ihre Musik mit, sprechen Sie mit ihr, berühren Sie sie. Sie wird sich wahrscheinlich später nicht mehr daran erinnern, aber sie wird es spüren. Jetzt und hier. Ich wünsche Charish Velten und Ihnen beiden alles Gute.“

Zimmer 8 war ein Schock für beide. Die neurochirurgische Intensivstation lag im Souterrain. Eine Rasenfläche erstreckte sich vom Fenster aus hinauf zu einem von jungen Bäumen und Laternen gesäumten Radweg, auf dem sich im Gegenlicht der Abendsonne Jogger und Radfahrer, meist Studierende, als Schattenrisse abhoben. Damit endeten die positiven Aspekte. Das Zimmer war auf einer Seite verglast, damit die Schwester, wenn sie im Nachbarzimmer zu tun hatte, auch diese Patientin im Auge hatte. Jay lag in dem riesigen Klinikbett auf einer computergesteuerten beweglichen Matratze, die ein Wundliegen weitgehend verhinderte. Eingerahmt wurde sie von einem guten Dutzend Maschinen und Monitoren, die alle möglichen Geräusche von sich gaben. Dominierend war das regelmäßige Pumpen der Herz-Lungen-Maschine. Rechts neben ihr war an einem Stativ eine Batterie von Medikamentenpumpen aufgehängt. Zahlreiche Schläuche führten aus und in ihren zarten

Körper. Der Beatmungsschlauch und die Magensonde waren grob mit Klebeband an ihrem Kinn und ihren Wangen fixiert. Ihr Kopf, soweit unter dem Verband zu sehen, war kahl. Links neben dem Bett zirpten die Monitore, welche die Gehirnströme anzeigten. Verschiedenfarbige gezackte Linien krochen über die Bildschirme.

Solo und Tarzan standen am Fußende, hielten sich in den Armen und weinten lautlos. Die Konturen des schmächtigen Körpers zeichneten sich kaum unter der dünnen Decke ab. Ihr schmales hübsches Gesichtchen sah friedlich und entspannt aus. Ihre Wangen waren rosig, ihre Brust hob und senkte sich unter dem Diktat des Computers und ihre Hände lagen bewegungslos neben ihr. Einer der Finger trug eine rote Lampe. Irgendein Messgerät zur Kontrolle der Durchblutung.

Solo setzte sich auf den Stuhl neben ihr und legte den Arm um Jay, vorsichtig darauf bedacht, keine der zahllosen Leitungen zu blockieren. Tarzan stand auf der anderen Seite und streichelte die eine Wange, die nicht mit Pflastern verklebt war.

„Das mit ihren Haaren wird ihr überhaupt nicht passen“, sagte er, um die lastende Stille zu unterbrechen.

Solo beugte sich zu ihr und küsste sie sanft auf die Stirn. „Die schafft das. So ein rotzfreches Ding wollen die da oben nicht haben.“

„Hörst du, Jay? Du schaffst das. Du lässt uns, verdammt noch mal, nicht alleine. Wir alten Spacken brauchen dich doch.“

„Schau mal“, Tarzan deutete auf den Monitor, der die Hirnströme anzeigte. Die fünf gezackten Linien bewegten sich alle innerhalb eines ziemlich engen Spektrums. Ein einzelner „Berg“ wanderte nun langsam nach links aus dem Bild.

„Sie hört uns, Tarzan. Jay hört uns! Jay, wir lieben dich!“ Doch der einsame Zacken blieb das einzige Lebenszeichen. Vielleicht war es auch bloß ein Artefakt.

Als sie die Intensivstation verließen, erhob sich ein schlanker Mann in einer dunkelblauen Windjacke, der einen riesigen Blumenstrauß in der Hand hielt. Auf der linken Seite der Jacke war der Schriftzug „Stèphanie de *Beauharnais*“ eingestickt.

Tarzan achtete gar nicht auf ihn oder die Familie, die auch auf Einlass wartete. Solo bemerkte zuerst die Blumen, dann den Mann, der dahinter fast verschwand.

„Herr Bergholz!“, rief sie eindeutig zu laut und alle Köpfe wandten sich ihnen zu. „Wo kommen Sie denn her?“

„Einfach Tino, wenn Sie mögen. Wir haben heute früh in Mannheim angelegt und ich habe jetzt ein paar freie Tage. Die ganze Crew fragt nach Ihnen und dem Mädchen.“ Er legte den Blumenstrauß auf einen freien Stuhl, um den beiden die Hand zu geben. Tarzan wischte die dargebotene Rechte unwirsch zur Seite, breitete die Arme aus und umarmte den völlig verdutzten Kreuzfahrtdirektor.

„Wenn wir dich Tino nennen sollen, dann musst du uns auch Solo und Tarzan nennen. Sonst akzeptieren wir das nicht. Wir sind Kurpfälzer und Borussen sind ja wohl auch so was Ähnliches, oder?“

„Ihr seid …“ Bergholz suchte noch nach den richtigen Worten, da hatte ihn auch Solo in der Mangel. „Wir sind ein Paar wunderliche alte Spacken. Das habe ich ihr gerade gesagt. Sie schläft. Tiefennarkose. Die Ärzte können noch nichts sagen.“ Ihre Stimme wurde immer leiser. Sie entließ Tino aus ihrer tränennassen Umarmung und grinste schief. „Aber wir! Wir glauben, dass sie wieder ganz gesund wird.“

„Wir auch“, erwiderte Bergholz, „vom Spüler bis zum Käpt'n. Die Reederei auch, die hat mir extra was mitgegeben. Hier …“

Er zog ein längliches Kuvert aus der Innentasche seiner Jacke und reichte es Solo.

„Was ist das? Ein Strafzettel wegen unerlaubten Von-Bord-Gehens?“

„So ähnlich, nur umgekehrt.“ Tino grinste. „Es ist eine Einladung für eine beliebige Fahrt mit der *Stéphanie*. Er ist unbegrenzt gültig. Und…“, er deutete auf die Tür der Intensivstation, „er ist auf drei Personen ausgestellt. Eigner-Suite. Es ist allerdings eine Bedingung daran geknüpft.“

Solo und Tarzan schauten sich fragend an.

„Ihr müsst bis zum regulären Ende der Reise mitfahren und ihr dürft die *Stéphanie* nur über die dafür vorgesehenen Ausgänge verlassen. Die Blumen sind übrigens für Sie, Frau, äh, für dich, Solo. Da drinnen sind die doch bestimmt nicht erlaubt, oder?“

Solo schüttelte den Kopf. Sagen konnte sie jetzt nichts. Auch Tarzan, dem Tino das Kuvert in die Hand gedrückt hatte, schaute etwas angefeuchtet aus der Wäsche.

„Tino“, sagte er mit belegter Stimme, „wir nehmen dich beim Wort. Wir sehen uns wieder auf der *Stéphanie*. Alle drei! Ach, komm her, Kerl …“

Das gegenseitige Rückenpatschen hallte durch den trostlosen Klinikflur, als versohle ein Oberbayer seinen lederbehosten Filius.

Auf der Rückfahrt nach Lampertheim fiel kein einziges Wort. Kurz vor dem Viernheimer Dreieck zirpte Tarzans Handy. Er schaute auf das Display. Eine Nachricht. Unbekannte Nummer.

„hallo ihr beiden. haben unsere flitterwochen verlängert. haben eine einladung auf die yacht eines lieben freundes angenommen. sagt charish viele liebe gruesse und gute besserung. ciao ciao carla“

Tarzan las Solo die Nachricht vor. Solo starrte geradeaus. Das Verdeck hatten sie geschlossen. Es regnete, wie schon so oft in diesem Jahr.

„Antwortest du ihr?“

„Erst wenn man Briefbomben per Mail versenden kann.“

„Meinst du, sie wird Schwierigkeiten machen?“

„Wegen Jay? Sie wird uns um den Hals fallen!“

„Wenn nicht wieder eine Yacht dazwischen kommt.“

Zehn Tage später

Solo und Tarzan hatten, seit Jay in der Kopfklinik lag, einen völlig neuen Tagesablauf. Sie hatten keine neuen

Aufträge angenommen und planten sogar, ihr Berufsleben komplett auf den Kopf zu stellen. Ihr restliches Leben auch. Aus den USA war mittlerweile ein von einem Anwalt beglaubigtes Dokument angekommen, in dem Carla Velten ihre Tochter Charish zur Adoption freigab. Die Vormittage verbachten Solo und Tarzan mit dem Ausfüllen von Anträgen und Amtsbesuchen. Ab 15:00 Uhr durften sie Jay besuchen. Sie blieben manchmal sogar über Nacht, was das Pflegepersonal nach Rücksprache mit Professor Urbach augenzwinkernd duldete. Solo nutzte den Campus der Uniklinik zum Laufen und Tarzan las Jay klobige Fantasy-Romane vor, die sie so sehr liebte.

An diesem Montag klingelte Solos neues Handy um kurz nach zwölf Uhr mittags. Sie schaute auf die Kennung: „Kopfklnk HD"

„Ja?" Sie zwang sich zur Ruhe, obwohl ihre Nerven flatterten wie aufgescheuchte Stare.

„Hier ist Dr. Santos, wie schnell können Sie hier sein?" Der Stationsarzt klang besorgt und Solo schossen die Tränen in die Augen. Komplikationen! Etwas war passiert!

„Halbe ... halbe Stunde ...", krächzte sie in den Hörer und beendete aus Versehen das Gespräch. Scheiße! Sie drückte die Wahlwiederholung. Besetzt! Noch mal! „Sie sprechen mit der Mailbox von 017..."

„Tarzan!" Mit erschrockenem Gesichtsausdruck sprang Tarzan aus der Dusche. Er hatte sich (erstmals seit Monaten!) zu einem kleinen Läufchen aufgerafft.

„Die Klinik hat angerufen. Wir sollen so schnell wie möglich hinkommen. Dr. Santos. Der hat sich sonderbar angehört."

„Sekunde!“

Mit nassen Haaren streifte sich Tarzan ein T-Shirt mit Sons-of-Anarchy-Logo über, schlüpfte in seine Jeans und die Birkenstocks und warf Solo die Golf-Schlüssel zu. Der Firebird war (wieder mal) in der Werkstatt.

Für die fast vierzig Kilometer lange Strecke brauchten sie gerade mal zwanzig Minuten. Sie parkten verbotswidrig in der Liegendkranken-Zufahrt, stürzten durch die Notaufnahme und nahmen statt des Aufzuges die Treppe. Gesprochen hatten sie auf der ganzen Fahrt nicht miteinander. Jeder hing seinen eigenen Gedanken nach, und die waren nicht die fröhlichsten.

Schwer atmend standen sie vor der Tür der Neurochirurgischen Intensivstation und drückten den Klingelknopf. Drinnen war Stimmengewirr zu hören, doch dann näherten sich rasche Schritte und eine junge Schwester öffnete ihnen.

„Sind Sie die Angehörigen von Zimmer 8?“

„Nein“, hätte Tarzan am liebsten gebrüllt, „wir haben keine Zimmer in der Familie, wir sind die neuen Eltern von Jay!“

Stattdessen nickte er nur und die Schwester ließ sie lächelnd ein. Nach dem obligatorischen Händewaschen und Desinfizieren beeilten sie sich, in das ganz hinten liegende Zimmer zu kommen. Zimmer 8 war voller Menschen. Weiße Kittel, blaue Kittel, sogar ein Anzug. Gemurmel, welches plötzlich in Gelächter endete. Was ging hier ab?

Der Anzug, es war Professor Urbach, drehte sich um und strahlte, als er Solo und Tarzan sah.

„Da sind Sie ja! Sie ist wach! Stellen Sie sich vor, wir haben gestern Abend begonnen, die Narkotika um fünf Prozent zu verringern und schon schlägt sie die Augen auf! Wir haben sie noch in der Nacht extubiert, da sie so vehement gegen den Tubus angekämpft hat. Sie kommuniziert! Es ist nicht zu glauben! Sie kommuniziert mit uns!“

Tarzan merkte gar nicht, wie die Tränen in Bächen seine stoppeligen Wangen herunterliefen. Solo presste die Lippen zusammen und zerknüllte ein Papiertaschentuch in den Händen. Respektvoll machten die Ärzte und Pfleger ihnen Platz.

Jay lag in dem viel zu großen Bett und sah aus wie eine Achtjährige. Sie hatte keine Schläuche mehr in Mund und Nase. Da wo die Pflaster geklebt hatten, war die zarte Haut gerötet. Die Augen wirkten in dem nun noch schmaleren Gesicht riesig. Sie bewegten sich ruckartig hin und her und blieben schließlich an Solo hängen.

„Sie kann nicken und den Kopf schütteln!“, bemerkte Dr. Santos und freute sich wie ein kleiner Junge.

„Hallo, Jay“, Tarzans Stimme klang belegt, er kämpfte mit den Tränen, war jedoch wild entschlossen, sich nicht zur Rekordheulsuse zu entwickeln.

Jay öffnete den Mund, als wollte sie gähnen, ihr Gesicht wurde rot vor Anstrengung und ihre Augen flackerten. Es sah aus, als würde sie lautlos schreien. Solo zerriss es fast das Herz.

„… aa ll … oo“, gehaucht nur, aber jeder im Raum hatte es verstanden. Eines der Geräte begann zu piepen und eine resolute Intensiv-Schwester warf alle, bis auf Solo und Tarzan, kurzerhand hinaus, einschließlich ihres Chefs, der vor sich hin grinste wie ein Lausbub, der doch noch vom Nikolaus ein Geschenk bekommen hat.

Die Schwester überprüfte die Geräte, wechselte die Tropfflasche und machte ein paar Eintragungen in der Patientenakte, bevor sie augenzwinkernd das Zimmer verließ.

„ … ey …“ Jay hatte die Hand mit dem roten Lämpchen erhoben und winkte Solo und Tarzan zu sich.

„Ihr …“, sie konnte von Minute zu Minute besser artikulieren, obwohl ihre Stimme sich durch die lange Intubationszeit anhörte wie die von Lorne Greene.

„Ich lass euch nich… a…llein. Ihr al…ten Spack…en brauch mich doch …“

Ende

Anhang

Beschreibung und technische Daten
MS Stéphanie de Beauharnais

Das Kabinenschiff wurde in den Jahren 1970 und 1971 durch die Binnenschiffwerft Bodewes in Millingen am Rhein gebaut. Die Kiellegung erfolgte am 29. April 1970, der Stapellauf am 6. März des Folgejahres. Die Baukosten betrugen 12 Mio. Gulden. Ab 8. Juni 1971 wurde sie nach einem Festakt im Plandienst auf dem Rhein und seinen Nebenflüssen sowie dem IJsselmeer eingesetzt.

Die *Italia* der Köln-Düsseldorfer

Am 1. April 1976 wurde die *Holland River Line* mit ihren beiden Kabinenschiffen von der Köln-Düsseldorfer übernommen, die bereits sechs von der Bauart ähnliche Schiffe im Fluss-Kreuzfahrtverkehr auf dem Rhein im Einsatz hatte. Das Schiff wurde in *Italia* umbenannt. Im Jahre 2000 übernahm die West KD Schiffs-Invest AG, ein Tochterunternehmen der West LB, kurzfristig das Schiff. Nachdem die Viking River Cruises 2000 das defizitäre Flusskreuzfahrtgeschäft der Köln-Düsseldorfer im Paket mit allen dort eingesetzten Schiffen von der West KD übernommen hatten und keinen weiteren Einsatzbedarf für die *Italia* mehr sah, übertrug sie den Besitz zum Weiterverkauf an den Schiffsfonds-Anbieter Viking Croisieres SA in Luxemburg. 2001 übernahm *Bonaventura* Cruising aus ’s-Gravendeel das Schiff und nannte es Bonaventura. Im Jahr 2003 verkaufte die Reederei das Schiff an die Bluecruises AG aus Basel, die es in *Blue Ticino* umtauften. Seit dem abermaligen Weiterverkauf im Jahr 2014 trägt sie den Namen *Stéphanie de Beauharnais* und ist für den Kreuzfahrtanbieter Kurpfalz-Flussreisen im Einsatz. Schiffseigner ist die Badische Dampfschifffahrts GmbH mit Sitz in Mannheim.

Die *Stéphanie de Beauharnais* ist ein Sechs-Sterne-Luxus-Kreuzfahrtschiff mit 14 Kabinen der Luxusklasse und acht Suiten. Im Hauptdeck befinden sich die Mannschaftsräume, sowie der Pool und der Wellness- und Spabereich. Im Oberdeck befinden sich die Kabinen und Suiten. Die Kabinen sind 20 Quadratmeter groß und verfügen über Dusche/Whirlpoolwanne/WC, Telefon und Sat-TV. Die Einheiten sind mit zwei Boxspringbetten und einem Klappbett ausgestattet. Im vorderen Oberdeck liegen die 32 Quadratmeter großen Suiten. Diese verfügen bei gleicher Ausstattung über einen durch einen Vorhang abtrennbaren separaten Schlafbereich für weitere zwei Personen. Sämtliche Kabinen und Suiten haben einen französischen Balkon. Im vorderen Promenadendeck liegt der im Bugbereich rundum verglaste *Panoramasalon*. Steuerbordseitig wurde in einem separaten Salon die Bar eingerichtet. Im mittleren Schiffsteil schließen das Restaurant und die Küche an. Auf dem mit einem Sonnensegel ausgestatteten Freideck stehen den Fahrgästen Liegestühle, Stühle und Tische sowie die Sunset-Bar zur Verfügung.

Vier Scania-Gasmotoren mit je 300 kW treiben Generatoren an, die den Strom für die Fahrmotoren der beiden Veth-Z-Antriebe erzeugen. Im Bug ist ein Veth-Bugstrahlruder eingebaut. Das LNG wird bei –162 °C in doppelwandigen, vakuumisolierten Spezialtanks gelagert, die Bunkerung erfolgt über Tank-Lkw. Das Schiff ist 104,64 Meter lang, 11,61 Meter breit und 9,20 Meter hoch. Durch Versenken von Steuerhaus und Kamin, sowie Umlegen von Geländern und Sonnensegel kann die Höhe für Fahrten auf Gewässern mit niedrigen Brückendurchfahrten, wie Mosel und Main-Donau-Kanal, auf etwa 7,00 Meter verringert werden. Der Tiefgang wird mit maximal 1,40 Metern angegeben.

Decksplan MS Stéphanie de Beauhernais

******

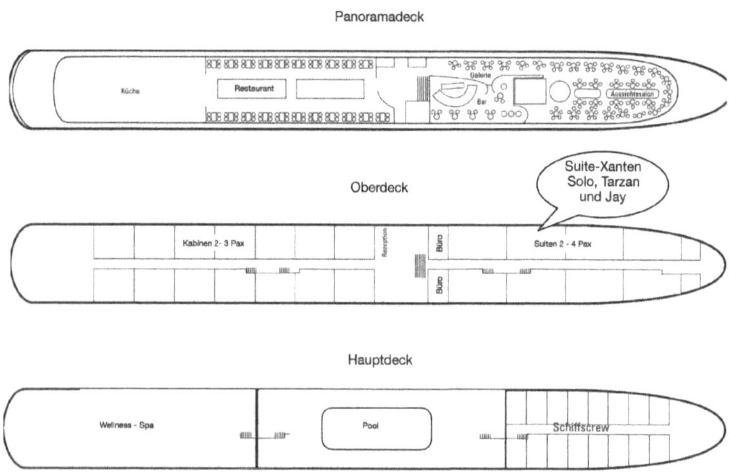

14 Kabinen, 8 Suiten maximal 74 Passagiere
Reguläre Belegung 50 Passagiere
Schiffscrew: ca 40 Personen

Preis 8-tägige Reise ab 2500,00 Euro. Verpflegung: ALL INCLUSIVE

Nachwort

Na klar kann ich mir alles Mögliche ausdenken.
Wie man Leute umbringt, wer Leute umbringt und warum er/sie das tut. Ich kann Polizeibeamte agieren lassen, wie einst Schimmi im Ruhrpott, ich kann meinem Chef das SEK auf den Hals schicken („Auf den Boden! Auf den Boden!!!“) und ich kann Kreuzfahrtschiffe waghalsige Manöver fahren lassen. Aber ich habe auch den Ehrgeiz, dass dies alles im Rahmen einer nachvollziehbaren Realität geschieht. Dafür brauche ich Hilfe. Von Polizisten und Polizistinnen, von Kapitänen, Kreuzfahrtdirektoren, Sterneköchen und ja, auch vom Chef.
Diesen Menschen widme ich dieses Nachwort. Ohne deren Verständnis und tatkräftige Unterstützung hätte ich ganz schön blöd aus der Wäsche geschaut. Oder ein unglaubwürdiges Buch geschrieben, was schlimmer gewesen wäre.

Da dies ein Flusskreuzfahrtkrimi ist, wird hier an erster Stelle einem Reiseunternehmen gedankt:
Der 1AVista Reisen GmbH aus Köln, und hier insbesondere Herrn Dominik Kaven, die mich unbürokratisch, großzügig und mit großem Einsatz unterstützt haben.

DemTeam MS Bellriva:
Tino Bergholz, Kreuzfahrtdirektor auf der MS Bellriva, Borusse und welterfahrener Reiseleiter, der mich mit Stoff für mindestens zehn weitere Kreuzfahrtkrimis versorgt hat. Gerald Faas, Kapitän der MS Bellriva, in der Wolle gefärbter Binnenschiffer und großartiger Mensch, mit dem

zusammen ich mich auch in einem lecken Rettungsfloß in der Sargasso-See sicher fühlen würde.
Jeroen, Wolfgang, Andreas, Alex, Edita, Tomas und der gesamten Crew der MS Bellriva, die meine Rechercheréise zu einem ganz besonderen Erlebnis gemacht haben. Ihr seid Weltklasse!

Dem Team Lampertheim:
Kapitän Werner Reuters, Schiffsführer der Fähre Frischling mit profunden Kenntnissen der Rheinschifffahrt, der mir auch den idealen Ort zum Überbordspringen von Kreuzfahrtschiffen genannt hat.
Ingo Schröder, Grillmeister, gelernter Koch und allerbester Laufkumpel, der mir die Schreibpausen mit auf den Punkt gegartem toten Tier verfeinerte.

Dem Team Mannheim:
Barbara Waldkirch, die immer noch mit dem Herzen Bücher verlegt.
Verena Kessel, die aus einem Haufen Bytes wieder ein wunderschönes Buch gemacht hat.
Frank Koob, meinem Chef, den besten den ich je hatte (und es waren viele!) Danke für Ihr Verständnis für die Schrullen und Macken eines schreibenden Lkw-Fahrers!
Dario Troncone, der in Wirklichkeit gar nicht Bus fährt, bei dem ich aber jederzeit unbesorgt einsteigen würde.
Emin Bahadirhan Köse, der so viel Spaß mit dem Vierer-BMW hatte und dem ich dafür das SEK („Auf den Boden! Auf den Boden!!!“) auf den Hals gehetzt habe. Tut mir leid, Bade!

Ismail Kaya kutschiert schlafende Mörder nach Heidelberg, ist bekennender Hesse und grüßt am liebsten mit „Aller dann".
Ivan, Franzi und dem ganzen Team der Spedition Knubben, denen ich ab und zu gewaltig auf den Wecker gehen kann (Ich mein das nicht so, ich bin halt so ein Spacken).
Meinen Fahrerkollegen und dem A-Team vom Lager. Auch wenn das ab und zu anders aussieht: Ich mag Euch! Alle!
Tristan Brandt vom OPUS V, besonderen Dank dafür, dass ich Sie als Küchenchef auf meinem Luxuskreuzfahrtschiff „beschäftigen" durfte. Ich kann da ja schlecht einen aus 'ner Pommesbude hinstellen.
Xavier Naidoo, Rino Galiano, Markus Beisel, Melanie „Häig" und Marion La Marché vom Rhein-Neckar-Theater für Ihre Gastspiele an Bord der *Stéphanie de Beauharnais*. Meine diesbezüglichen Anfragen wurden rasch und mit herzlicher Zustimmung beantwortet. Monnemer eben.
Stojan Ratkovic, es war mir ein Vergnügen, dich als Kapitän einzusetzen. Danke dafür!

Dem Team Rheinpfalz:
Beate Koschubs, Vereinskameradin und Polizistin, die mich garantiert niemals wegen zu schnellen Laufens aufschreiben wird. Danke für das Probelesen und die wertvollen Tipps zur korrekten Polizeiarbeit!
Beate Holzwarth, liebe Freundin und Seele des Schreiwer Hais'ls in Schifferstadt, in dem ich so gerne auftrete und bei der es den besten Riesling-Schorle gibt. (Vorsicht! Kann Spuren von Wasser enthalten!)

Viele weitere Menschen unterstützen mich privat oder beruflich, medizinisch oder einfach nur menschlich. Auch ihnen möchte ich an dieser Stelle danken. Ganz speziell meinen Freunden. Ich bin jeden Tag dankbar, dass ich euch habe.

Und zum Schluss das Wichtigste:

Liebe Leserin, lieber Leser:
Danke, dass Sie dieses Buch gekauft/gelesen haben.
Gerne können Sie mit mir in Kontakt treten.
Auf FaceBook: Manfred Krämer Autor
Über die Homepage: www.krimi-kraemer.de
Wer sich für mein Leben als Läufer interessiert:
Blog: www.marathonne.de
FaceBook: Die Marathonne

Solo & Tarzan

Vom Saukopftunnel nach Amsterdam
Ein literarischer Lebenslauf

Lothar „Tarzan“ Zahn, geboren am 13.03.1959 in Lampertheim/Hessen. Beide Eltern kamen 1977 bei der Flugzeugkatastrophe auf Teneriffa ums Leben. Ein Onkel lebt in einem Pflegeheim in Kroatien, eine Halbschwester lebt mit ihrer Familie in Südafrika.

Berufsfachschulabschluss Fachrichtung Metall/Elektro, anschließend Lehre als Elektroinstallateur. Diese hat er zugunsten einer Stelle als Fernfahrer abgebrochen.

Vor der Gründung ihrer eigenen Firma arbeitete er als Stückgutfahrer bei der Solotrans GmbH, Weinheim.

Tarzan sieht Andreas Hoppe, dem Kopper aus dem Ludwigshafener Tatort, ähnlich, ist allerdings kleiner (1,74m)

Bertha „Solo“ Solomon, geboren am 15.02.1967 in Weinheim. Mutter: Elisabeth Solomon, geborene Kubiak, 1984 an Leberkrebs gestorben. Vater: Erich Solomon, Gründer und Gesellschafter der Solotrans GmbH, ermordet 1990. Keine weiteren Verwandten.

Realschulabschluss und anschließend kaufmännische Lehre bei der Spedition Knubben, Mannheim.

Nach Abschluss ihrer Ausbildung arbeitete sie zunächst als Fahrerin, später als Disponentin in der Spedition ihres Vaters.

Solo ist 1,76 Meter groß, hat kupferrote kurze Haare und sieht entfernt Annie Lennox ähnlich.

Ursprünglich war die Reihe auf drei Bände angelegt. Der Erfolg und die ständig wachsende Zahl von Stammlesern ermunterten mich aber, weitere Geschichten um das nicht immer harmonische Pärchen zu entwickeln. Dabei ließ ich die zwei mit mir altern. Im aktuellen achten Band „River-Mord“ ist Solo 50, Tarzan 58 Jahre alt. Ja, Solo färbt mittlerweile ihre Haare! Tarzan nicht. Er zieht die preisgünstigere und flexiblere Batschkappenmethode vor und kämpft nach wie vor gegen seine überzähligen Pfunde. Ja, es steckt ganz viel Manfred Krämer in dieser Figur, aber vieles habe ich auch dazu gedichtet. Die beiden sind mir mittlerweile liebe Freunde geworden und ich ertappe mich mehr als einmal dabei zu überlegen, was sie wohl zu dem ein oder anderen Fall in meinem wirklichen Leben sagen würden.

Der folgende Text bringt Ihnen das Leben der beiden ein wenig näher und macht Sie mit ihren wichtigsten Fällen bekannt.

Solo & Tarzan 1: Tod im Saukopftunnel, Heyne, 12/2008

Alles nahm seinen Anfang am 2. März 1990. Einem Freitag. Österreichische Tunnelbauer trieben den bis dahin längsten Straßentunnel nördlich der Alpen durch den Saukopf, einen etwas über 300 Meter hohen Berg an der Bergstraße. Dabei stießen sie auf menschliche Knochen, die in einem vergessenen Bergwerksschacht für immer ruhen sollten.

Damit begann für die 23-jährige Bertha „Solo“ Solomon, Tochter und Disponentin eines Weinheimer Spediteurs, und ihren Freund, den 31-jährigen Lothar „Tarzan" Zahn, der als Fahrer bei der Solotrans arbeitete, ihr erstes, lebensgefährliches Abenteuer, in dessen Verlauf Solos Vater ermordet wurde und Solo und Tarzan ihr erstes eigenes Unternehmen unter dem Namen Securitruck, Ermittlungen und sicherheitstechnische Beratungen im Fracht- und Logistikbereich, aus der Taufe hoben.

Als Wohnung haben sich die beiden den zu einem Wohnschiff umgebauten ehemaligen Ausflugsdampfer „Lady Jane" gewählt, der seinen Liegeplatz im Lampertheimer Altrhein, unterhalb der Gaststätte Fährhaus hat.

Solo & Tarzan 2: Der Kardinal von Auerbach, Heyne, 12/2009

Solo und Tarzan ermitteln im sowohl historischen wie auch mystischen Umfeld rund um Schloss Auerbach bei Bensheim. Sie müssen rasch feststellen, dass der bereits seit 500 Jahren tote Kardinal von Auerbach immer noch ein mächtiger Mann ist. Doch auch Schatten aus jüngerer Vergangenheit verbreiten Angst und Schrecken. Seilschaften aus dem 1000-jährigen Reich, die bis heute halten, machen den Ermittlern das Leben schwer. Eine texanische Klapperschlange als potentielle Mordwaffe, eine antike Falle, die auch in ein Pharaonengrab gepasst hätte und zwei aufgeweckte Jungen bringen einen Hauch von Indiana Jones in das gemütliche Städtchen Auerbach an der hessischen Bergstraße.

Solo & Tarzan 3: Die Raben vom Mathaisemarkt, Heyne 3/2011

Tarzan feiert seinen vierzigsten Geburtstag im Kurhotel Bad Dürkheim inklusive prickelndem Abend im dort untergebrachten Spielcasino. Als er dort einen alten Schulkameraden samt Freundin trifft und mit diesem gemeinsam versackt, kommt es am nächsten Morgen zum großen Krach mit Solo. Tarzan vertieft trotzdem den Kontakt zu seinem alten Kumpel und gerät mitten in die Machenschaften des „Zaren", eines Mannheimer Großinvestors und Mäzens, der seine Finger allerdings auch in weniger noblen, dafür gewinnbringenderen Aktivitäten hat. Im weiteren Verlauf der Handlung wird er von der Heidelberger Kriminalhauptkommissarin Elke Lukassow während einer Razzia aus dem Whirlpool eines Edelpuffs gefischt. Was da sonst noch darin schwamm, wurde normalerweise von Körbchen Doppel-D gebändigt. Solo war es also nicht. Die fackelt auch nicht lange und wirft den untreuen Lebenspartner kurzerhand aus dem Schiff. Nach einer whiskyschweren Nacht in seinem alten Transporter findet er Unterschlupf bei seinem Schulfreund und erhält in der „Firma" des Zaren eine Festanstellung. Tarzan als Gangster wider Willen und der erste Auftritt des Mannheimer Kommissars Hans Peter Bluhm (Bluhmepeter).

Solo & Tarzan 4: Spargelmord, Waldkirch, 3/2011

Lampertheim, anno 2010:

Die romantischen alten Spargelhäuschen auf den Feldern rund um Lampertheim dienten einst als Geräteschuppen, Unterstand und zur Vorbereitung des Spargels für den Transport. Nur noch wenige sind übrig geblieben.

Eines davon birgt ein grausiges Geheimnis.

Den heutigen Spargelbauern sind die zum Teil halbverfallenen Gebäude nur im Weg. Immer mehr von ihnen werden mit den mächtigen Traktoren dem Erdboden gleichgemacht. Bei einer solchen Aktion stirbt ein Obdachloser unter den Trümmern.

Dieses Unglück bringt Ereignisse ins Rollen, welche die hübsche Kleinstadt bis in ihre Grundfesten erschüttern.

Beschmierte Wände, Sabotage und dann sogar ein Brandanschlag! Angst und Misstrauen breitet sich unter den Lampertheimer Spargelbauern aus.

Die Situation spitzt sich zu, als auf einen von ihnen ein Mordanschlag verübt wird.

Wem bedeuten die alten Hütten so viel, dass er dafür sogar Menschenleben aufs Spiel setzt?

Solo & Tarzan ermitteln verdeckt bei einem Agrargroßhändler wegen Ladungsdiebstahl. Doch schon bald geraten die beiden zwischen die Fronten und Tarzan läuft um sein

Leben! Seine Chancen gegen den 11 Tonnen schweren und 300 PS starken Fendt-Traktor: etwa 1000 : 1 …!

Ein rasantes Abenteuer rund um das königliche Gemüse.

ISBN Taschenbuch	978-3-927455-83-2
ISBN E-Book EPUB	978-3-86476-502-5
ISBN E-Book PDF	978-3-86476-503-2

Solo & Tarzan 5: Kohlemord, Waldkirch, 3/2012

Ein Kommissar, gegen den Schimanski ein Gentleman ist, ein holländischer Reeder, den sie den Kraken nennen – fast eine Nummer zu groß für Solo & Tarzan.

Ein toter Stadtstreicher in Mannheims feinster Hotelsuite, Tarzan als Matrose auf einem alten Kohlefrachter und Solo gefangen in den Katakomben des Grosskraftwerks. Kann der häufigst abgemahnte Kommissar Mannheims, Hans-Peter Bluhm, genannt Bluhme-Peter, die Macht der Kohlenmafia auf dem Rhein brechen? R(h)eine Spannung von Rotterdam bis Mannheim! Nie zuvor hat Manfred Krämer so intensiv und aufwendig recherchiert!

Erfahren Sie mehr über das geheime Bunkerkraftwerk unter den Kohlenhalden des GKM und das Grosskraftwerk Mannheim als gigantisches Bühnenbild für einen furiosen Showdown!

ISBN Taschenbuch 978-3-927455-86-3
ISBN E-Book EPUB 978-3-86476-500-1
ISBN E-Book PDF 978-3-86476-501-8

Solo & Tarzan 6: MaiMarktMord, Waldkirch, 9/2013

Bizarre Leichenfunde auf dem Mannheimer Maimarkt halten den leitenden Ermittler Hans-Peter Bluhm und seine Kollegen von der Maimarktwache auf Trab und die ganze Kurpfalz in Atem.

Solo & Tarzan sind diesmal als Aussteller auf Deutschlands größter Verbrauchermesse mit dabei und werden vom Stand weg von einem weltberühmten Heidelberger Anatomen für Ermittlungen gebucht. Der Mann mit dem schwarzen Hut hat ein wahrhaft eiskaltes Problem! Endlich wieder mit von der Partie: die mittlerweile hochverdient in Pension gegangene Erste Kriminalhauptkommissarin Elke Lukassow samt ihrem inzwischen arg speckig gewordenen Lodenmantel.

Am Schluss dieses Romans ist es dann, nach über 23 Jahren soweit: Tarzan macht seiner Solo einen Heiratsantrag. Wie sie sich entscheidet? Das verrate ich erst im Folgeband. Allerdings waren die Ereignisse gegen uns. Verursacht durch die schwere Erkrankung meiner Frau im Januar 2014 kam es zu einer fast dreijährigen Schreib-Pause. Als diese dunkle Zeit vorüber war und es meiner Muse wieder gut ging, erwachte auch meine Kreativität wieder zum Leben. Jetzt endlich erfuhren meine treuen Leserinnen und Leser auch, was sie ihm geantwortet hat!

ISBN Taschenbuch 978-3-86476-040-2

ISBN E-Book EPUB 978-3-86476-508-7

ISBN E-Book PDF 978-3-86476-509-4

Solo & Tarzan 7, MordsMarathon, Waldkirch, 12/2016

Solo & Tarzan heiraten! Nach über zwei Jahrzehnten miteinander sollten beide wissen, worauf sie sich da einlassen. Doch schon bei der Hochzeitsfeier mit Freunden und Bekannten kommt es zu einem denkwürdigen Eklat: „Gratuliere deinem Vater zu seiner Hochzeit“, ermuntert ein später Gast, eine attraktive Endvierzigerin, ihre halbwüchsige Tochter … Tarzans panische Flucht von seiner eigenen Hochzeitsfeier bringt ihm beinahe den Tod. Solo will mit dem untreuen Kerl nichts mehr zu tun haben und wirft seine ganze Habe auf den vom strömenden Regen aufgeweichten Parkplatz vor ihrem Wohnschiff.

Dummerweise haben sie noch gemeinsam einen Auftrag abzuarbeiten. Tarzan kämpft um die Liebe seiner Frau, beschließt sogar, einen Halbmarathon zu laufen, nur um ihr nahe zu kommen und ahnt nicht im Mindesten, dass der Mannheimer Dämmermarathon 2016, für den sie gemeldet hat, das Ziel eines verheerenden Anschlags werden wird. Bereits Stunden vor dem Startschuss hat das Unheil seinen Lauf genommen, scheinbar unumkehrbar, unerbittlich und verstörend effektiv. Ist die Chance, diesen Massenmord doch noch zu verhindern, vertan? Solo & Tarzan in ihrem bisher spektakulärsten Fall.

ISBN Taschenbuch	978-386476-072-3
ISBN E-Book EPUB	978-3-86476-510-0
ISBN E-Book PDF	978-3-86476-511-7

Markus Latka
unter Mitarbeit von
Carmen Braner

Die schönsten Weihnachtsmarkt-Spaziergänge

26 kurze Wanderungen zu Weihnachtsmärkten in der Rhein-Neckar-Region

- Alle Touren mit Bus & Bahn-Anbindung
- 18 Touren auch für Kinderwagen geeignet
- gpx-Daten zum Download

ISBN 978-3-86476-099-0

Alle Jahre wieder putzt sich die Metropolregion heraus in Erwartung auf Weihnachten: Hier erstrahlen ehrwürdige Schlossmauern in sinnlichem Glanz, dort drängen sich kleine Buden für ein Wochenende um eine Waldlichtung und die Städte überziehen sich mit buntem, festlichem Treiben. Entdecken Sie die schönsten Weihnachtsmärkte der Region, von den großen Klassikern bis hin zu den Geheimtipps vor malerischer Kulisse oder direkt in der Natur – und lassen Sie sich locken von Kunsthandwerk und Glühweinduft. Ab Mitte November öffnen nach und nach u.a. die historische Nibelungenweihnacht in Worms, der Weihnachtswaldbasar Dudenhofen und die verträumte Erbacher Schlossweihnacht ihre Tore für die Besucher.
In diesem Buch stellen wir Ihnen 26 Weihnachtsmärkte der Metropolregion Rhein-Neckar vor und laden Sie zu kurzen Wandertouren dorthin ein. Für den ungetrübten Weihnachtsgenuss sind alle Routen mit dem öffentlichen Nahverkehr erreichbar und der Großteil der Strecken mit dem Kinderwagen begehbar. Zu jedem Weihnachtsmarkt finden Sie einen Überblick über das dortige Angebot und das vorweihnachliche Programm mit den Öffnungszeiten des Marktes. Jede Weihnachtsmarkttour ist detailliert beschrieben und wird durch Kartenmaterial und gpx-Tracks zum Download ergänzt.
Begeben Sie sich auf Erkundungstour in der Rhein-Neckar-Region und verbringen Sie eine besinnliche Vorweihnachtszeit – walking in a winter wonderland ♪♫

Sie war wieder unterwegs – Silvia Faller auf dem Jakobsweg

ISBN: 978-3-86476-035-8
Taschenbuch, 11,7 x 18,7 cm
192 Seiten, 12,– €

ISBN: 978-3-86476-083-9
Taschenbuch, 11,7 x 18,7 cm
192 Seiten, 12,– €

Silvia Faller berichtet in ihren zwei kurzweiligen Büchern über Menschen, Erlebnisse und den Weg, den sie zu einem Teil ihres Lebensweges gemacht hat. Dieser Weg hat ihr mehr geschenkt, als sie je gesucht hatte und letztendlich beeinflusst er ihr Leben bis heute.

EXTRAS:

Viele s/w Bilder, per QR-Code
alle Bilder farbig zum Download.